AF482667

AMORES E TEMORES

ZAQUEU FREDERICO

Z35 Frederico, Zaqueu, 1991

Ebooks: Amores e temores/ Zaqueu Frederico; imagens

Canva – 1. ed. – São Paulo, Edição Independente, 2021.

984.095KB; PDF

ISBN 978-65-00-18335-1

1.   Ficção brasileira.
I.   Título.

CDD: 869.6

CDU: 82-3/ 49

ZAQUEU FREDERICO. Rua Adriano Seabra, 559

São Paulo – SP – CEP: 08081-480

E-mail: fredericofredericozaqueu@hotmail.com

Cel: (11) 98219-2979 – Tel: (11) 2585-5878

Produção editorial: Zaqueu Frederico

Capa: Zaqueu Frederico

Revisão: Zaqueu Frederico

Editoração eletrônica: Zaqueu Frederico

AMORES
E
TEMORES

Amores e Tormentos

Capítulo 1

    Fazia um clima agradável na Vila Formosa, no que Elisabeth curtia esse tempo em seu quarto perdida em seus devaneios vespertinos, os quais a levavam invariavelmente às mesmas perguntas; ou seja, realizaria suas aspirações profissionais ao formar-se, conseguiria casar-se, conseguiria ser feliz? Ela, como muitos, ansiava ter as respostas que o destino guardava para a sua vida, como também para precaver-se caso essas não lhe fossem tão favoráveis. Por sua vez, Elisabeth ignorava o óbvio; o fato de que os desígnios e as razões da Deusa Fortuna, assim como o tempo, são imprevisíveis aos olhos humanos. Ao ser assim, em vez de se resignar e recolher as dúvidas para seguir em frente; Elisabeth, no entanto, teimosa como era, voltava vez ou outra a ver-se sozinha em seu quarto envolvida nessas preocupações que mais a angustiava do que qualquer outra coisa.

    Para mais, não bastasse a ansiedade suscitada por tais inquietações, Elisabeth se encontrava entediada. Entediada por não ter planejado nada para fazer no dia; nem lição tampouco algum outro afazer havia a ser feito. A saber, nessas horas de inquietações e solidão, apenas restavam os livros e as artes: os remédios da alma, como Elisabeth costumava dizer, para livrá-la dessas sensações, bem como afastá-la das intempéries do humor.

    Incidentemente, receosa com os lugares a que essas resoluções estavam enveredando-a, Elisabeth decidiu-se por pegar o livro *Anna Karenina* para ler, para distrair-se, já que o mesmo, no fim das contas, estava ajudando a tirar a monotonia dos seus dias ao dar-lhes ares mais empolgantes. E, diga-se, quando Elisabeth pegara emprestado o tal livro, na biblioteca da Universidade onde estudava, não presumia que esse pudesse causar grandes impressões em si, estava até um tanto relutante de início. No entanto, ao começar a ler as primeiras páginas, Elisabeth ficara ao que entusiasmada com a personalidade de Anna; ao perceber nesta algo distinto, acabado, ou mesmo nunca visto em um romance antes. Que por sinal, a cada vez que lia, tomada era Elisabeth de uma ânsia pueril de ver um final feliz para Anna; mas por julgar conhecer o espírito de Tolstói, ficava receosa que este, a qualquer instante, traria algo que pudesse vir a abalar o seu emocional. Todavia, como desejava estar errada e havia esperança em seu coração de que, ao menos uma vez, o autor negasse a própria natureza e trouxesse a imagem de felizes para sempre. Por isso, Elisabeth, entusiasmada, continuava a ler.

Aliás, inicialmente Elisabeth não tinha em mente ler *Anna Karenina*, mas como uma das colegas da faculdade vivia falando de Anna Karenina, insistindo para que lesse, do quão bom era; que se viu na obrigação de ler *Anna Karenina* e livrasse ao menos daquela insistência. Agora, para surpresa dela, ao tomar contato e perceber a grandeza da obra, assustou-se, achando-se tola por ter deixado algo tão maravilhoso, como aquilo, de lado por tanto tempo.

Para dar-se o contexto, Elisabeth sempre adorou Tolstói e o tinha como o melhor escritor que lera em sua vida. Não obstante a essa predileção, havia o medo de decepcionar-se com Tolstói caso viesse a ler *Anna Karenina*. A bem da verdade, esse temor advinha de uma crítica negativa que Elisabeth lera a respeito de *Anna Karenina* quando mais jovem. Crítica que sustentava que Tolstói apresentava, muitas vezes, mais do mesmo em *Anna Karenina*, certa compulsão a projetar-se demais em alguns personagens, ao passo que, pelo grande talento e inteligência, conseguia mascarar suas manias, seu temperamento, ganhando assim os corações dos chamados leitores distraídos. Ao ler isso e por, sobretudo, dar demasiada importância à crítica literária, Elisabeth, à época, achou mais sensato deixar *Anna Karenina* de lado a perder um demasiado tempo dos seus dias lendo algo não tão bom e, acima de tudo, perder um pouco ou quase todo fascínio que tinha por Tolstói. Portanto, diante de tal cenário, precisou a colega da faculdade usar da persuasão, insistência, convencendo-a de que não se tratava nada daquilo. A amiga, para tirá-la daquele transe medroso e insólito, foi bem franca ao dizer a Elisabeth que o crítico a que esta lera ficara louco, corroído de inveja, sabe-se lá mais o que para tecer aquelas críticas. Em resumo, os tais argumentos demoveram-na do tal temor, levando-a a ler *Anna Karenina*.

A propósito, ler sempre foi uma das atividades favoritas de Elisabeth; afinal, por meio dos livros, conseguia sair do cubículo do seu aposento, afastar as dores da alma, transportar-se para mundos repletos de sensações, nos quais podia viver e reconhecer, mediante a imersão nas vidas dos personagens, a totalidade do prazer e do sofrimento humano. Ao passo que a literatura, além de encher a vida de Elisabeth de vivências fantásticas, ajudou a forjar na imaginação dela a aspiração de viver um grande amor, afinal Elisabeth aprendeu, lendo essas histórias, que somente o amor era capaz de despertar a pessoa para o sublime da vida e de engendrar novas esperanças no coração. Por sinal, as amigas brincavam com o fato de Elisabeth dizer essas coisas, ao declararem que Elisabeth tinha uma visão um tanto idiossincrática ou mesmo idílica de certas coisas. Por sua vez, ela, motivada de uma tal convicção, não se deixava abalar pelos gracejos das amigas tampouco por suas opiniões sinceras, ao reafirmar, parodiando o dito: que não só o seu anseio, como o de qualquer mulher era amar e ser amada. Quando contradita, asseverava que se tratava então de sublimação, deleite, ou nome ao qual se querer dar, a substituir esse desejo tão básico.

A despeito dessas abstrações e de tantas outras coisas, existia a realidade imediata, e esta clamava pelo nome de Elisabeth, no grito de sua mãe — Filha, venha cá! Preciso contar algo... Corra, corra!

Elisabeth, já desperta das ideias, largou o livro na cama e também deu um grito do seu quarto em resposta — Só um minuto!... Estou indo!

Enquanto descia a escada calmamente para falar com a mãe, Elisabeth pensava em chamar Alexandra, sua amiga de infância, para sair no dia. Estava sentindo-se mais solitária do que o habitual, naqueles últimos dias, mesmo com a companhia da mãe e da irmã mais nova em casa. Porém, no caso de Elisabeth, ela sentia-se mais animada e à vontade conversando com a amiga. Não se sabe o porquê, mas parecia até confiar mais na amiga do que na própria mãe. Além da amiga, Elisabeth também gostava de conversar com o pai. No entanto, este vivia mais na rua do que em casa; afinal, quando não estava trabalhando, encontrava-se na taberna jogando baralho, quando não, estava a observar os colegas jogarem.

Ao chegar à sala de estar, Elisabeth viu a mãe agitada, andando de um lado ao outro, levando o indicador direito, a todo instante, à boca. — Filha, sente aí. — disse Ana Paula a Elisabeth, que fez uma cara estranha, ficou preocupada ao ver a mãe naquela agitação toda. — Lisa, Lisa... você não sabe da maior!... Não irá acreditar, filha!

— Diga, mãe! Diga logo... Trata-se de alguma coisa com o papai, né?

— Que seu pai! Longe disso...

— Se não foi... o que houve afinal de contas?

— Filha do céu, você não acredita no que sua prima fez... vai cair para trás... — menos preocupada, ao saber que nada acontecera com o pai, Elisabeth mudou a linha de pensamento, tentando imaginar o que acontecera com Filomena, filha da irmã de sua mãe, para levar a mãe a ficar naquela postura. Pensava Elisabeth — "a Filomena brigou novamente com o pai?... não pode ser... Não!... pelo jeito, deve ser!... Minha nossa!... que pai mais horroroso, credo!"

Enquanto Elisabeth pensava, a mãe soltou. — Filha, sua prima traiu o Júlio... acredita? — franziu o cenho Elisabeth — Ai, filha... também fiquei chocada, fiz a mesma cara, não acreditei na hora, mas acredite em mim... é tudo verdade! A Dolores me contou...

Elisabeth ficou surpresa e um tanto desorientada com tal revelação, pois acreditava que a prima realmente gostava do namorado, não à toa estavam há três anos juntos sem nenhuma briga entre os dois, além do mais, a prima vivia comentando com Elisabeth o quanto amava o namorado. Por isso, ouvir a mãe dizer aquilo, no mínimo, soava estranho.

Com semblante de incredulidade, questionou Elisabeth — Sério? Como isso aconteceu? Nossa... Eles estavam bem... Por sinal, semana retrasada eu os vi bem! Eu até curti uma foto em que estavam se beijando... — meneou lentamente a cabeça Elisabeth ao dizer essas palavras.

— De que eles andavam bem... desconheço, mas do que a Dolores me contou, Lisa... a situação foi feia...

— Como assim feia?

— Feia porque quem descobriu o caso foi um dos colegas do Júlio. Este menino... este tal rapaz foi contar... ao Júlio.

— Minha nossa, mãe... Há essa ainda! Que coisa mais terrível... mais chata!

— É, filha!... ponha chato!

— Ah... e como ele reagiu? — pensou Elisabeth de imediato "bem que não, né, Elisabeth!" — digo... digo... ooo aa... a Filomena conseguiu falar com o Júlio após ele descobri?...

— Conseguiu!

— E aí? Eles...

— É, filha... o Júlio ficou mais calado do que falou. Não chegou a discutir ou se exaltar com a Filomena na hora... parecia bem calmo no começo, segundo o que sua tia me contou. Conversando normal...

— Então ficou tudo bem?

— Não! Aliás, no que perguntou se aquela história era verdade. Aí que pegou... porque inicialmente, sua prima tentou acochambrar, desdizer, mas com a insistência do Júlio, foi levada a admitir. Aí já foi... o Júlio se injuriou e concluiu que não mais desejava vê-la... segundo sua tia...

— Foi assim?... Eles nem chegaram a tratar direito do assunto depois? Nossa! Nem nada...

— Isso eu não contei, Lisa...

— Como?

— Ao que parece, em um primeiro momento, o Júlio ficou reticente, filha... segundo sua tia, não acreditou... quem acreditaria numa coisa dessas? Eu também não acreditaria se uma coisa dessa acontecesse comigo!... Pense comigo... uma pessoa do nada chega e diz a você que a pessoa com quem você anda casada... a pessoa com quem você namora o traiu.

— Nossa! Seria desnorteante!

— Sem dúvida!... Aliás, é bem provável, Lisa, que na hora o Júlio tenha pensado que esse colega estava com a ideia de pregar uma peça nele... e foi o que pareceu! Por isso da ligação e da calma no comecinho...

— Pode ser..., mas e aí... como ficou, mãe? A tia deu mais algum detalhe ou ficou só nessa conversa?

— Ah, Lisa... não teve outra!... como contei... A Filomena teve de confirmar. Não tinha como não confessar. Estava tão na cara!

— Nossa! Que coisa!... Mas ficou só nisso?

— Ah! Sua tia me disse que a Meninha ainda tentou se justificar do jeito dela,,, dizendo que aquilo não significava nada... de que se arrependia amargamente. O que não adiantou... Sua tia me contou que, enquanto a Filomena tentava amenizar a situação, o Júlio se injuriou de vez e desligou o telefone na cara dela. Como se não bastasse, ainda a bloqueou,

Elisabeth escutava tudo aquilo com assombro, com um semblante de incompreensão. Ainda por cima, pensava em como era deprimente tanto para prima quanto para Júlio aquela situação. Ela se colocava no lugar de Júlio, de traído, mas imaginava que a prima devesse estar sofrendo também, já que sabia do amor desta por Júlio, só não entendia a traição.

— Mas, mãe... como a tia ficou a par disso?... Foi pela própria Filomena?

— Em partes, filha!...

— Como assim?

— Porque sua tia já começara a desconfiar do comportamento da Filomena, que andava mais quieta nos últimos dias... E sempre que sua tia perguntava do Júlio, a Meninha saía pela tangente, mudava de assunto, por vezes ficava toda nervosa. Até aí... tudo certo... A Dolores achava que os dois estivessem dando um tempo, quiçá haviam terminado... Aí tudo bem... E passando mais alguns dias e nada da Meninha se abri, nisso, sua tia começou a ficar preocupada... e resolveu mandar uma mensagem para Júlio e saber por ele o que acontecera. Só que não conseguiu. Parece que tentou ligar umas três vezes do próprio celular para o do Júlio, salvo engano, e ainda assim não conseguiu.

— Mãe, pelo jeito o Júlio bloqueou a tia... Por sinal, tenho para mim que o Júlio deve ter ficado com tamanha raiva da Filomena, que sobrou até mesmo para tia... mas continue...

— A Dolores achou também. É... Mas voltando, sua tia me contou que conseguiu ligar para o Júlio um tempo depois com o celular do seu tio, e ele atendeu. Você acredita, filha?!...

— Hãã

— A Dolores me contou que o Júlio foi rude com ela na ligação, alegando de modo ignorante que não desejava saber mais nada da Meninha e nem falar mais sobre o assunto... ainda mandara sua tia perguntar à filha dela o que acontecera... E ele declarou desse jeito, Lisa! Parecia que sua tia tinha culpa pelo que acontecera!... Tudo bem... o fato de ele estar triste, chateado; porém, precisa ser ignorante assim?...

— É...

— Não gostei disso da parte dele! Por mais difícil que possa ser essa situação, ele precisa manter a hombridade, ser mais íntegro... não é assim que se resolve os problemas... tadinha da sua tia, ela não tem nada com os erros da Meninha. Além do mais, sua tia sempre o tratou como filho... Nós somos prova disso! E ele não tem o direito de ser desrespeitoso dessa forma com ela. Não tem mesmo, filha! Você não concorda?! Que coisa mais feia! Fiquei revoltada ao saber desse lado dele — Ana Paula balançou a cabeça em sinal de desaprovação.

— Temos de entender o lado dele nesse caso, mãe! Trata-se de algo recente. — Elisabeth respirou fundo — Afinal, deve ser doído para o Júlio ficar tocando nisso, ainda mais sendo homem, né... dentro deste contexto atual!... Afinal...

— Filha... eu sei, mas...

— Bem, na minha opinião e acredito até que de modo geral, mãe... o homem sente bem mais a traição do que a mulher em casos assim... muito por causa de uma masculinidade frágil... do intenso julgamento que há no universo masculino... No fim das contas... mãe, quando o homem é traído, e os colegas tomam conhecimento... acaba virando motivo de piada no círculo dos conhecidos. Pode reparar!... Tanto que... quando essas coisas acontecem, é como se a virilidade e a vaidade machista, incrustada em muitos desses homens, fossem feridas pelo fato de terem sido traídos. Bem... se deixam levar por isso, se sentem diminuídos... Mas, mãe, eu estava até a pensar esses dias... essas coisas acontecem exclusivamente por causa do machismo, que tende a ser mais intenso nos homens do que, obviamente, nas mulheres... E você me perguntaria: e as mulheres? De fato!... Eu reconheço, julgam as que traem e os que traem, mas para nós, mulheres, essa questão da traição tem outra conotação, nós não ridicularizamos umas às outras, como muitos homens fazem..., com os seus supostos amigos. Tampouco usamos de agressividade mascarada de jocosidade... Se bem que, às vezes, mãe, há algumas mulheres que são tão cruéis quanto... Lembro-me até de uma menina que apanhou da...

— Ué, filha... sim, sim... É... — Elisabeth, em tal momento, tocou no braço da mãe. — O que foi, filha?

— Só um minuto, mãe!... permita-me terminar... É rapidinho. — Ana Paula balançou a cabeça em sinal de positivo, apesar de não estar disposta a envolver-se nesse tipo de discussão que a filha tentava engendrá-la. No caso dos homens, mãe, quando eles traem, são tachados de machões, viris, algumas vezes são até mesmo elogiados, exaltados pelos amigos. Trata-se de um absurdo!... um cúmulo! Eu sei!... Esses homens são uns... olhe só!... Vou lhe dizer! Se bem que eu conheço o Júlio, não o vejo assim... como tantos homens são. Sim, sim!... Eu o conheço... Trata-se de uma pessoa generosa, sim. Ele não é idiota... E, para ele estar assim, é porque realmente gosta da Filomena... e deve ser doloroso lembrar-se de que foi traído pela Meninha. No caso dele, trata-se disso, sem sombra de dúvidas, trata-se disso!... — Ana Paula escutou por alto o pequeno monólogo da filha. No entanto, daquilo que escutou, não conseguiu tirar direito a moral da argumentação da filha, se esta concordava com sua indignação. Na verdade, nem estava interessada entender o que poderia ser um traço do machismo ou não, Ana Paula desejava somente uma coisa: continuar contando o caso da sobrinha.

Enquanto a mãe relatava alguns pormenores insignificantes, Elisabeth deixou o feminismo de canto e começou a pensar nos motivos que levaram Filomena a trair Júlio, porque, para ela, os dois pareciam ser tão felizes juntos, a saber, Júlio sempre se mostrou uma pessoa gentil e amável com a prima, o que podia ser evidenciado pelas pessoas que conheciam os dois de perto. Sendo assim, era um caso no mínimo intrigante para Elisabeth.

E a mãe de Elisabeth continuava — Sua tia tentou fazê-lo falar sobre o que acontecera, filha..., mas ele não dava detalhe nenhum, mesmo com aquela insistência. Sua tia, coitada, ao perceber que dali não ia sair nada e vendo o Júlio ficar mais exaltado, resolveu não esticar mais a conversa e deixá-lo em paz...

— Eu entendi essa parte... Eu entendi! Mas você não disse ainda, mãe, como a tia tomou conhecimento.

— Ah, filha!... sua tia largara de mão o assunto. Achava que era um daqueles dramas de namorados, entende... a razão de toda aquela chateação de princípio do Júlio, daquele clima...

— Sei!

— Aí ficou uns dias assim... quando foi quarta-feira, como quem não quer nada, sua tia foi espiar a Meninha no quarto para ver... quando não... pegou a sua prima chorando... Aí... não entendendo nada, perguntou o porquê do choro, o que acontecera. Foi nesse momento que a Meninha se abriu, confessando que brigara com o Júlio... aí contou que ficara com um amigo da faculdade da Marcela... parece; mas não quis dizer com quem e nem quem era a pessoa.

— Perdão! Da Marcela?

—Sim! Aquela menina de cabelo longo!

— Ah, tá! A Marcelinha!

— É essa!... Aí, Lisa, a Dolores tentou insistir, perguntar o porquê disto, de trair o rapaz... por fim resolveu largar de mão também, já que a Meninha começou a chorar na hora... Ai, filha!... A Dolores me disse que a Meninha anda com uma carinha de cortar o coração... Coitadinha. Na hora que for mãe, você vai entender essas coisas!

— É complicado... é complicado...

— Coitada da Dolores, filha. Ela me confidenciou que sentiu uma raiva enorme na hora que soube. Ela tinha ciência de ser errado o que a Filomena fizera, mas mãe é mãe, Lisa! Você sabe como é... jamais largaria uma filha sofrendo. Você não vê como eu fico na hora que tem aquelas suas crises.

— Verdade! É algo difícil mesmo... Mas, e o tio, mãe, ele tomou conhecimento disso?

— Ainda não, filha, mas fico com dó da sua prima... na hora que ele souber... já que aquele seu tio é um bruto, não sabe conversar... Já vou alertar a Dolores... que se acontecer alguma confusão de novo entre os dois... que ela converse com a Filomena e a convença a ficar aqui por alguns dias. Baixando a poeira, ela volta de novo... Desse jeito evitaria de ter mais confusão com o seu tio também... Mas vou ver primeiro... torcendo que não aconteça nada!

Toda a preocupação de Ana Paula justificava-se pelo clima tenso entre a sobrinha e o cunhado nos últimos dias. Já que Filomena havia discutido com o próprio pai por um motivo banal há mais ou menos uma semana. Ou seja, deu-se que o pai de Filomena ficara nervoso com o fato de a filha ter usado o seu carro para ir a uma festa, na casa de uma amiga, num sábado à noite, sem avisá-lo. Na ocasião, Filomena argumentou, quando o pai fora reclamar do carro, que o pegara apenas por saber que ele, o pai, não costumava usá-lo aos sábados. Entretanto, não adiantou argumentar, pois o pai, ao ouvir essa justificativa, começou a gritar e dizer à filha que ela era uma irresponsável sem noção, que deveria pegar o carro apenas quando tivesse precisão, jamais para ir à festinha curti com os amiguinhos. Filomena, por sua vez, achou por bem não retrucar. No fim, sabia que, quando o pai começava a discutir, praticamente, perdia o senso de razoabilidade. A saber, desde essa discussão,

Filomena estava evitando falar com o pai. Ficara ressentida, triste com aquela mesquinharia.

Isso posto, Elisabeth disse a Ana Paula. — Mãe, decidi ligar para Filomena, preciso saber como ela está... se está bem!

— Ligue sim!... Depois me conte. Ando preocupadíssima ainda, acredita? Mas já que vai ligar, está bem! Qualquer coisa, se der alguma confusão com seu tio... damos uma passada.

— Tudo bem!

Dito isso, Elisabeth subiu para o quarto; porém, não ligou para a prima como havia dito, na verdade, pensava em como a prima tinha-se permitido estar numa situação como aquela.

A propósito, no momento em que entrava em seu quarto, Elisabeth dialogava consigo — Minha nossa, Filomena! Como resolverá esse problema sem arrumar mais confusão?! Minha vida!... como há pessoas que gostam de complicar o fácil e dificultar o que é simples... Minha nossa!... Pare! Pare! Parou de julgar!... É melhor eu ficar quieta... afinal de contas, nem sei o que aconteceu... Por sinal, acabei de falar em julgamento e cá estou, como uma juíza, a julgar as atitudes da Filomena. Minha nossa, como sou uma tonta!... O melhor que faço é deixar isso para lá... Ah, não! Preciso ligar! Preciso tratar disso primeiro... — breve pausa — Nossa!... que euforia estranha do nada... que estranho! Ai... não estou a pensar direito. Calma... calma...

Elisabeth encaminhou-se para cama e deitou-se nela. Procurou respirar mais fundo para acalmar-se, olhou para o teto branco do seu quarto, e, ao fazê-lo, fechou os olhos. Deitada ali com os olhos cerrados, sentiu um leve cheiro de lavanda pairando sobre o ar do quarto; estranhou aquele cheiro diferente no ar. Ela não se lembrava do pedido feito à mãe, no dia anterior, de comprar o aromatizador para seu aposento, a fim de tirar um suposto cheiro de mofo que havia no mesmo. O mais incrível disso foi que Elisabeth passara a manhã inteira e uma parte da tarde no quarto sem identificar qualquer traço de lavanda muito menos perceber o aparelhinho branco sobre a mesa do computador dela a borrifar aquele cheiro, tal o grau de alheamento dela no dia, o que esse evento só veio a somar.

Para mais, Elisabeth chegou a sentir-se um tanto confusa ao repassar os detalhes trazidos pela mãe. Na adrenalina, imaginou que aquela história não se passasse de uma grande miragem que estava fazendo-a confundir os sentidos; ou que talvez o envolvimento e a paixão por *Anna Karenina* pudessem estar mexendo com o seu siso, levando-a fantasiar as coisas e transpor na vida da prima. Por sua vez, ao parar e se perguntar se era isso, sentiu medo, medo por estar a falsear a realidade e com a possibilidade de negar o óbvio. Possibilidade que não fora adiante, afinal logo caiu em si, ao assustar-se, com o barulho da campainha do celular, escapando daquele estado de quase obnubilação, uma vez que a história da prima era para lá de concreta, além de tê-la tocado para além da conta.

Tratando-se da relação com Filomena, Elisabeth gostava desta, é bem verdade que não se achava muito próxima daquela naqueles últimos tempos e a razão disso era a faculdade, a qual estava-lhe custando muitas horas justamente pela questão de Elisabeth estudar em período integral. E a prima arrumara também outras amizades, e Elisabeth tornara-se mais caseira ainda. De sorte que, apesar desse distanciamento, um tanto voluntário, Elisabeth nutria bons sentimentos e se preocupava com o bem estar da prima, porque a tinha como quase irmã, graças a convivência bastante próxima com Filomena durante a infância e a adolescência.

Ao afastar-se daquelas ideias *deliróides* e voltar ao ponto de início, Elisabeth entendia que era interessante fazer algo a mais além de ligar para prima; em contrapartida, ainda se achava insegura, pois se questionava-se ela, uma pessoa insegura, inexperiente, poderia fazer alguma coisa de relevante pela prima. Aliás, essas ruminações sempre perseguiam-na à medida que via alguém próximo em sofrimento. Sentia-se impotente, quando se via diante das dificuldades alheias; em certos momentos, esse seu jeito de pensar chegava lhe trazer boa dose de angústia. Por isso que, como saída para essas situações, quando não buscava os livros, Elisabeth fazia recorte de *Papercut art*, pintura a óleo, no entanto, não fez nenhuma dessas três naquela hora, apenas continuou por mais algum tempo, na cama, deitada a intercalar ora preocupações com Filomena, ora a angustiar-se com os habituais problemas que povoavam sua cabeça.

Por não ter grandes experiências em questão de relacionamento, temia não ajudar e ainda por cima atrapalhar. Ao preocupar-se bem como na sede de se fazer útil, Elisabeth terminava pensando coisas negativas, por vezes, paralisando ao pensar demais. A saber, embora Elisabeth fosse uma jovem muito romântica, nunca vivera algo que pudesse chamar daquelas paixões de arrebatar a alma, já que havia tido somente dois relacionamentos curtos, mas em nenhum destes viveu aquilo que acreditava ser o amor autêntico.

Entretanto, apesar de ter as suas aspirações amorosas frustradas nessas duas ocasiões, nem por isso esmoreceu, ao contrário, regava constantemente o coração de esperança; para que quando brotasse o amor, estivesse pronta a receber. Ao menos, era com isso que Elisabeth contava.

Capítulo 2

Na casa de Alexandra, localizada no Jardim Anália Franco, acontecia uma pequena confraternização familiar pela primeira visita de Isadora à casa dos pais após casar-se. Por isso, não querendo fazer feio, no retorno da filha e do genro Sebastian a sua casa, a mãe de Isadora, com ajuda do marido, querendo dar uma recepção à altura, preparara um almoço especial para os recém-casados. Estes que, a propósito, não trataram a confraternização com a mesma importância. Diga-se, quase colocaram em xeque o tal almoço, afinal antes de chegarem, fizeram a anfitriã ter um pequeno ataque de nervos, levando-a ter uma queda de pressão. Tudo por conta do atraso de quase 2 horas, bem como pelo fato de terem ficado incomunicáveis durante aquela manhã. Com esses indícios, a mãe de Isadora e Alexandra se abalou ao pensar que, aquele dia tão especial, seria estragado pela ausência dos convivas mais uma vez, pois já seria a terceira vez que a filha Isadora desmarcava a visita. Mas, assim que Isadora chegou à casa dos pais, foi-se uma felicidade só, com abraços, choros, carinho, beijos.

Isadora chegou à casa dos pais por volta das 14h. Aliás, o atraso dela se deu porque Isadora perdeu-se no horário durante aquela manhã, quer dizer, desorganizou-se, mesmo ciente há alguns dias de que a mãe faria a tal confraternização e com apelo de que chegasse cedo a fim de aproveitar melhor o dia. Agora, ao decidir fazer uma progressiva nos cabelos, numa cabeleireira próxima ao apartamento, ao ser avisada que vagara um horário de última hora na agenda de sua cabeleireira preferida, perdeu a hora. De sorte que se havia algo que fazia Isadora perder o horário, bem como a noção das coisas, eram esses cabelos. A única pessoa a não se desgastar com esses atrasos de Isadora era Sebastian, que sempre postergava para se arrumar, quando tinha de sair com Isadora. Em certa medida, o comportamento dele compatibilizava com o de Isadora. Afinal de contas, Sebastian não era muito apegado a ideia de pontualidade, ou melhor, era, mas só quando se tratava do trabalho. A sogra de Sebastian, por outro lado, nunca se adaptou as excentricidades de Isadora, por isso vivia a reclamar.

Voltando. Com o atraso dos convivas, e eles, os pais de Isadora e Alexandra, estavam aguardando-os chegarem para poderem finalmente tocar na comida. Ou seja, com a chegada da filha e do genro, a sogra entendeu que chegara a hora de reunir todos, na sala de jantar. Sendo assim, ajeitou os pratos, as travessas para que todos pudessem começar a servir-se. No fim das contas, ela mesma àquela altura já estava com fome. Entretanto, antes de sentar-se à mesa para cear com os pais, Isadora declarou de canto à irmã Alexandra que gostaria de ver seu antigo quarto; quarto esse ocupado naquele momento pela própria Alexandra, a mais nova das duas. Aliás, tratando-se de idade; Alexandra, assim como Elisabeth, estava com 20 anos; enquanto Isadora achava-se com 24 anos.

Voltando. Ao saber do desejo da irmã, Alexandra pediu à mãe, com o protesto desta de isso é hora, ou seja, que segurasse um pouco mais o almoço ou fossem servindo-se enquanto isso, porque levaria primeiro a irmã ao quarto para mostrar a esta as modificações feitas no antigo aposento da irmã. Apesar que não havia nada relevante a mostrar. Afinal, se fosse para falar em mudança, mudara apenas um aspecto, no quarto, a pintura. A propósito, Alexandra pediu ao pai que mudasse a cor do quarto de rosa para verde-limão, afinal as paredes já estavam descascando devido a passagem do tempo, e, sobretudo, por conta do rosa quartzo, cor esta que Alexandra nunca gostou.

Ao entrar nesse quarto, a pessoa logo notava um lindo tapete felpudo preto sobre um porcelanato cor de madeira, também chamava atenção de vista o guarda-roupa sem porta estilizado no lado oeste do ambiente. Nessa mobília, além dos espaços nos quais eram colocadas as roupas, havia ainda outros compartimentos, nos quais se encontravam e sobremaneira se destacavam algumas *matrioskas* da Rússia; estas dadas de presente por Elisabeth a Alexandra, quando esta fizera 21 anos. Agora, nos demais espaços, do tal guarda-roupa, achavam-se livros de economia, de estatística, algumas revistas científicas antigas, livros de literatura fantástica. Achavam-se ali ainda compêndios de odontologia, algumas medalhas de matemática de Isadora, fotos de paisagens, fotos de bichos exóticos, algumas dos familiares.

Por sua vez, no canto oposto, a todas essas coisas, localizava-se uma cama de casal e um criado mudo, os dois de mogno e bem conservados. Em cima desse criado mudo ficava um abajur velho, da época em que Alexandra tinha mais ou menos uns oito anos. Já ao lado direito do guarda-roupa ficava uma escrivaninha, também de mogno, só que esta mais nova e toda envernizada com um verniz brilhante. Ademais, no quarto havia um closet, todavia este não estava sendo usado por Alexandra naquele momento, por estar cheio de quinquilharias. A verdade é que Isadora o usava, quando ainda morava ali, para guardar roupas que não mais usava, bem como depositar os presentes que algumas empresas costumavam enviar-lhe como uma espécie de agrado. Da parte de Alexandra, por preocupação, esta não quis mexer nessas coisas, tampouco desfazer-se delas, ao achar que de repente a irmã pudesse vir a precisar de alguma dessas.

Ou seja, quase tudo continuava disposto da maneira como Isadora os deixou ao partir. Excetuando-se, claro, algumas roupas, o violão e um teclado musical, os quais Alexandra fez questão de transferir do antigo aposento para esse, que por sinal era bem mais amplo que o outro no qual estava. No mais, ficou tudo do jeito que Isadora os deixou. Aliás, não se sabia o porquê de Isadora não ter levado quase nada de seu antigo quarto para a nova casa.

Isso posto, apesar da afeição de Isadora por seu antigo e nostálgico cantinho, ela não estava aparentemente preocupada com nenhuma dessas coisas naquele momento, usou a questão de ver o antigo quarto meramente como pretexto, na realidade desejava mais era conversar com a irmã sem a presença dos pais e do marido, já que fazia um bom tempo que não tinha uma conversa reservada com Alexandra.

A propósito, Isadora amava conversar com a irmã, pedi alguns conselhos, mesmo sendo a irmã mais velha; embora quase nunca os seguia, ou seja, os conselhos, quando estes eram dados. Prosseguindo-se, o fato é que as duas sentiam falta uma da outra, tinham saudades das conversas antes de dormir, das brincadeiras, até mesmo das implicâncias andavam sentindo-se órfãos naqueles últimos meses. E outra, sempre foram muito unidas; porém, com o casamento e as novas circunstâncias profissionais de Isadora e outros motivos, as conversas que costumavam ter tornaram-se cada vez menos frequentes, os encontros, menos ainda. Situação essa que impactou bastante no humor de Alexandra...

Não obstante, chegando ao quarto, as duas puderam fazer o que era tão habitual anteriormente.

— Menina! Conseguiu, hem!...

— Do que está falando...

— A pintura...

— Ah... — sorriu Alexandra ironicamente — já imaginava que você ia falar...

— Teimou tanto em pintar meu quarto, que conseguiu, hein?... Tá feliz?

— Tô! Como não está?

— Cê é um caso delicado!... No momento em que põe uma coisa na cabeça, é ruim de tirar.

— Pode parar, vá! E digo mais...

— Lá vem!

— Coloque-se no seu lugar... pois, para começo de conversa, a senhorita não manda mais em nada aqui para querer dar palpite... É tudo meu agora, amore! Aceite... A senhorita é apenas visita agora, tá bem!

— Ui... então é assim!

— Agora é... Quem mandou a senhorita se mudar!...

— Então é assim, sua descarada! Só foi eu saí daqui para que colocasse suas garrinhas de fora... e pegar o que é meu...

— Seu?

— Siim... Você que me aguarde! — Alexandra riu com esse comentário.

— Pare, vá!... Agora... deixe-me dizer...

— Hã!?

— As paredes estavam descascando, Isadora... Tive de falar com o pai para chamar o seu Zé! — seu Zé era o senhor que fazia as manutenções na casa de Alexandra — ... E convenhamos, amore, aquele rosa era muito infantil...

— Infantil uma ova! Era lindo! Cê que não tem bom gosto...

— É mesmo? Eu não tenho?...

— É sim, sua invejosa...

— Ok! Então me diz... se é tão lindo... ó... especial assim, por que a bonita não pintou a nova casa inteirinha de rosa então?

— Olhe... que grossa... pai amado!

— Grossa nada! — disse Alexandra interrompendo a fala da irmã.

— Vamos parar por aqui! Você não sabe brincar, Alê! Parte logo para suas grosserias. — Isadora virou rosto, ao fingir estar emburrada.

— Você me provoca e depois não aguenta ouvir as verdades...

— Não perde essas manias... não sei como seu...

— É brincadeira, amore... Não percebeu que eu amo você!? — Alexandra fez um carinho no rosto da irmã após expressar tal último comentário.

— Eu também, bebê! — ao dizer isso, perguntou — Brincadeira à parte... E aí... à quantas andam os estudos?

— Os estudos, Isa?... Aah... graças a Deus as coisas vão bem, Isa...

— É?

— Sim, amore! Como está no começo de semestre... está mais tranquilo! Não há muito o que dizer... é como em Economia, como na sua pós... — Isadora fazia MBA em finanças.

— Na minha pós?! Quem disse?

— Não? — Isadora gesticulou que não — Digo por mim então, porque em odonto os professores não ficam tanto no pé nesse comecinho...

— Sorte a sua... na verdade, sorte não é bem a palavra...

— Agora deixe-me dizer... deixe!

— Sou todo ouvidos...

— Idiota... — Alexandra percebeu uma ironia nessa fala — Como ia dizendo... de março em diante começam a ficar, amore, aí é pauleira! Aí vem tudo: as provas teóricas, as práticas, as benditas bimestrais, que não são bem bimestrais... Aliás, espero não pegar exame de novo neste semestre, porque da última, meu Deus! Nem comentei, amore...

— O que aconteceu?

— Eu não peguei exame de novo!... Amore, foi um baita de um calvário ter de fazer a porcaria daquela prova para passar. Oh... como eu odeio pegar... — Isadora cursava o sexto semestre de odontologia na Universidade estadual São Zaqueu.

— Olhe a boca, Alexandra! Espere para ver o pastor de sua igreja ouvir você dizendo porcaria — sorriu Isadora para a irmã.

— Eita! Você gosta de pegar no meu pé, hem! Desde quando porcaria é palavrão?! De onde tirou isso?

— É brincadeira, sua boba! Quero irritar você... Que saudades de irritá-la assim. — risos.

— Isadora!... Pare! Estou falando sério agora...

— Tá bem! Parei!... No entanto, brincadeira à parte, é assim mesmo, Alê, acontece de pegar exame uma vez ou outra... eu, por exemplo, nunca peguei, mas...

— Eu nunca peguei, eu nunca peguei... Sempre tem de fazer ressalvas, hem...

— Não ponha palavras na minha boca! E me escute...

— Ok! Diga aí!

— Desta vez vai dar tudo certo. Fique tranquila... É só estudar direitinho. Além disso, eu sei que a minha mana é a mais inteligente de todas.

— Não precisa exagerar!

— Que exagero, bebê! Você é sim... é e pronto! — Alexandra achou graça na maneira que irmã expressou essa última frase e sorriu.

— Obrigada pela gentileza, amore!... Agora, vamos falar de você...

— De mim?

— É!

— O que quer saber?

— Do casamento...

— Quer saber mesmo!

— É óbvio... por isso perguntei!

— Já que perguntou, não irei mentir!... Vem sendo difícil...

— Por que difícil?

— É... vem! Sei lá... não me sinto tão feliz assim, Alê! Não sei...

— O quê! O Sebastian trata mal você?... Eu sabia, eu sabia... nunca confiei nele! — Isadora olhou para a irmã com ar de insatisfação — Você vai me desculpar, mas vou dizer poucas e boas a ele quando eu descer, você vai ver!

— Não comece, Alexandra!... oxe... Não irá fazer coisa alguma... Ei!?... olhe para mim. Não é nada disso... não fique nervosa. Caramba! Que coisa! Também não mencione nada aos pais... ou ao Sebastian... Do contrário, terei de ficar me explicando, e é o que eu menos pretendo fazer no momento... por isto, Alê, por favor, não mencione! Você sabe melhor do que eu como os nossos pais são!

— Tá bom! Agora... explique melhor então?

— Tá... como eu posso dizer... Olhe!... Eu sonhava tanto com isto... ééé... eu me casando, estando casada, entende?... Porém, não consegui realizar a minha felicidade... Não sei se é bem isso também... É tudo tão confuso, que, muitas vezes, nem consigo dizer ao certo o que é... — inquietou-se Isadora — Oxe! O que é isso?!

— O que foi, Isa?

— Cacilda! É o meu celular vibrando, esqueci de desligá-lo!

— Eita... Meu Cristo... me assustou agora... fez uma cara!... Meu Deus, pensei que estava passando mal, tal qual àquela última vez! Ufa!

— Calma aí! Desliguei, pronto! Nem me lembre... quase morri aquele dia. Hum...

— Agora, o seu celular... pensei...

— O que tem o meu celular?

— Como o que tem?... Eu e a mãe estávamos como loucas, meia hora atrás, ligando para você... E você nem para atender, hem...

— Não! Eu desliguei, ou melhor, estava desligado, bebê!... eu vim ligá-lo agorinha pouco para ver um negócio!

— Pois bem! Vá... esqueça essa história de celular! Continue o assunto la... Vá! Alexandra demonstrou um rosto de aborrecimento enquanto a irmã falava do celular.

— Tá! Onde eu estava... Ah, sim, sim! Eu achava, Alê, que ia ficar mais satisfeita no momento em que estivesse casada... Mas não fiquei... Sei lá, parece pior do que antes.

— Pior do que antes, não entendi!...

— Ah... fico muito frustrada, Alê, com fato de eu e o Sebastian estarmos mais tempo juntos, mas nem por isso mais próximos. Aliás, sei que é estranho eu declarar isso, porém, é o que venho percebendo, é o que sinto... e eu não quis dizer essas coisas antes para não ficar criando mais coisas na cabeça... mas, como vinha dizendo, as coisas mudaram de uma forma entre a gente, Alê!... O que me fez ficar meio assim, entende?...

— Mais ou menos, Isa! Mas diz isso... o quê?... para eu entender, porque eu estou confusa... — Alexandra viu uma tristeza assomar os olhos da irmã.

— Como posso explicar melhor... Vamos lá... Ah, sim! Na época em que éramos namorados, bem no comecinho... sentia o Sebastian mais atencioso comigo... compartilhávamos mais as nossas coisas, entende; os nossos sentimentos, nossos sonhos... Essas coisas... — deu uma pequena pausa Isadora — Éramos realmente parceiros, namorados. Hoje parecemos mais dois agregados que convivem.

— Dois agregados?

— Sim, hoje, Alê, apenas desejo que as coisas voltem a ser como antes; e, não sendo melhor, que ao menos continuassem como antes.

— É...

— Para não pensar que é exagero da minha parte, escute só:

— Quê...

— As únicas coisas que estamos compartilhando ultimamente são as tarefas de casa; uma conta que está para vencer e precisa ser paga, um produto que acabou e precisa ser comprado... É como está o meu casamento ultimamente! Não é e nem era para estar assim! Não me casei para isso, mas sim para mais... Não sei... ou não... Outras horas me dá impressão de que o casamento mais nos distanciou do que propriamente nos aproximou... Justamente o fato de eu constatar isso, muitas vezes, me dói... que nem sei!... — Isadora parou de falar por um instante, olhou em volta, parecendo recordar de algo que a tanto desejava lembrar-se — O que faço numa situação dessas,

Alê?... Eu estou com as mãos atadas! Será que eu casei muito cedo? Será que venho fazendo algo de errado?

— Hum... Você já tentou conversar com ele a respeito?

Isadora ignorou a pergunta da irmã e continuou a sua digressão — Será que casar é deste jeito... Será que o casamento faz com que os sentimentos das pessoas esfriem ou há uma acomodação normal, e eu não me habituei muito bem a isso. Se for verdade, que triste não seria. Imagina?!

— Acho que não, Isa! Observe os nossos pais, por exemplo, se amam mesmo estando casados há anos.

Isadora novamente não prestou atenção às palavras da irmã e emendou — Será o medo de perder a pessoa amada que torna ou faz do namorado alguém mais amoroso, mais atencioso no começo do relacionamento; aí, no momento em que vem o casamento, esse medo vai sendo diluído ao ponto de chegar a não ser sentido... Cacilda! Será isso o que vem acontecendo com o Sebastian!? Afinal, será que o amor reside onde há medo?... se não há... significa que...

Isadora parou de falar por um momento, quando Alexandra ia dizer algo, Isadora retomou. — Cansei disso; vamos falar de outra coisa, Alê! Se eu ficar nessas lamúrias, acabarei ficando mal o dia todo... Tá decidido! Não façamos mais menção a essas coisas!...

— Tá bom! Acho melhor mesmo... mas do que quer falar?

— Hã... Ah, lembrei... Você não mencionou... à quantas andam as coisas com o Pedro? — Alexandra, entendendo a chateação da irmã, resolveu apenas responder à pergunta e não mais tocar no assunto do casamento, de modo a não deixar a irmã triste.

— Estamos felizes graças a Deus, Isa! — Alexandra sentiu um constrangimento ao dizer estar feliz enquanto percebia o rosto triste da irmã a sua frente, mas continuou, um pouco constrangida, a declarar — Hem?! O Pedro recebeu uma promoção, esqueci de contar. Agora ele é chefe de produção naquela fábrica de móveis planejados, aquela que comentei com você há algum tempo... Aquela, lembra? — Isadora confirmou com a cabeça. — Pois então... você precisava ver, Isadora!... o Pedro ficou tão feliz... eu também, é óbvio! Enfim, ele merece muito! Foram anos de muitas dificuldades, mas graças a Deus a benção chegou para a vida dele...

— Glórias a Deus!

— Amém... Deixe-me falar outra coisa...

— O quê?

— Nós marcamos de jantar naquele restaurante, acho que fui com você e com a Lisa lá certa vez... qual é o nome mesmo?... Não me recordo agora, não faz mal... Hem?! Vamos nesta semana ou na outra lá... Você não sabe também, amore... Tive de ficar enchendo o saco do Pedro para sairmos. Eu comentava com ele que era necessário nós comemorarmos, é algo muito importante... é uma promoção! Não é toda hora que se ganha uma! Não é verdade? — Isadora assentiu com a cabeça. — Agora, o Pedro não gosta muito dessas coisas, amore! Diz ser esbanjamento... Mas eu sempre digo ao Pedro o quanto é importante comemorarmos nossas conquistas, pois ninguém fará por nós.

— Eu já tinha percebido que ele é bem reservado, quietão. Mas... realmente me alegra saber que vocês estão bem!

— Obrigada, Isa! Agora, a questão de ser reservado, isso é mais com os outros, comigo ele é super normal.

— Que bom, né... como diz a Elisabeth... — risos. — Apesar de estar triste em muitos momentos, Isadora encontrava tempo para sorrir, o que de certa maneira admirava Alexandra, de modo que via nisso algo de admirável, pois dava a impressão que irmã era uma pessoa muito mais forte do que demonstrava ser. — Falando nela, como ela está? Pensei que estaria aqui hoje para me ver, já que não vai me visitar!

— Ai... o erro foi meu... eu que esqueci de avisar a Lise... que você viria nos visitar hoje. Se ela soubesse de sua visita, teria vindo aqui. Ademais, ela ficou de me ligar mais tarde... e quer saber? Deveríamos marcar um dia para nós sairmos juntas de novo... Já faz tanto tempo que não fazemos isso.

— Vamos marcar! Talvez nesta semana...

— Okay! Irei falar com a Lise.

— Sinto saudades das conversas apaixonadas da Lisa. Aquela garota é uma graça... Ela já encontrou o príncipe dela ou continua com o sapo? — risos.

— Ainda não, amore! A Lise é persistente... Já que está nessa de parafrasear... a fé dela continua firme como uma rocha — Quem frequentemente dizia essa expressão de fé e rocha era uma das tias de Alexandra e Isadora, de nome Geralda. Por sinal, estas duas caíram na gargalhada com a tal citação; afinal, lembrar da tal tia as fazia recordar das brincadeiras que aprontavam na casa dessa quando os pais as deixavam por lá para ir visitar parentes em outras cidades no interior de São Paulo — Ah, eu nem lhe falei do namorado da Lise. Namorado não! Ex agora!... — Isadora ignorou essa última informação, ou seja, o comentário acerca do ex-namorado de Elisabeth.

Disse Isadora: — Caramba... lembra daquela vez... acho que você tinha uns quatro ou cinco anos na época, e decidimos cozinhar na casa da tia enquanto... a tia lavava roupa. Lembra? Lembra?

— É claro que me lembro, sua maluca!... Você quase colocou fogo na casa da tia, mana!

— Só eu? Não! a gente! Nem venha se excluir.

— É vero... Mas foi você que deu a ideia, sua louca!... Ainda bem que o tio chegou na hora certa para não deixar o fogo se alastrar... Eita... aquele dia íamos conseguir botar fogo na casa da tia, não acredito! Meu Cristo! Você podia ter me matado e, de quebra, acabado com a casa da tia, sua louca! — as duas riram alto. — Você era uma pestinha, Isa! Hem... Meu Deus!

— Nem venha de conversa, você também era! Agora, o mais engraçado foi ver você correndo que nem uma Chita no momento em que viu o fogo pegando no pano do fogão da tia. Caramba!... que engraçado!... Você é fogo, menina, desde pequena sempre foi esperta, mais ainda para correr quando as coisas davam "ruim", e não é!? — daquela vez as duas riram tão alto, que o pessoal na sala assustou-se com o barulho das risadas.

— Imagino que o pior mesmo foi na vez em que quase matamos a tia do coração. Recorda?

— Qual? Não me lembro... Foram tantas!

— Aah... Foi naquela vez na qual pegamos o dinheiro da tia de pagar a conta e fomos comprar sorvete...

— Você lembra... — sorriu Isadora.

— Isa, como fiquei com medo quando você começou a chorar, dizendo que não sabia voltar para casa da tia Tereza. Acho que aquele dia foi o dia no qual eu mais senti medo na minha vida... Meu Cristo!...

— Tivemos a cara de pau de fazer isso... Que vergonha!

— Pois é... Você era uma loca... e o pior de tudo é que eu ainda ia atrás de você. Coitada de mim, eu não tinha noção nenhuma.

— Veja pelo lado positivo, esse dia foi legal! Minto, na verdade, pensando melhor... foi um desastre. Caramba! Ainda bem que aquele senhor tinha visto a gente na casa da tia. Menina, porque se não fosse ele... nem sei, pobre da tia... naquele dia finalmente tínhamos conseguido mandá-la para o céu de vez. Falando nesse senhor, preciso perguntar à tia sobre... se ele está morando em Cosmorama... ou mesmo vivo.

— Acho que está... Imagino que ele esteja com uns 75 ou 80 anos, por aí... Você é muito louca... Agora, imagina só!?... se um tarado doido tivesse pegado nós duas, Deus me livre!

— Pobre da nossa tia, sofria nas nossas mãos, Jesus Cristo!... É por essas e outras que ela nunca quis ter filho. Acho que por trauma da gente, Alê! — risos — Mas do que falávamos? Eu me esqueci...

— Hãã... De quando nós quase colocamos fogo na cozinha da tia.

— Não, não... não era isso!

— Sim! Comentávamos a respeito de sairmos eu, você e a Elisabeth.

— É mesmo! Já estava me esquecendo. Aliás, menina... minha memória tá ruim... O Sebastian que vive me dizendo que ando desligada ultimamente. — Ao declarar isso, por um instante, Isadora parou de fitar a irmã, abaixou lentamente a cabeça e levou os olhos ao chão. No momento, Isadora voltou novamente a pensar em seu casamento; ao fazê-lo, sentiu retornar a tristeza. O semblante dela mudou completamente em questão de segundos. Já não se viam os resquícios da alegria de instantes. A máscara da tristeza apossou-se do rosto de Isadora. Alexandra se assustou com o repentino sumiço do entusiasmo da irmã e quedou-se desanimada. Após essa breve pausa, Isadora continuou — Não sei não... se eu pudesse almejar algo neste momento, Alê, almejaria ter uma fração dessa paixão juvenil da Lisa... Ao menos, se tivesse, seria algo para afastar a minha languidez.

— Mas por que dessas coisas, Isa? Você não é assim! Estou estranhando você. Ainda há pouco achava-se dando risada... — Alexandra sentiu um desgosto com o súbito retorno do desânimo da irmã.

— Então...

— Então o que, Isa?

— É como ter algo em que possa se dirigir no momento em que não há mais nada para se ancorar... Às vezes a vida é tão difícil de se levar... E ter algo assim, como a Lisa tem, ou a esperança de que algo de bom estar por vir... isso acalenta um tanto... Oxalá eu tivesse um dos dois!

— Isso não poderia ser um filho, Isa? Talvez esteja faltando isso na sua vida, na vida de vocês... para dar um frescor!

— Creio que não! Sinceramente!

— Hã?

— Aliás, posso almejar sim!... posso sim! Sinceramente, sabe com o que sonho mesmo, Alê?

— Com o quê?

— Eu sonho é em estar apaixonada novamente. Não há nada mais gostoso e intenso do que isso... do que aqueles momentos em que o amor está no estágio da paixão. Momentos como esses absorvem a gente totalmente... eles fazem a gente esquecer de tudo...

— Meu Deus! Isa! Você está negativa hoje, meu Cristo!... Está estranha... comentando essas coisas... Se eu não a conhecesse bem, diria que está depressiva.

— Sei lá! Acredito que não! É só desânimo... Fora que eu tinha tantas expectativas antes de me casar, Alê! Eu me imaginava tão feliz... conquistando os meus objetivos. Hoje me vejo totalmente diferente daquilo que sonhei... E não sei nem o porquê de eu estar contando isso a você...

— Somos irmãs, amore! Conte-me qualquer coisa!

— Sim! Sei disso... Também não quero ficar preocupando você com os meus problemas... apenas reconheço que precisava desabafar com alguém. Já que não venho conseguindo me abrir com o Sebastian sobre.

— O que é? Ele não gosta de conversar, amore?! Como pode uma coisa dessa?! Ele é seu marido... seu parceiro! Ele não pode fazer isso!

— Não me entenda mal! Eu menciono o fato de se eu for me abrir com o Sebastian sobre, sei lá... o Sebastian possa pensar que eu esteja infeliz com o nosso casamento, e as coisas possam vir a degringolar ainda mais em razão disso, entende?! Não vou aborrecê-lo com essas coisas... Fora que tenho medo de perdê-lo também, Alê! Pois, bem ou mal, eu gosto muito do Sebastian...

— Faça como nós... Por exemplo, quando eu e Pedro estamos um pouco brigados... paramos um pouco, discutimos o que vem nos incomodando! Tal qual uma vez... Nem lhe disse... o Pedro estava com a ideia de ir morar no centro. Lá na Santa Cecília... Eu bati o pé, não podia estar de acordo com algo que claramente nos distanciaria. Você me conhece, gosto de estar junto, de ver a pessoa... Ficava com uma raiva dele quando vinha com essas ideias... Em resumo, resolvemos...

— Alê... Santa Cecília é meia horinha daqui...

— É, amore, meia hora daqui mesmo! Agora, convenhamos... é uma questão de prioridade... eu, por exemplo, deixei de fazer o intercâmbio no Canadá... em prol de estar perto do Pedro. Aí passa um tempo e ele vem com essa!

— Espere um pouco... os pais não haviam pagado tudo...?

— Sim... mas não vem ao caso...

— Como não vem?... e o dinheiro?

— O pai negociou lá na agência e conseguiu o reembolso de uma parte do dinheiro... Agora, não vem ao caso!

— Caramba, Alê... você fez os pais gastarem dinheiro à toa?... Você é fogo!

— Ah, eu me desculpei com a mãe e o pai, e eles entenderam os meus motivos... sabem que não foi por capricho!

— Ah... se fosse eu que fizesse isso, na época em que fui fazer o meu! Jesus amado! O papai e a mamãe teriam me comido viva.

— Pare, vá... e não me julgue... porque você quase fez o mesmo — Alexandra referia ao receio que tomou conta de Isadora às vésperas de viajar para o intercâmbio na Austrália

— Eu não digo... Os pais são lenientes demais com você, enquanto comigo...

— Não vem ao caso. E você está fugindo do assunto... Falávamos de você...

— Está bem!

— Então... como ia dizendo, Alê, nós nos escutamos... Se ele realmente ama você, vai entender o seu momento.

— Será?

— Mas é claro! Agora... se você precisar de mim, conte comigo para qualquer coisa; afinal, somos irmãs, e eu quero e sempre vou querer o seu bem. Lembre-se de que você é meu amorzinho, tá... embora seja uma chata de primeira! Agora, não fique assim não, amore! Tá bom!? Não gosto de vê-la assim... eu fico com raiva, eu fico triste por você!

— Tá bom... Obrigada, Lê! Irei parar com isso... — Isadora esboçou um sorriso ao notar o rosto de preocupação da irmã. E como sou grata a Deus por ele ter me dado uma irmã como você. Aliás, como senti falta de momentos como esse na minha nova casa. — Alexandra sorriu para a irmã ao ouvir essas palavras — Falarei com o Pedro e irei solicitar... que libere você para ir morar em minha casa, pois preciso da minha nojetinha favorita em minha casa cuidando de mim.

— Vai ter de falar com a mãe também! — risos — Quando for assim, amore, me mande mensagem, me ligue... Às vezes quero conversar com você, mas não consigo, você não atende o celular... me dá a impressão...

— Olhe, vou dizer a verdade, Alê, eu não gosto muito de usar o celular após sair do trabalho, entende... Menina, já passo o dia inteiro grudada nele... mandando mensagem para fornecedor, ligando para clientes, ainda tem o grupo do trabalho. Então, no momento em que chego em casa, acabo por desligar o celular para não pirar de vez.

— É mesmo? E a senhorita nem para me avisar! — em relação às ligações e às mensagens para a irmã, Alexandra parou, por um bom período, de fazê-las. Pois, como Isadora frequentemente demorava a responder ou não atendia as ligações, Alexandra pensou que estivesse sendo inconveniente ao tentar falar regularmente com a irmã.

— Sim! Pergunte ao Sebastian... ele vai confirmar tudo... Por sinal, o Sebastian fica louco da vida comigo nos momentos em que faço isso. Em determinada ocasião... ele ligou ou mandou mensagem?! Não sei!... Resumindo, ele teve que ligar para a nossa vizinha do apartamento de cima... uma conhecida nossa... a Rosana!

— Aham

— Que me avisasse, pois carecia de falar comigo e que eu ligasse o meu celular urgentemente... Menina, ele ficou tão bravo nesse dia, mas foi engraçado... Já você... nem percebeu, não é?

— Agora... pronto!

— Sim... Você não me ama, se me amasse, teria percebido... Nem sentiu minha falta também no momento em que eu saí daqui... Você deu foi é graças a Deus! Eu sei, sei muito bem, sua descarada, você me paga... — Isadora deu um leve sorriso.

— Que isso, amore! Claro que senti. Quem é a louca da vida que não sentiria falta de ouvir suas idiotices, ouvir aquelas piadinhas infames, de assistir aqueles filmes de terror à noite com você e perder suas caretas.

— Sua palhaça! Sua ogra!

— Agora, eu não entendo você, juro!

— O quê?

— Você... que morre de medo de terror, mas vive querendo assistir esses filmes. — As duas riram juntas.

— É assim que é legal... você precisa ter medo, senão qual é a graça de assistir?

— É... faz sentido!... — Após dizer isso, Alexandra ficou séria — Ó! Queria pedir um favor.

— O que que é?

— Eu quero arrumar um trabalho, Isa... Na verdade, estou chegando na metade do curso e queria arrumar um estágio o quanto antes para ir me habituando na área e ter mais ou menos uma visão... Daí queria saber se você falaria com aquela sua amiga, a tal que tem um consultório...

— Quem? A Jordana!

— Sim, ela mesma! Veja... se ela me arruma um estágio lá, ou mesmo um trabalho de recepcionista na clínica.

— Olhe... faz um tempão que não falo com a Jordana... mas posso dar uma sondada...

— Vai mesmo?...

— Vou sim... Vou tentar ir à casa dela na semana que vem para dar um oi. Surgindo a oportunidade... Espere!... esqueci, menina!... só conseguirei fazer isso caso o Sebastian tenha de dar plantão no sábado. E eu só tenho o sábado para vir para cá... Há um porém também...

— O quê?

— Fiquei de visitar os meus sogros com o Sebastian, no sábado, na minha próxima folga, Alê. Estamos planejando há tempos... Isso se ele conseguir uma folga também. Então... não sei se conseguirei visitá-la na próxima semana.

— Vá no domingo, amore! Acho que é melhor ainda... Talvez a Jordana trabalhe no sábado e não disponha de tempo!

— Domingo, Alê?! Você sabe que eu não gosto de fazer visita aos domingos! Para mim, domingo é dia de descanso.

— Eita, meu Deus... tinha me esquecido dessas suas esquisitices.

— Não é maluquice, é respeito. As pessoas desejam descansar aos domingos.

— Tá bom... como queira!

— É sim, Alê... não podemos ser inconvenientes.

— Você vai me ajudar ou não vai?

— Vou, menina! Eu vou!... e não me pressione — Isadora disse esta última frase sorrindo.

— Hem?! Você não tem o número, alguma rede social dela?

— Pior que não!...

— Amore, e agora?... Contava com isso! Que saco!...

— Caso se interesse, posso arrumar um estágio para você lá em Mogi. É mais fácil para mim... Eu conheço o pessoal lá... certamente você ia adorá-los... A propósito, nas ocasiões em que preciso fazer alguma coisa nos meus dentes, eu vou lá, eles fazem tudo bem feito... Aproveite, boba! Além disso, o Sebastian é muito amigo do dono!... Alê... olhe aqui... a clínica é enorme, o pessoal, muito bacana... ficará admirada!

— Ah... não quero... Eu queria trabalhar é na clínica da Jordana mesmo. É perto daqui também. Ficaria tudo mais fácil...

— Tudo bem, então!... Menina enjoada, nojenta! Hum... Fica assim: eu sairei mais cedo um dia destes, nesta próxima semana, passo na casa da Jordana ou no trabalho dela e falo com ela nessa possibilidade. Tá bom?

— Por favor, amore! Quero trabalhar naquela clínica...

— Tudo bem... deixa comigo! Mas vamos descer, senão a mamãe vai matar o Sebastian de tanto falar daquela novela. — Risos.

— Sim, sim.

Capítulo 3

Terminada a conversa, Isadora e Alexandra se retiraram do quarto e foram juntar-se ao restante dos familiares no fundo da casa, no jardim. Sobre isso, enquanto estavam ausentes, a mãe delas aproveitara e mudara o almoço da sala de jantar para o jardim da residência. Fizera a mudança com a ajuda do marido e do genro. Aliás, a mudança se explicava pelo fato do ambiente do quintal, ou seja, do jardim, ser bem mais agradável do que o da sala de jantar. Esta, em princípio, fora mal planejada, pois não havia quase nenhuma ventilação nela, além de ter o pé direito baixo para um lugar com pouca circulação de ar. Só dava para ficar nessa sala com o ar condicionado ligado ou quando estava a fazer uma temperatura amena. O que não era o caso no dia. Em compensação, o jardim era uma maravilha; pois o que faltou em ideia a Jorge, pai de Alexandra, na época em que discutira o projeto da sala com o arquiteto, sobrou ao fazer um tempo depois o jardim.

Tratando-se da área externa do fundo, esta era formada por um deck de madeira, o mezanino, que era também de madeira, e o jardim, perfazendo ao todo 70 m², o tal espaço.

E para falar só do jardim, o chão deste era todo coberto de grama São Carlos, próximo às bordas laterais dele ficavam plantados alguns dasilírios; na fileira a frente destes bem como ao derredor dos quatro cantos encontravam-se vários vasos pequenos cultivando cinerárias; com algumas dessas cinerárias exalando um leve odor aprazível, deixando o ar agradável. Por sua vez, as três paredes laterais que delimitavam o fim do terreno estavam forradas duma trepadeira hera, bem cuidada e verdinha em todo o seu prolongamento. Agora, ornando com o cenário e fazendo sombra em quase toda extensão do jardim, achavam-se mais três coqueiros junto ao muro que fazia divisa com a casa do vizinho detrás. Por sinal, esses coqueiros frequentemente recebiam a visita de alguns periquitos barulhentos ao amanhecer. Barulhos esses que, de vez em quando, davam nos nervos de Alexandra, que tinha o sono leve.

De todo modo, ali os familiares de Alexandra ficaram, por duas horas, beliscando uma comida ou outra, bebendo, conversando. Naquele ínterim, o que mais degustaram foram alguns dos petiscos assados, como batatinhas recheadas, croquetes de mandioca, bolinhos de bacalhau, pastéis assados, biscoitos de cebola. Por sua vez, na travessa de arroz, de feijão, na de carne de panela, as quais também estavam sobre a mesa, não chegaram nem a mexer.

Como já se sabe; quem preparara a maioria dessas iguarias fora dona Amélia, mãe de Isadora, de Filomena. Aliás, dona Amélia acordou mais cedo com marido, Jorge, naquele dia, já que este se dispôs a ajudar na confecção de alguns daqueles petiscos; e outros, no entanto, por questão de tempo, ela comprou prontos, na noite anterior, num empório de salgadinhos próximo a sua casa. Mesmo corrido, na ocasião, dona Amélia quis deixar sua marca e preparou alguns daqueles quitutes, com a ajuda do marido. Na verdade, ela até tinha uma funcionária que a ajudava nessas tarefas em alguns dias da semana; mas, como era um dia especial, decidiu dar folga a moça e fazer por conta alguns daqueles petiscos para relembrar os velhos tempos. E, como dona Amélia sabia que a filha Isadora adorava uma boa comida, com isso, resolveu caprichar no cardápio com todas essas iguarias, só não fez nem comprou fora comida apimentada. Não gostava que Isadora comesse esse tipo de comida por causa do intestino irritável da filha. Dona Amélia cansava de dizer a Isadora o quanto comida apimentada fazia mal ao estômago desta, mas nem por isso esta deixava de apreciar uma boa pimenta, ao menos, não na frente da mãe.

Voltando. Os pais de Alexandra e os recém casados, conforme iam beliscando os quitutes, não deixavam de pôr o papo em dia, e os assuntos principais das conversas paralelas e centrais envolviam preferencialmente a vida doméstica e o trabalho dos recém casados. Alexandra nesse meio participava da conversa mais como uma ouvinte, fazendo alguns comentários empáticos, pontuais, afinal os pais dela, quando estavam numa conversa, tinham a tendência a monopolizar o papo nos temas em que gostavam de conversar. Já Isadora, quando indagada a respeito, explicava à mãe e a Alexandra como estava sendo ter de lidar com o trabalho fora e em casa. Por outro lado, o trabalho doméstico não causava problema algum aos recém-casados, que tinham uma empregada para cuidar disso assim como os pais dela. Por sua vez, Isadora nas suas falas, parece que para agradar e impressionar a mãe, dava a entender que tinha muitas coisas para cuidar em sua nova residência, quando, claramente, não; se havia alguma dificuldade em casa, era na relação com o marido, e não na poeira do apartamento ou na bagunça do mesmo.

Por parte de Sebastian, este adorou a tarde. Nada adulava mais seu ego do que poder falar extensivamente da sua profissão. E como encontrara nos pais de Alexandra ouvidos interessados em saber como funcionava o seu trabalho; diga-se, Sebastian era clínico, no hospital municipal de Mogi das Cruzes, atuando na parte da emergência. Por razão disso, Sebastian aproveitou para contar as histórias inusitadas da vida de médico em um hospital público.

Nesse embalo, contou que fizera traqueostomia no chão da emergência em um paciente que estava tendo insuficiência respiratória, disse ter feito um parto no corredor do hospital, haver feito uma intervenção às pressas numa jovem em estado de coma alcoólico. Nesta menina, contou Sebastian, teve de aplicar glicose, soro, anticonvulsivo, de modo a tentar reverter a quadro. Sendo assim, Sebastian emendava casos atrás de casos, até o momento em que a mãe de Isadora cansou e o interrompeu para perguntar da vida de casado. Sebastian a princípio não gostou da interrupção. Sentido, chegou a quedar-se por um instante, não gostava de ser interrompido nas suas digressões. Só não deixou transparecer a mágoa totalmente pela sogra tê-lo interrompido, porque logo em seguida recebeu um elogio, dado pelo sogro, pelo meritoso trabalho de médico público, o que ajudou arrefecer o orgulho ferido.

Menos aborrecido, ao ser indagado a respeito da vida de casado pela segunda vez, confessou que estava amando, dado que ele e Isadora praticamente não brigavam, além disso, davam-se muito bem em quase tudo. Para deixar os sogros mais felizes, declarou, enquanto olhava sorrindo para Isadora, que havia acertado na loteria ao casar-se com uma mulher como a filha deles. Isadora sorriu timidamente ao ouvir essa declaração um pouco inesperada. Alexandra, por outro lado, ao escutar isso, fechou a cara, pois achou a fala do cunhado muito mais afetada do que genuína. Além disso, nada daquilo combinava com que ouvira da irmã. A propósito, imaginou Alexandra que Sebastian estava a fazer aqueles elogios todos à irmã como forma de retribuir a atenção e o afeto que os sogros dedicaram-lhe aquela tarde.

Depois de horas de muita conversa e comilança, os convidados tiveram de se despedir, para a infelicidade de todos. No fim, coube a Sebastian encerrar aquela tarde de confraternização. Mesmo sem querer, este viu-se obrigado a sair mais cedo, afinal teria de dar plantão no hospital, naquela noite, já que um colega ficara doente e não poderia assumir a clínica na urgência. Ademais, para azar dele, a outra médica que ajudava no revezamento da clínica geral encontrava-se de férias. No caso de Isadora, esta queria ficar mais um pouco na companhia da irmã, dos pais. Como, na cabeça dela, não podia fazer isso, decidiu ir embora com o marido, porque não achava conveniente terem chegado juntos e irem embora separados. Com essa deixa, os pais dela e Alexandra os acompanharam até a garagem. Os dois abraçaram e beijaram os familiares. E, após os pedidos de que todos se cuidassem, eles disseram até mais e retornaram ao apartamento deles, que ficava na cidade de Mogi também.

Após a ida da irmã, Alexandra foi ao quarto um tanto contrariada. No entanto, ao chegar à porta do seu quarto e observar que iam dar 17h30, lembrou-se do namorado e, aproveitou, mandou-lhe uma mensagem, de modo a saber se este passaria em sua casa após o trabalho.

A mensagem dizia — "Boa noite, amor! Vc vem hoje?"

Cinco minutos depois, Pedro respondeu. — "Boa, amor! Hoje não dá! Fiquei de levar minha tia ao mercado".

Em outra mensagem dizia — "Amanhã passo aí, está bem?"

— "Tudo bem! Espero você amanhã, então!"

— "Beijo, amor!"

— "Bjs, vida!!"

Ao cabo desta troca de mensagens, Alexandra recebeu uma ligação de Elisabeth. Esta a convidava para ir ao restaurante mexicano chamado *Kubanacan*, que ficava a 3 Km do condomínio *Vivaldi,* onde Elisabeth morava. Portanto, como não sairia com Pedro e o restaurante em que a amiga queria comer ficava próximo a sua casa, mais ou menos uns 300 metros, Alexandra resolveu aceitar.

E, ao olhar pela janela do seu quarto e observar o sol se pôr, lembrou-se que o restaurante a qual amiga desejava ir fechava mais cedo aos domingos, sendo assim, Alexandra não esperou a amiga retornar e, como já estava arrumada, foi tirar o carro da garagem. Antes de fazê-lo, avisou aos pais que ia sair com Elisabeth. Após fazer isso, e já dentro do carro, mandou uma mensagem a Elisabeth pedindo a esta que se arrumasse o mais rápido possível e a encontrasse na portaria do condomínio, pois ia passar de carro em poucos minutos para pegá-la, a fim de irem juntas, haja vista o horário de serviço do restaurante no domingo.

À parte a questão do horário, Alexandra achou melhor buscar Elisabeth, e irem juntas, em vez de chegar primeiro, e ter de aguardar a amiga chegar. Aliás, Elisabeth iria fazer o deslocamento até o restaurante de ônibus.

Após essa correria, chegaram ao restaurante. Até que este se achava vazio, graças também ao horário e o dia da semana. Embora, de fato, as duas não estavam nem aí se havia muita gente ali, a única preocupação era saber se havia alguém sentado no lugar em que gostavam de ficar. Para o alívio delas, não havia ninguém por lá. Não havendo empecilhos, foram sentar-se junto a uma parede vermelha, onde se encontrava a réplica do quadro "*As duas Fridas*", de Frida Kahlo, que ficava quase próximo ao fundo do restaurante. As duas gostavam desse ambiente meio luz baixa; além de ali ser o lugar mais tranquilo no restaurante para conversar, havia também ali umas mesas com sofás *Booth*, muito confortáveis, o que elas adoravam.

Ao sentarem e olharem o cardápio, resolveram pedir Quesadilhas. Desta vez deixaram os Tacos de lado, decidiram experimentar algo fora do costumeiro, já que ambas tinham por hábito sempre comer as mesmas coisas nos restaurantes em que costumavam frequentar. Para acompanhar as Quesadilhas, pediram dois sucos. Elisabeth pediu de melancia, Isadora, suco de maçã com erva doce. Passados alguns minutos, após terem saboreado as Quesadilhas, o garçom aproximou-se da mesa em que estavam e indagou se iam querer mais alguma coisa ou já poderia trazer a sobremesa. Optaram por não pedir mais nada, nem mesmo a sobremesa; Elisabeth pelo receio da amiga dizer-lhe que estava comendo demais, Alexandra, em compensação, havia comido um pouco antes em casa, além do mais, esta tinha por hábito comer pouco mesmo. Muito por causa da obsessão, afinal Alexandra tinha uma neura tremenda pelo controle do seu peso, apesar de ser uma jovem com o corpo normal, para não dizer magra.

Após terminarem de comer, as duas começaram a entabular uma conversa, afinal era de hábito entre elas, comerem para então falar dos problemas que estavam inquietando-as, dos seus dilemas.

— Comentava algo da sua família no carro, amiga...

— Nossa...

— E está com uma cara estranha, Lise... Aconteceu alguma coisa?

— Tá tão na cara assim?...

— Tá... e muito!

— Nossa! Não sei desfaçar nada...

— Mas vá!... Desembuche...

— Trata-se da Filomena, miga!

— Hum... O que deu nela?...

— Bom, conto ou não conto?... Ah, vou contar!

— Não me diga que... é aquela história da gravidez ainda!? — há mais ou menos duas semanas, Elisabeth comentara com Alexandra da suspeita de a prima estar grávida.

— Gravidez?! Não!

— Não?!

— Não, amiga!... Quanto a isso, eu me equivoquei! As ânsias de vômito eram por conta do remédio que ela estava tomando.

— Tá... e o que foi agora?

— Trata-se do seguinte... como cheguei a dizer, conversava com minha mãe hoje cedo, né...

— Ih!?

— E minha mãe não me solta que a Filomena traiu o Júlio, miga... Por falar... você o conhece?... o namorado da Meninha! Trata-se de um rapaz alto... Acredito que o tenha visto, naquela vez, no aniversário da minha...

— Sim, da sua tia... Eu sei quem é! Estudamos juntos no Paulo de Tarso no primeiro ano — Alexandra referia-se ao colégio evangélico Paulo de Tarso, onde cursara o ensino médio.

— Sério? Nunca me disse que estudaram no mesmo colégio, muito menos na mesma turma! Pelo menos não me lembro.

— Não? Achei que já tinha dito. Pois bem, não vem ao caso... Agora, com o perdão da palavra... sua prima, hem... como é ridícula ela!... que pessoa vulgar... Agora, me conta: ela comentou assim na maior cara dura que traiu o namorado, foi? — ao fazer essa pergunta, Alexandra demonstrou um semblante de desprezo, o que Elisabeth não percebera de início.

— Não foi assim, né!... é óbvio! Por sinal, preciso dar os detalhes de como fiquei a par da coisa toda!

— Hã...

— Foi assim: a Filomena, sentida com a situação, ficou alguns dias calada, né... e minha tia preocupada, tentando entender... ou seja, aquele desânimo.

— Hã...

— Quando menos, a minha prima não resolve dizer que ficou com o menino... um tal colega da amiga dela... Um rolo só! Essencialmente foi isso...

— Que coisa mais infame!

— E é aquilo... está arrependida, triste!

— Mas você sentiu alguma verdade nisso? Porque tá claro para mim.

— Ah, não vou entrar nesse mérito... me apressar... Preciso ouvir a Filomena antes, saber da boca dela como foi... Talvez tenha um motivo para o que houve... Por sinal, eu preciso ter mais detalhes, entender o que houve primeiro. Por falar, assim que chegar em casa, ligarei e tirarei a limpo...

— Você é besta, Lise! Já está tudo dito! Ela o traiu. Pronto! Quer escutar mais o quê?!

— Ah! Talvez seja uma boa ligar, oferecer um apoio, né. Minha mãe me disse que minha prima está se sentindo horrível com essa situação.

— Oferecer apoio, Lisa!? Essa não cola! Quem precisa de apoio nessa é o Júlio, não a sua prima...

— Não que ele não precise... Afinal de contas, ele vai superar. Ele é forte...

— Ee... poxa!... me lembro do Júlio no ensino médio, era um cara gente boa... todo mundo gostava dele. Não conhecia ninguém que não gostasse dele. Agora, que Deus me perdoe, mas sua prima merece sofrer por fazer essa safadeza com o Júlio, hem!...

— Não vamos partir para esse caminho, né... julgar! Afinal, não temos conhecimento do que ocorreu, como iam as coisas entre os dois... se bem que eu achava que eles se amavam. Bem!

— Acho a traição uma das coisas mais cruéis, dolorosas, que há no mundo, Lise... Nunca fui traída, mas dá para imaginar como é esse sentimento. Acho a traição uma coisa tão egoísta, uma coisa tão baixa. Se as coisas não estão dando certo, termine e pronto! Não traia. Para que fazer o outro de besta. Ai... isso é uma das coisas que eu jamais perdoaria em alguém, Lise... Sei que Deus fica triste quando digo isso, mas é algo que eu não suporto. Não perdoo!

— Eu entendo a sua forma de pensar... Cheguei a pensar de forma mais ou menos parecida, mas depois refletindo com calma, cheguei à conclusão que talvez tenha havido algo!... Pois, no fundo, sinto que minha prima gosta do Júlio, não à toa está sofrendo, né! Se não gostasse do Júlio, por que estaria sofrendo... Não faz sentido!... Portanto, gosta... ou ama o Júlio...

— Quem ama não trai, Lisa! E outra, isso que sua prima sente é mais vergonha, culpa ou qualquer outra coisa. Duma coisa eu não me engano, esse suposto sofrimento, posso garantir, amor não é! E mais, se eu fosse o Júlio, Lise, nunca mais olharia na cara dela. — Alexandra fez um rosto de aborrecimento.

— Nossa, Alexandra! A minha prima está sofrendo também! Você precisa ter um pouco de compaixão nesse seu coração. Não temos conhecimento direito, por sinal minha prima é uma pessoa bacana! Bem, se eu soubesse que reagiria assim, não teria dito nada! Pensei que fosse ser mais razoável...

— Sou muito razoável, amore, mas essas coisas me irritam de uma maneira... Desculpe, eu sei que a Filomena é sua prima, você gosta dela e tal, mas não posso deixar de dizer as verdades. Só achei isso uma grande sacanagem da parte dela... Agora, você me conhece; se ela estivesse aqui, eu diria isso na cara dela. Eu não gosto dessas coisas nem de pessoas que agem assim. Você sabe bem disso, Lise.

— Certo, mas adiantaria o que dizer todas essas coisas a ela? Nessas horas, vale mais aconselhar e dar apoio do que ficar julgando, pois julgar todo mundo já o fará. Por sinal, eu já lhe disse, às vezes, dizer tudo nem sempre é a melhor opção quando o outro está sofrendo. Nessas horas vale mais a empatia, uma palavra de consolo do que qualquer julgamento...

— Aí não, Lise... Empatia, palavra de conforto com a sua prima numa coisa dessa... Não, não! Discordo totalmente! Você está sendo é muito complacente com a Filomena!

— Amiga, vou dizer...

— O quê? Continuará defendendo...

— Trata-se disso... adoro você, mas, às vezes, você é sincera até demais! E esse negócio de sinceridade demais nos faz magoar as pessoas sem precisão! Como nesse caso!... Afinal de contas, no caso da minha prima, ela tem em mente aquilo que fez. Ela não é nenhuma criança. Logo, nem eu, nem ninguém precisa ficar dando sermão ou lição de moral nela.

— Também adoro você, amore, mas discordo! Comigo não há essas coisas de meias palavras... eu não sou falsa, principalmente nesses casos, se vejo algo de errado e da qual discordo... aah, amore! Deixo bem claro e pronto! Falo mesmo! Desculpe, amiga, só sei ser assim!

Enquanto a amiga dizia essas coisas, Elisabeth pensava — "o gênio da Alexandra é incorrigível, minha nossa, não tem jeito! Oh... que mulher tinhosa, minha vida!..."

Como Elisabeth não esboçou nenhuma reação a suas palavras, Alexandra emendou — O que foi, Lise? Ficou quieta do nada.

— Foi nada... Pensei numa coisa aqui só...

— Ok! Mas me conta, você vai mesmo ligar para sua prima?

— Pensando melhor, hoje não! Já chegarei tarde em casa, talvez ela esteja dormindo, né. Amanhã faço isso! depois da faculdade dou uma chegada na casa dela. Afinal de contas, trata-se da minha prima, né! Se está mal, preciso dar uma força, conversar!

— Desculpe dizer, miga, mas se fosse eu no seu lugar, não estaria nem aí, se ela foi procurar sarna, que se coce sozinha agora...

— Credo, amiga! Não diga isso! Nossa! — pensou Elisabeth "minha nossa, Alexandra, afinal de contas você é uma pessoa crente!

— Por quê... eu disse alguma coisa errada?... Na verdade, eu não queria é estar na sua pele por agora.

— Como assim?... Por quê?

— Você vai me desculpar... mas que é um tanto constrangedor da sua parte é... Porque numa situação assim, Lise, o mais coerente é consolar a pessoa traída. Neste caso: o Júlio!... Tá! Você indo à casa dela, que diacho você vai fazer? Vai dizer o quê?... Você está certa!

— Óbvio que não!

— Quer escutar uma, Lisa?! Você não vai ter o que dizer, você vai ver!

— Para dizer a verdade, nem pensei nisso direito... Em todo caso, eu vou! Chegando lá, decido o que posso dizer para amenizar a situação. Parada sem fazer nada, enquanto minha prima sofre, não posso ficar.

— Tá bom... Lise! Se quer se prestar a esse papel...

— Eu vou...

— Ok! Depois você me conta então! Quero saber qual vai ser a desculpa dela. ...E outra, só fico com pena do Júlio. Se eu tivesse intimidade com ele ainda, ia ligar para saber como está, coitado! Desculpe, mas sua prima foi muito estúpida. Se ele fosse um tranqueira, um mal caráter... vá lá! Tentaria ver o lado dela, o que não é o caso! E quer escutar mais, Lise... ele é mó lindo, hem... A propósito, o Júlio continua bonito?

— Mas é óbvio!... Não! Digo, continua, continua sim!

— Olhe aí! Mas não vem ao caso!

Após dizer isso, Alexandra chamou um garçom que passava ao lado de sua mesa e solicitou a este que trouxesse a conta. Quando o garçom abandonou a mesa para buscar a maquininha de cartão, Elisabeth tentou retomar a conversa, ao dizer a Alexandra que a prima brigara com o próprio pai, que a relação dos dois encontrava-se estremecida desde então. Por sua vez, Alexandra não prestou a menor atenção a essas palavras, afinal um detalhe na bandeja do garçom a distraiu completamente. Na verdade, tratava-se de outro garçom. Este vinha em direção a um casal que se achava a alguns metros delas e trazia em uma das bandejas abóbora recheada, condimento este do qual a irmã de Alexandra era apaixonada. Ao dar com os olhos naquelas pimentas, foi instantâneo, o pensamento de Alexandra voou como um falcão-peregrino ao encalço da reminiscência chamada Isadora, uma vez que qualquer referência à comida apimentada, invariavelmente, fazia reavivar, na mente de Alexandra, a imagem da irmã. No que recordou desta vez, veio a lembrança taciturna de Isadora mais cedo. Essa não era a imagem esperada, já que Alexandra costumava guardar apenas lembranças felizes da irmã, mas essa recordação, ao impor-se naquele momento de forma imperiosa como sombra junto aos pensamentos de Alexandra. Ante a isso, prostrou-se, esquecendo da conversa da amiga.

Bateu a preocupação; com medo de atrelar a imagem de Isadora àquela tristeza vista mais cedo, daquilo ser uma constante dali em diante, pois por tanto tempo viu a vivacidade, a vontade de viver, o humor alegre da irmã; portanto, era inquietante ver o desânimo se infiltrar na alma da querida irmã em razão da frustração com o casamento. Sensação essa que a alarmou ainda mais naquele momento, porque nunca vira Isadora ficar tão desiludida com uma situação assim antes e não gostaria de ver a irmã a adoecer por causa disso, como acontecera em situações menos tristes. Ao refletir a respeito dessas questões, inclusive, a fez perder o ímpeto de demover a ideia da amiga em defender a prima. Diante disso, a querela envolvendo Filomena se tornou algo banal, insignificante a ela.

Enquanto ela se angustiava mediante essas questões, Elisabeth continuava a falar até perceber que não estava sendo escutada; aliás, precisou chamar pelo nome de Alexandra três vezes e tocar no braço desta para tirá-la daquilo que parecia mais um transe.

Esse hábito de ficar absorta em devaneios ou de não escutar enquanto o outro interlocutor estava a falar era uma mania comum tanto a Alexandra quanto a Isadora, mais ainda nesta última. Por vezes Elisabeth se via vítima disso, graças também a sua fala morosa e baixa; no entanto, mesmo assim, Elisabeth ficava um tanto desolada quando acontecia de as pessoas a deixarem falando com o vento, principalmente na faculdade. Porém, no caso de Alexandra e da irmã desta, Elisabeth tentava relevar. Na situação das duas, não chegava a chatear-se tanto, por um motivo, por pressupor ser um mau hábito de família, ou algo parecido a algum transtorno ligado à atenção, e não propriamente uma falta de consideração por parte daquelas. É bem verdade que às vezes Elisabeth ficava em dúvida se esse seu juízo estava certo acerca disso.

— Você não escutou nada, né, Alê? Brincadeira... toda vez faz isso, dá uma raiva.

— Escutei, Lise!

— Escutou?! O que eu disse então?

— Deixe-me ver... Ah, mas você comenta tanta coisa... o que disse? Agora me lembrei!... Hem.! Comentava que iria à casa da sua prima amanhã, é isso? — Elisabeth percebeu um tom ameno nessas palavras; já não se via aquela inflamação de antes. Se Elisabeth não conhecesse bem o temperamento de Alexandra, poderia enganar-se, achando que a entonação mais branda da amiga indicava que essa estava começando a ceder, mas não era isso.

Reconhecendo isso, Elisabeth não retomou o que comentava há instantes, afinal estava claro àquela altura que Alexandra não mais desejava saber da situação de Filomena. Com isso, ela somente concluiu que visitaria a prima no dia seguinte.

— Hum, hum... Está bem, está bem! Ah... esqueci de comentar... minha irmã foi nos visitar hoje. Perguntou por você, aliás.

— Foi?

— Sim! A propósito, sugeriu de marcarmos um dia para sairmos juntas. Na verdade, nem foi ela quem sugeriu! Quem sugeriu fui eu... Ela comentou sim: que poderia ser nesta semana.

— Seria legal! Estou curiosa por saber como vai a vida de casada... Por sinal, minha vida... faz tanto tempo que não nos vemos. Minha nossa, como o tempo passa rápido, né.

— Tadinha, Lise. Ela estava bem mal! Inclusive, fiquei um pouco deprê após conversar com ela!

— O que houve, amiga? Ela está doente de novo?

— Graças a Deus não, Lise!... É que a Isa se sente frustrada com o casamento. Você sabe como é... assim como você, minha irmã sempre teve o sonho de casar. Era a meta de vida dela... O comentário dela era de que seria uma maravilha quando acontecesse... E eu ainda alertava, você lembra! Isa, não se case, aguarde mais um tempo, não precisa ser para ontem. Agora, não pude fazer nada, ela estava toda empolgada em casar-se com aquele Sebastian. Quer escutar uma coisa? — Elisabeth tocou no braço da amiga neste instante.

— Sim, mas espere!

— O quê?

— Amiga, somente para ficar claro, sonho em me casar... é óbvio, mas não da forma como você deu a entender! Muito menos sou parecida a sua irmã... somos muito diferentes! De todo modo, diga o que iria dizer!

— Meu Deus, miga! Você se apega a cada detalhe... eu não dei a entender nada! Eu comentava a respeito da minha irmã! Meu Cristo! Você é tal qual à Isa, meu Deus! — Elisabeth cerrou o cenho — Não faça essa cara! Eu estou... quero dizer... de ficar se apegando às mínimas palavras. Meu Deus! Pare com isso... oxe... — Elisabeth sorriu com essa observação da amiga.

— Está bem!... me perdoe, Alê... devo ter entendido errado! — Alexandra balançou a cabeça, dizendo sim. — Nossa, amiga, mas ela não tem nem um ano de casada ainda!

— Pois é, amore! Entendeu! — Elisabeth sorriu ao ouvir a amiga dizer entendeu — E outra, minha irmã idealizou demais essa coisa de casamento.

Para você ver!... Ela por diversas vezes comentava toda empolgada... acho que comentou com você... que o casamento deixava as pessoas melhores; que, quando a pessoa casava, vinha a sensação de estar mais realizada, mais estabilizada emocionalmente. Que era muito melhor está amparada ao lado de alguém em vez de sozinha. Agora tudo mudou, Lisa! Hoje em dia minha irmã enxerga as coisas de forma diferente.

— Como assim, miga... O que houve com ela especificamente?

— A questão é que minha irmã imaginava que, quando se casasse, a vida dela estaria às mil maravilhas. Hoje é o contrário... Ela se sente frustrada com a situação atual do casamento. Daí me contou hoje, toda triste, que o Sebastian mudou. Ela acredita que o casamento o deixou mais relaxado, mais relapso... Agora ele está menos atencioso com minha irmã. Quer escutar uma coisa também, Lise?... O Sebastian pensa que, por estar casado, não precisa mais se preocupar... É como a própria Isa comentou: durante o namoro ainda restava no Sebastian o medo de perdê-la, com o casamento o esse medo, ao que tudo indica, desapareceu... foi!... É ridículo ele pensar assim... hem, não é?... Lisa, como estou com raiva desse cara! Nunca gostei dele, agora que vou gostar menos ainda.

— Pode ser uma fase, Alexandra!

— Não consigo ver, Lise!... É! não vejo!

— Ver o que, amiga?

Como não sabia o que quis realmente dizer com a frase "não consigo ver", Alexandra buscou amparo na amiga para reorganizar suas ideias — Mas como você enxerga, Lise... não acha que estou certa?

— Certa o quê?... Como assim?

— Na coisa do Sebastian... na coisa toda!

— Ah, amiga... sendo sincera... fica até difícil fazer qualquer apontamento; pois, como na situação da minha prima, não estamos tão perto deles para saber o motivo das coisas terem mudado, terem esfriado assim.

— Você acha que talvez ele não a ame?

— Não!...

— Não?

— Especulando, tá! Pode ser que os dois tenham ideias diferentes do que é estar casados. Talvez ela tenha idealizado demais, como você mesmo disse... e, quando ocorre da pessoa criar uma expectativa grande, a decepção vem na mesma medida. Nesse caso, olhando de fora... e se o que disse aconteceu, sou da opinião que a Isadora deve fazer um ajuste de expectativas, afinal se ela ficar com a ideia de que o casamento é a panaceia que veio para salvá-la das dificuldades, acabará se decepcionando com razão. O casamento, acima de tudo, é uma busca constante pela boa convivência. Trata-se de compromisso... dia-a-dia... pelo menos, é assim que eu entendo!

— Hum... É muito óbvio! O que eles sentiam um pelo outro esfriou. Só pode ser isso. E outra, toda essa situação, Lise, me faz pensar se a rotina no casamento não faz com que a pessoa deixe de sentir, por exemplo, o amor que sinto pelo Pedro... Isso ficou na minha cabeça... Aliás, Isadora comentava algo nesse sentido mais cedo. E quer escutar mais, citou você quando comentava.

— Eu?! Por quê?!

— Não me olhe com esta cara! — Elisabeth estava com o olhar de interrogação — A Isa fez aquelas brincadeiras, mas em tom elogioso! E mais, pare de fazer essa cara, vá!... você sabe que eu sempre defendo você! Agora, deixe-me concluir... vá!

— Tá!

— A meu ver, observando essa situação da minha irmã, Lise... me dá a impressão que o tempo e a convivência levam frequentemente a um esfriamento na relação. No caso dos dois, talvez, possa estar havendo um desgaste por conta disso... O que pensa, Lise?... Embora também, Lise... com os meus pais as coisas são diferentes... eles são tão unidos...

— No caso da sua irmã não, Alê... eles acabaram de casar. Digo, não houve tempo de uma coisa dessa ou algo parecido acontecer! Sou de outra opinião! Deve ser outra coisa, amiga!

— Já pensou!? Eu tenho um medo danado que uma coisa dessas aconteça comigo e com o Pedro quando nos casarmos. Não quero nem pensar, Deus me livre... Espero que o Pedro nunca mude...

— Não diga isso, amiga! Está a exagerar... se deixando levar pelo baixo astral da sua irmã... Afinal, a possibilidade de algo assim acontecer com vocês é zero. O Pedro ama você, miga!... e você sabe muito bem disso, né. Por sinal, ele é um namorado que reconhece as suas necessidades... No fim das contas, trata-se disso: talvez falte ao Sebastian a sensibilidade para reconhecer as necessidades de atenção da Isadora. Penso eu que quando a pessoa casa, ela deve fazer uma modulação do seu egoísmo natural. Egoísmo que todo mundo tem, né, isto em prol do próprio relacionamento, da companheira... Em suma, Alê... a pessoa precisa trabalhar para que a relação dê certo, não é só amor e acabou.

— Bem observado... Tirou as palavras da minha boca. Meu Cristo!... Você está certíssima... O Sebastian precisa acordar... É tudo culpa dele. — enquanto a amiga falava, Elisabeth pensava — "não apenas o Sebastian, sua irmã também." — Como ele consegue não enxergar a insatisfação que está na cara da minha irmã. Parece um tapado!

— Não é assim, né! Tapado não! É ofensivo rotulá-lo dessa forma. Por sinal, sua irmã não gostaria de ver você falando assim do marido dela.

— Não, Lise! Ele é... Só diz isso porque não viu o que ele fez hoje!

— O que ele fez?

— Agora, eu não gosto do jeito dele. Ele é muito forçado.

— Sim, mas não disse...

— Caso a Isa não ficasse triste comigo, eu teria soltado os cachorros em cima dele e dito poucas e boas. Para ele se envergonhar e tomar vergonha na cara.

— Nossa, amiga! Que palavras são essas?... No fim das contas, trata-se do seu cunhado, seu parente...

— Estou irritada... A propósito, Lise, estávamos em casa hoje... sossegados, papeando... e ele passava a impressão aos meus pais, enquanto conversávamos, que as coisas iam muito bem, obrigada... entre ele e minha irmã. Ele fez isso na maior cara de pau... e eu só olhando... Na hora eu pensei em dizer: cara, como você consegue dizer essas coisas estando minha irmã desse jeito, você não tem noção?! O que é?... você quer enganar quem, cara pálida?

— Complicado, amiga! No entanto, se me permito...

— Ha...

— Deixando a raiva de lado, pensando de maneira mais fria, a melhor coisa a fazer é a Isa explicar ao Sebastian o que está havendo, deixar às claras, só assim!... Por sinal, esse negócio de falar... é papel da sua irmã, amiga... Aliás, quem sabe ela conversando com o seu cunhado, talvez, ele reflita e, quem sabe, não se disponha a mudar um pouco esse jeito dele... Talvez, na cabeça dele esteja tudo bem. Pois acredite... há pessoas, ensimesmadas, que vivem em mundo à parte dentro do próprio relacionamento.

— Eu disse à Isa. Mas acho que a culpa é dele mesmo... Ele é muito relaxado. Aquele cara não tem jeito. Na realidade, como ele consegue ser assim, eu não entendo, Lise, eu juro... Quando não está mentindo, só sabe dizer meu trabalho aqui, meu trabalho acolá! Que saco, não?! Por que minha irmã foi casar com um cara deste! Que cara mala!

— Paciência, amiga! Por sinal, não adiantará de nada ficar implicando com seu cunhado desse jeito. Isso não resolve... Também não acredito que o seu cunhado seja essa pessoa tão horrorosa como você está pintando e bordando, você está exagerando na tinta, amiga... e não é assim...

— Agora deu... que isso, Elisabeth?! Você está do lado de quem? Eu aqui dizendo a verdade, e você achando que é eu que estou errada... Agora sei porque está fazendo isso... É por conta daquilo que comentei há pouco da sua prima, não é?

— Ao contrário! Nem passou pela minha cabeça... Você que fez essa conexão, essa associação. Por sinal, você sabe muito bem que eu não sou esse tipo de pessoa, revanchista assim. Só não tenho a intenção de ser tão taxativa a ponto de ser injusta com alguém a quem pouco conheço... Aliás, você está sendo completamente injusta comigo!

— E você não me conhece, Lise?

— Conheço... Porém, para que fazer essas insinuações?... Gosto de você, amiga, mas às vezes você pega pesado sem precisão. Não estou defendendo o Sebastian, acabei de dizer que ele tem culpa no cartório também. Por sinal, se estou a dizer essas coisas, é porque minha intenção é ajudar. Trata-se unicamente disso!

— É que fiquei com a impressão de você estar defendendo o Sebastian...

— Nossa, Alexandra! Não fiz isso em momento algum. Mas não vamos ficar discutindo por causa disso. Senão será igual àquele dia. E não vai ser legal! — Elisabeth se referia a uma discussão que teve certa vez com a própria Alexandra. Inclusive, nessa ocasião Elisabeth fora alvo de críticas de

Alexandra, que a censurou por terminar o namoro com Frederico. Elisabeth, à época, não gostou do tom da crítica de Alexandra em relação a sua decisão de terminar com o ex-namorado, o que a levou a ficar alguns dias sem falar com a amiga.

— Você ficou ofendida?

— Ah, fiquei, né... não esperava que fosse pensar isso de mim. Você me conhece o suficiente para saber que não faço esse tipo de coisa.

— Desculpa, estou um pouco nervosa hoje desde cedo... Sinceramente, amore, não quis atacar você! Mesmo! Desculpa! — Elisabeth balançou a cabeça, dizendo tudo bem, apesar de ter ficado um pouco da mágoa pela insinuação da amiga.

— Calma, amiga! Passará... Vamos torcer para que as coisas melhorem entre os dois. Talvez possa ser somente uma fase...

— Tomara! Pois é muito triste ver a Isa assim. Você nem imagina, Lisa, o quanto isso me aborrece...

— Sei como é, Alê! É difícil, é complicado... — ao dizer essas palavras, Elisabeth apertou a mão da amiga e a abraçou.

Como já tinham pagado a conta e ficado tempo demais no restaurante, as duas amigas, sem muita cerimônia, levantaram do sofá e foram em direção ao estacionamento pegar o carro. Neste deslocamento, Alexandra encontrava-se com o semblante distinto daquele que chegou ao *Kubanacan*. Até essa última conversa, pouco tinha pensado acerca da situação da irmã, somente pensara por alto quando se despediu de Isadora em sua casa; mas, ao discutir o assunto Isadora com Elisabeth, ocorreram-lhe ideias até então impensadas. Elisabeth, por outro lado, menos magoada, percebeu que a amiga tinha ficado murcha ao falar da irmã, no entanto, não se preocupou em demasia, pois, sabia que Alexandra podia ser tudo, menos uma pessoa que ficasse melancólica por muito tempo. Nem por isso voltou a tocar no assunto novamente.

Elisabeth, já no carro, não mais lembrando da questão da insinuação, sintonizou o rádio da amiga numa música agitada. Em seguida sentiu a necessidade de contar um fato curioso que aconteceu na faculdade: de um colega de curso que fora pego colando numa atividade de literatura inglesa. Alexandra não chegou achar essa história lá muito interessante, ao menos essa história a fez parar de pensar naquilo que estava angustiando-a desde o momento em que saiu do restaurante. Diga-se, Alexandra já estava com o aspecto mais parecido com o seu habitual quando deixou Elisabeth em casa e seguiu para a casa dos pais.

Capítulo 4

Regressava Elisabeth da Barra Funda, onde ficava a universidade federal na qual cursava Letras. A propósito, acompanhava Elisabeth nesse trajeto uma amiga da faculdade, de nome Madeleine, que falava sem parar de escatologia ao pé do ouvido de Elisabeth, algo que não era novidade, afinal por diversas vezes, assim como nesta, tivera de ouvir a amiga a falar de fezes, enquanto esta fingia constranger-se, horrorizar-se, por falar de tais assuntos, de algo tão nojento. Aliás, Elisabeth não entendia a necessidade da amiga falar constantemente de algo, no seu entender, pessoal, inconveniente, quando esta podia falar de arte, ciência, sentimentos elevados, ou seja, de todos outros assuntos do mundo, mas não, fazia questão de falar dos apertos, das diarreias

Elisabeth só não se pegou constrangida naquela situação em razão de sua cabeça estar longe, estar um trevo. Nesse trajeto, numa neura terrível achava-se Elisabeth; que arrependida de ter asseverado à mãe, à amiga Alexandra que passaria na casa de Filomena, via-se àquela altura na obrigação de fazer a tal visita, com vergonha de passar-se por displicente caso não cumprisse com a tal promessa. E o fato de não mais querer ir á prima não passava pela indiferença; Elisabeth só não desejava ser a principal pessoa a ter de consolar a prima naquele momento, como estava a ver-se, porque nada a deixava mais apreensiva numa situação, sobretudo nas importantes, do que não ter nada a dizer. E ali, em pé naquele vagão de metrô com aquela conversa maçante da amiga da faculdade, vinha frequentemente a dúvida do que ia dizer, que travaria na hora, ia confundir-se toda. Não bastando essas preocupações, ainda lembrava com chateação das provocações de Alexandra acerca de ela, Elisabeth, não ter o que dizer no provável encontro com Filomena. Em último caso, ela não queria dar razão a profecia da amiga.

Contudo, de tanto matutar, e não achar aquilo que haveria de levar algum alívio à prima, fez com que retornasse ao coração dela a sensação de impotência que frequentemente a tomava quando se via frente aos próprios problemas, aos problemas dos outros, a suas inseguranças.

Entretanto, apesar da apreensão desmodida, da angústia toda, não tão justificáveis assim, já que invariavelmente Elisabeth encontrava algumas palavras úteis a dizer, pelo menos, aos outros; mas, como as preocupações eram tão constantes em sua mente, não percebia essa obviedade.

Nessa angústia, mesmo com a colega dizendo coisas desagradáveis, Elisabeth pôs-se a simular as palavras de ânimo que diria a prima quando estivesse defronte desta.

Ao passo que, depois de Madeleine descer no Brás, Elisabeth finalmente conseguiu sentar e relaxar. Diga-se, o vagão onde Elisabeth estava esvaziou quase que totalmente, o que ajudou a centrar seus pensamentos.

De qualquer forma, de tanto afligir-se e buscar o que dizer, veio uma luz ao pensamento de Elisabeth, ao achar por bem parar de pensar no assunto da prima a todo instante, afinal ponderou, com dificuldade até, que no fim das contas a única pessoa a se preocupar ali deveria ser a prima, e não ela, pois todo aquele drama não a pertencia propriamente. Não foi a pessoa a trair, tampouco fora a traída, portanto angustiar-se daquele jeito não era justificável. Julgou que nem mesmo precisava dizer alguma coisa, bastava apenas comparecer à casa da tia, escutar a prima e já seria o suficiente. Após tais conclusões, a mente dela serenou um tanto.

E para alongar essa sensação mais ou menos tranquila e não deixar que outro pensamento inquietante a preocupasse e levasse consigo aquela relativa paz, conseguida a certo esforço, Elisabeth colocou os fones nos ouvidos e seguiu viagem rumo à casa da tia ao som da canção *Perdido de amor*, de Luiz Bonfá, música essa, aliás, carregada de nostalgia e preferida da falecida avó dela.

Ao chegar à casa da prima, quem a recebeu foi a tia Dolores, que se mostrou surpresa e ao mesmo tempo contente ao ver o sorriso tímido da sobrinha Elisabeth e mais ainda ao saber que esta resolvera visitá-la a fim de saber do estado de Filomena. Entalada, Dolores aproveitou-se da presença da sobrinha para desabafar, já que não havia ninguém por perto nos últimos dias, a não ser a irmã Ana Paula, a quem pudesse falar da situação da filha sem ressalvas. Na verdade, Dolores até tinha duas amigas íntimas na rua em que morava, o fato é que ela ficava com receio de que essas, sabe-se lá, por algum descuido ou ingenuidade, deixassem escapar algo da traição de Filomena aos respectivos familiares, e por meio destes chegar aos ouvidos mais maldosos. Dolores, portanto, achou por bem ficar calada, de modo a proteger Filomena a todo custo dos impropérios, os quais porventura haveriam de vir se alguém soubesse do acontecido; afinal, por saber que a filha estava a passar por um mau bocado em casa com o próprio pai, pois ela, na figura de mãe zelosa, não desejava ver a filha ser vítima de fofocas ou mesmo injúria na rua por causa do acontecido. Porque Dolores já, a muito custo, disfarçava ao máximo para que o marido não desconfiasse de nada; diga-se, Dolores temia, a julgar pelo caráter do marido, que este tentasse colocar a filha na rua caso soubesse da traição. Todavia, apesar de todo o comportamento moralista e, muitas vezes, pedante de Arthur, pai de Filomena, a filha dela não corria perigo algum de ser posta fora de casa, dado que o pai era xucro, sim, segundo as próprias palavras de Filomena e família, mas que, por outro lado, dava mostras de gostar de sua única filha, a bem da verdade, a sua maneira, e não chegaria fazer algo a esse nível. Por sua vez, Dolores, não querendo pagar para ver, aconselhou Filomena a não dizer nada ao pai tampouco ao pessoal da rua.

Além de falar dessas coisas, Dolores relatou, em tom de aflição, a Elisabeth que Filomena não estava querendo comer nos últimos dias, sendo isso a sua maior preocupação naquele momento, receava que a filha pudesse ficar doente ao continuar recusar-se a comer. Relatou ainda que a filha por diversas vezes, quase num tom obsessivo, falava da necessidade de voltar a conversar com Júlio, de desculpar-se, de explicar o havido, pedir ao ex-namorado àquela altura que voltasse. Elisabeth escutava aquilo com uma angústia no coração, afinal as palavras da tia encontravam-se carregadas de tristeza. A tia dela até tentava mostrar-se forte ao falar da situação de Filomena, no entanto, percebia-se pelos gestos, pelo olhar, pela voz de Dolores, que esta se encontrava entristecida demais com o sofrimento da filha. Elisabeth não disse nada enquanto Dolores dizia todas essas coisas, também não tinha nada a dizer, a não ser compadecer-se. Com isso, em sinal de compreensão e empatia com a aflição tanto da tia pelo sofrimento de Filomena quanto desta pela perda do namorado, Elisabeth apenas balançava a cabeça em tom de pesar. Ela somente levantou uma vez da cadeira onde se mantinha sentada na cozinha para pegar um copo de água com açúcar e oferecer a Dolores. Porque, sempre quando nervosa, a mãe, Ana Paula, aconselhava a tomar água com açúcar, dizia esta que era um bom remédio para acalmar os nervos. Hábito do qual Dolores conhecia bem, haja vista que vinha de longa data na família Pereira Gomes. Aliás, copo de água esse que ao menos fez com que Dolores falasse de modo mais pausado.

Dolores, após revelar boa parte da situação com a filha, mais uma vez, expressou gratidão pela sobrinha ter ido até lá saber da filha e que desejava fazer dois pedidos: ou seja, que Elisabeth conversasse com Filomena, a fim de convencer esta última a comer alguma coisa e tentasse, se possível, fazer a prima sair de casa, de modo a fazer a filha tirar um pouco o nome do ex-namorado da cabeça. Ouvindo esses pedidos, Elisabeth tentou acalmar a tia ao dizer a esta que ia falar com Filomena. Que aquilo ia passar; que tudo aquilo era uma questão de momento e resolver-se-ia o quanto antes, e a prima sairia melhor daquilo.

Após confortar um pouco a tia, Elisabeth perguntou se a prima estava no quarto, Dolores respondeu que sim. E esta pediu à sobrinha que fosse ao aposento onde Filomena haveria de estar, pois lá elas estariam mais à vontade para conversar.

Antes de seguir em direção ao quarto da prima, Elisabeth disse a Dolores que necessitava ir ao banheiro primeiro. Elisabeth fez isso, porque pensou que seria mais sensato lavar o rosto e ficar por um tempo no bainheiro antes de ir conversar com a prima, a fim de poder assimilar minimamente a enxurrada de pensamentos e a sensação pesada que estava a sentir em seu coração após falar com Dolores. Ela não imaginava que a situação estivesse tão difícil a ponto de afetar a tia daquela maneira, pois quando a mãe contou-lhe o caso, imaginava que apenas a prima estivesse sofrendo, não a tia. A verdade é que não tinha claro em sua mente a possibilidade de aquilo afetar Dolores daquela forma. No entanto, por mais que a mãe tivesse dito da preocupação de Dolores com Filomena, Elisabeth supôs que a mãe estivesse apenas exagerando, como de costume.

Por sua vez, ao ver-se rodeada de preocupação de um lado, sofrimento do outro, mexeu com o emocional de Elisabeth, que, a propósito, já não era lá muito resiliente.

Enquanto permanecia, no banheiro, parada olhando-se no espelho, Elisabeth pensou em ir embora, porque escutar a tia já tinha sido angustiante, pior ainda seria conversar com Filomena, a causadora de toda aquela confusão. Para tanto, naquele momento já não podia fazer isto, não dava mais para correr dali sem parecer ridícula. Dessa forma, ao refletir por mais um instante se ela ficava ali, no banheiro, parada por mais tempo sim ou não; no fim achou por bem sair dali logo e falar com Filomena, já que pensar demais não estava ajudando a sentir-se melhor, ao contrário, aumentava ainda mais a aflição em seu espírito. Entretanto, antes de seguir em direção ao quarto da prima, Elisabeth voltou novamente à cozinha, desta vez para ela própria tomar um copo de água, porque ficara com a boca seca. Finalmente, após fazer todo esse ritual, Elisabeth foi em direção ao quarto cumprir o seu papel.

Quando chegou ao quarto da prima, a porta se achava entreaberta. Percebendo isto, deu dois toques na porta e perguntou se ela, Elisabeth, poderia entrar. Filomena, ao ouvir o barulho das batidas, tirou o fone do ouvido, voltou-se para a porta do quarto, onde se achava plantada Elisabeth, esboçou um sorriso sombrio e, com olhos lânguidos, solicitou Elisabeth que entrasse. Ao fazê-lo, pediu que esta se sentasse.

Antes da prima Elisabeth entrar no quarto, Filomena achava-se enrolada com o cobertor dos pés à cabeça, escutando música, enquanto ao mesmo tempo olhava no celular a rede social de Júlio; o que Elisabeth percebeu ao olhar de soslaio quando a prima largou o aparelho na cama para lhe dirigir a atenção.

Aliás, Elisabeth, no momento em que entrou no quarto e deu com os olhos na prima, ficou admirada ao ver o rosto de Filomena, que continuava bastante bonito, mesmo esta estando há alguns dias sem comer. Logo, Elisabeth se deu conta de que nem a invejosa tristeza nem a voraz fome eram capazes de roubar o que a natureza deu em abundância àquela jovem. Se Elisabeth invejava essa beleza da prima, não se sabe, ao menos ela dizia não invejar.

A bem da verdade, de aparência Filomena era um deslumbre. Havia nela uma beleza delicada, com traços finos bem delineados, em um rosto quase simétrico, com uma boca nem tão grande nem tão pequena, já o nariz dela era pequeno e com características aquilina, ornando perfeitamente com aquela tez branca. Os olhos dela eram claros, inspirando uma sensação à parte, pois juntamente com aqueles cílios grandes, que costumavam radiar vida, apesar de estarem lânguidos neste dia, costumeiramente, traziam paz àqueles que os contemplavam em todo o esplendor de sua beleza. Já a voz de Filomena, de tão cálida, dava ares em certos momentos até de sedução; mas, ao mesmo tempo, parecia tão natural, tão simpático, que aparentemente ninguém julgava haver nenhuma intenção implícita tampouco qualquer coqueteria nos trejeitos e na melodia do falar dela.

Ora, Filomena era muito mais bonita do que Elisabeth, nesta última havia uma beleza simples, comum, nada que pudesse causar algum sobressalto. Diga-se, Elisabeth era uma jovem branca, magra, com uma altura mediana, apresentando um ar pueril em seus modos, sem com isso demonstrar a graciosidade tão característica em alguns espíritos que se veem por aí afora. Em Filomena, do contrário, esta tinha uma postura elegante, parecia até um cisne; tal a harmonia dos seus movimentos. Filomena era magra, assim como a prima, com quase um metro e oitenta de altura, sendo uns dez centímetros mais alta que Elisabeth.

Existia em Filomena uma beleza involuntária de clamar atenção, de tão bela que era. Contudo, apesar desta extrema beleza e da aura que carregava, ela não se achava bonita. Poder-se-ia dizer-se que o Deus Adônis compartilhou com essa jovem uma parte da sua beleza, no entanto, decidiu segá-la quanto a esse fato com vista a contrabalancear e não a deixar jactasse ou encantasse por si mesma, conforme fez o grande herói Narciso. Por sua vez, Elisabeth não via de forma tão lírica assim, pelo contrário, o olhar desta era mais vulgar, afinal acreditava, sim, na possibilidade da prima não se achar bonita por causa da tão frequente e perene, como a luz do sol sobre a terra, a tal da baixa autoestima, a qual assola a todos, desde o mais simples ao mais elevado dos espíritos.

Voltando; de aparência Filomena parecia mais com o pai Arthur, que tinha ascendência alemã da parte materna e do lado paterno uma mistura de africano com índio. Do outro lado, da mãe de Filomena, a propósito, não se sabia precisamente a origem dos seus traços, pois não havia nada de muito característico nesta a se apontar, apenas se sabia que esta era originária do Sul do Brasil. De qualquer modo, da mãe propriamente, Filomena herdou apenas os lindos cabelos ondulados, o que já era um grande presente, o restante, no entanto, ficou a cargo do pai e da inspiração harmoniosa da natureza.

Diante desse cenário começou a conversa.

— É tu, Lisinha... que coisa boa... Entra, entra! Desculpe a bagunça...

— Magina!

— Coloca aí na penteadeira. Depois eu arrumo! — havia algumas maquiagens sobre a poltrona em que Elisabeth ia sentar-se.

— Vou guardá-las para você!... em qual gaveta eu as coloco!

— Não precisa, Lisinha! Deixa aí! Não se preocupe... Deixa!

— Sou assim, não posso ver nada fora do lugar que já vou arrumando!...

— He he... Lisinha...

Elisabeth pegou um frasco de maquiagem que se achava embolado no meio daquelas roupas. — Trata-se de base fluída?

— É...

— Posso abrir para ver?

— Claro, Lisinha!

— Nossa, muito linda esta cor! — Elisabeth abriu o frasco de base, pegou um pouco e passou sobre a pele da mão — Que natural, né!

— Gostou?!

— Gostei não, amei... sério! Onde comprou?

— Ah! Comprei pela internet! Chegou esses dias... Fia, paguei uma fortuna nessa base, nessa maleta aí... — Filomena apontou para a maleta de maquiagem com rodinhas que se achava o lado de Elisabeth.

— Imagino! Oh, negócio caro... essas coisas, né... minha nossa!... Por falar nisso, Meninha... fui um dia desses com a Alexandra numa loja... precisa ver quanto ela pagou numa parecida.

— Quanto?... uns 800 reais?

— Exatamente! Fiquei de cara e eu: Nossa!

— Ah, fia! É meio carinha, viu! E, no caso dessa minha...

— E quanto pagou na sua?

— 1000 reais!

— Nossa! Tudo isso?!

— Justifica-se o preço pelo fato de ela ser profissional, o que eleva um pouco o valor... E suponho que seja o caso da maleta da Alexandra também.

— Aham! Sim, sim... Já eu sou mais humilde... Por sinal, eu até tenho um estojo pequeno, mas não sou de usá-lo sempre... assim! Só quando saio para algum lugar diferente, quando vou ao shopping... mas passo bem pouco... Embora nem saiba me maquiar muito bem!

— Não? Em que mundo tu vive, Lisinha... he he... quando for assim, dá uma olhada em alguns tutoriais de maquiagem na internet... tem vários! Eu aprendi a me maquiar dessa forma. E se quiser também, eu te ajudo... eu faço umas makes legais, viu...

— Eu já me desencanei muito desta questão de maquiagem... Estou tentando me aceitar mais... Aliás, quando eu uso assim... fico reticente, insegura... com aquele medo de ter passado demais e parecer uma palhaça!

— He he... só você pra me fazer rir!

— Sério, Meninha! Sem mentira! Quando uso, passo só uma base bem de leve, um corretivo neutro, só para disfarçar um pouquinho essas minhas olheiras.

— Quando comecei, eu era do jeitinho que descreveu, viu... Meu, era uma coisa de maluca, Lisinha... não! Eu exagerava numa maneira na sombra. Pô! O menino com quem eu ficava a época falava: Filomena pra que essa maquiagem toda! Tá demais! E eu nem aí... Ainda, Lisinha... he he... tinha outro moleque chato, meu... He he... Que vivia zoando com a minha cara... literalmente... devido a maquiagem carregada, mas eu sabia que ele gostava de mim na época, aquele idiota, mesmo tentando disfarçar com aquelas gracinhas. He he... Fia, só depois de muito tempo que fui aprender!

— Sei, sei... Ah!... No seu caso, Meninha, em relação a essa questão de maquiagem, nem precisa, né! Você sempre foi linda, prima, ainda mais com uma pele dessa! — acenou Elisabeth com as duas mãos em direção ao rosto de Filomena — Sério, sem mentira... você nem precisa!

— Você que pensa, fia... Só fala essas coisas por não ver os cravos enormes que saem no meu rosto... e só não vê eles, porque faço esfoliação direto!

— Credo, Meninha, você parece minha mãe!

— Tua mãe... por quê?

— Fica exagerando. — sorriu Elisabeth — No seu caso, você tem a pele linda. Sério! Há pessoas, aliás, que ficam mais bonita ao natural do que maquiada... Você é um desses casos...

— Obrigada!

— Sério... nem precisa de tanta maquiagem assim... ao meu ver!

— Obrigada, Lisinha... Você é uma fofa! Mesmo assim, sabe, é meio que bom passar um pouco, realça mais os traços... E eu falo para todo mundo, fia... a minha autoestima são as minhas maquiagens e o filtro do meu celular. Fia... sem eles não vivo!...

— Minha nossa! Essa indústria cultural da beleza é muito opressora sobre nós, né? Nossa!...

— Oi?! Hã? He he.

— Nossa, Meninha! Você fez uma cara ótima. — Sorriu Elisabeth com o aspecto de curiosidade da prima — Mas, de todo modo, ia dizer que: as pessoas muitas vezes nos deixam insegura quanto a nossa própria beleza. Na verdade, usam disso como um modo de lucrar. Por sinal, essa postura é algo tão desprezível!

— Mas do que tá falando? Indústria cultural da beleza! O que tem a ver? Isso existe? He he.

— Trata-se daquilo: a televisão... digo, a mídia de modo geral... dita os padrões de beleza que nós, mulheres, devemos alcançar ou seguir. Eles nos instigam por meio das propagandas... dos cartazes, seja o que for; de modo a sermos iguais aquelas modelos perfeitas que nos apresentam em seus comerciais. Nisto, eles dizem: se a intenção de vocês é serem felizes, mulheres, então necessitam adequar-se... precisam ser magras, precisam ter a barriga negativa, ter a pele perfeita, usar tais e tais roupas. E assim... nós, sem percebermos, acabamos caindo nessa ladainha, muitas vezes, machista..., e perdemos uma parte da nossa própria subjetividade, da nossa naturalidade...

— Nossa, Lisinha! Tu foi longe agora, viu! He he... No entanto, não é bem assim, viu!

— Acha que não? Hum... Pois eu digo que é assim que as coisas funcionam nesse meio... e posso lhe afirmar: essas pessoas não reconhecem... não enxergam outros valores estéticos como igualmente legítimos também, a não ser o deles!

— Meu! Toda mulher deseja se sentir bonita, estar bonita, estar bem arrumada, sabe! Pois, então... no meu entender... não chega a ser uma questão de imposição! Se tem alguma cobrança, é da própria pessoa. Por exemplo, eu me maquio, me arrumo, mas faço essas coisas todas porque gosto, não porque necessariamente tenha alguém me influenciando ou me impondo algo... Tipo, nem os namorados que tive me pediram algo nesse sentido...

— Eu estou a dizer da ideia por de trás... Eles não fazem de forma explícita, de forma clara... entende o que quero dizer?

— Veja, Lisinha, vamos ficar em você!

— Como assim?

— Por exemplo, você não gosta de usar a tua basizinha, mesmo que de vez em quando, ou aquelas roupas bonitas que compra frequentemente... as que me mostra de vez em quando, certo?...

— De fato!

— Então, viu?! Isso é sinal que você, como qualquer pessoa, deseja ficar mais bonita. Marcar o seu estilo. Isto é normal! Pois, então, todo mundo tem o teu grau de vaidade. Uns mais, outros menos... normal!

— Bem, não tenho a intenção de dizer... negar que não goste, ou não compre muitas roupas, que não tenha vaidade... essas coisas todas! a questão central da qual estou a dizer são dos padrões únicos de beleza e da insegurança que isso causa nas mulheres que não são bem dessa maneira ou não se encaixam neste padrão!... Aliás, você já ouviu aquele discursinho assim: ai, você está gorda, não pode usar essa roupa... Ai... você está tão magrinha... hum... não pode usar calça *skinny*... Mas o que eu ia dizer é: dessas pessoas deixarem as outras... digo, os demais serem felizes do jeito que são, não!... Ficam com essas imposições de noções relativas...

— Sim!...

— Pode reparar também... afinal, não existem muitas belezas, a não ser aquelas que a mídia escolhe e nos impõe frequentemente quase que inconscientemente, para não dizer propositalmente... Ou seja, isso vai incutindo em nós, mulheres, querendo ou não, o anseio de estar de acordo com o padrão mostrado, quando menos da instalação de uma insegurança quanto a própria beleza, o que produz em nós a eterna busca por algo criado muitas vezes artificialmente, arbitrariamente. E não deveria ser assim...

— Eu estou te entendendo... entendendo sim. Mas vou te dá outro ponto de vista. E vou contar o caso do meu pai para tu ver que não é bem assim... Oh... os cabelos dele estão começando a cair... Fia, precisaria ter visto como isso o afetou. Meu, ele ficava e ainda fica... perguntando a toda hora pra minha mãe, pra mim... como está a cabeça dele... Se caiu mais cabelo, se voltou a crescer em algum lugar. Então.... é vaidade! Todo mundo é vaidoso quanto a si mesmo. Viu?! É algo natural, e não o que falou... Qual foi mesmo a palavra que usou?

— Instigar... insegurança, imposição...

— Isso, isso... Imposição! As empresas de cosméticos, as clínicas de estética, ou seja, todas elas oferecem aquilo de que necessitamos, e não necessariamente nos impõem, sabe... Por exemplo, se tivesse um produto milagroso pra curar a calvície... você acha que alguém, como o meu pai, por exemplo, ia ignorar? Suponho eu que não! Ele ia comprar por livre vontade. Ou seja, ia coincidir o desejo de acabar com a calvície com a oferta da cura... Algo normal... Pois, então no meu entender, quem exagerou nessa ou foi longe foi você!

— Acredito que você não está entendendo direito o que eu estou a dizer.

— Estou entendendo sim... Veja, Lisinha, no caso do meu pai nem mulher ele é, hem...! Então... suponho eu que não faça tanto sentido o que falou... viu!

— Filomena, isso transcende o aspecto de gênero... É... de todo modo, esqueça, esqueça... Eu diria um negócio, mas esquece... não tem nada a haver... — Elisabeth deu um sorriso de embaraço.

— Fala, Lisinha! Se começou, agora termina.

— Não é nada não, trata-se de besteira... Ai! Preciso ir ao banheiro, estou apertada aqui. Tomei tanta água na cozinha quase agora, nossa... agora bateu...

— He he... Vai lá, Lisinha!

Dessa vez Elisabeth não usou o banheiro para se recuperar de qualquer dificuldade, apenas usou por necessidade de urinar. Diga-se, Elisabeth estava um tanto surpresa com a conversa amena até ali.

— Voltei! O que está vendo aí?

— Olha aqui! Olha o que postou... de novo...

— Quem?

— O Júlio... você não acha que é uma indireta pra mim?... — Neste momento, Filomena entregou o celular a Elisabeth para esta ver a mensagem que Júlio postara na rede social naquela manhã. A mensagem dizia — "Que comeces um novo dia e que tu tragas junto novos ventos, novas histórias, novas vitórias." — Por que o Júlio faz isso, meu. Ontem fez a mesma coisa. Que criancice! De vir aqui pra conversarmos e resolvermos as coisas logo, não! Fica mandando indiretinha...

— Indireta... sinceramente?! Não, Meninha! Ele pode estar feliz, motivado... ou não! Estou a especular, tá... afinal de contas, pode ser qualquer coisa, né!

— Feliz, Lisinha?

— É... digo, não, não! Esqueça isso, prima... talvez ele apenas achou bacana essa frase e decidiu postar. Deve ser só isso... Olhe, particularmente, eu nem levo muito em conta o que as pessoas dizem em rede social... Você devia fazer o mesmo e se poupar, pelo menos por enquanto.

— Ora essa! Foi você quem falou que ele está feliz!... Mas feliz pelo quê?... Tô achando que, pela tua cara, tu sabe de alguma coisa, mas não deseja me falar por alguma coisa... Pô, Lisinha, sou tua prima, me fala... Ele tá ficando com alguém? Te contaram algo?

— Não, não... Perdão!... eu me expressei mal... digo, não me fiz entender... A minha intenção era dizer que o Júlio pode estar tentando se motivar!... Tanto que deve estar triste!... Talvez!

— Fico desconfiada!

— De quem? De mim?

— Do Júlio, sabe... Ele não é de ficar postando essas mensagens. Ele é mais de postar fotos de nós, das viagens que faz. Por isso fico desconfiada... pois se ele não ficou com ninguém, é uma indireta pra mim... certeza!

— Ponha isso de lado, prima! Não gaste energia com essas especulações. Pense em você... pense em se cuidar... pense em voltar a fazer as suas coisas... esqueça o resto! É isso o que deve fazer.

— Eu não sei por que cargas d'água o Vitor foi falar pra o Júlio, meu!... Na verdade, eu sei, viu... Ele ficou foi é ressentido por eu tê-lo rejeitado aquela vez, isso sim! Aquele recalcado!

— Como assim?

— Não! Faz um tempão já! É que uma vez estávamos na festa de um amigo em comum, e ele veio pedir pra ficar comigo. Claro, falei que não!... Eu, hem?! Ficar com um horroroso daquele. Jamais!... E aí, fia, pegou raivinha de mim desde esta festa...

— Você já estava com o Júlio?!

— Não, Lisinha! Isso foi bem antes de eu ter alguma coisa com o Júlio. Nem nos conhecíamos ainda.

— Ah, tá!

— Que ódio dele, viu!... O pior de tudo, eu nem vi este menino nessa festa... E como ele me viu, meu?

— Que festa?

— Como assim que festa?... Na festa que fiquei com o Benício!

— Ah! Entendi, entendi... Que tonta eu sou... mas é óbvio... Há de ser nessa... — Elisabeth levou a mão direita ao rosto em sinal de vergonha... — Continue ... você iria dizer alguma coisa, mas eu lhe interrompi...

— Não, não ia falar nada... — as duas ficaram olhando-se durante alguns segundos sem dizer nada — Pra que eu fui sair de casa naquele dia, viu... devia ter ficado aqui, no meu cantinho, caladinha, na minha... e nada teria acontecido. E no fim... Pra que fui sair... Pra que sair, meu! Por mais triste e com raiva que tava, mesmo assim, eu deveria ter ficado aqui, suportado. E agora taria tudo bem entre nós, sabe...

— Fique assim não, Meninha! Calma!

— Veja... minha mãe me pediu pra ficar em casa esse dia!... E eu não escutei... e saí! Eu sou uma idiota, Lisinha, sempre faço tudo errado... não adianta, não adianta...

— Não diga essas coisas!

— Ah, eu não tô nada bem! Isso está acabando comigo, sabe... — ao dizer tais palavras, Filomena caiu em prantos, chegando a soluçar do tanto que chorava.

Elisabeth, condoída com essa cena, imediatamente abraçou Filomena e começou a passar a mão sobre a cabeça desta, dizendo — Eu sei, trata-se de algo triste o que está passando... reconheço, mas não se martirize, Meninha... passará... Por sinal, enxergue-se... você é uma menina linda... Você precisa... não, não... é... — Tropeçando nas próprias palavras e não contendo a comoção, as lágrimas chegaram aos olhos de Elisabeth também. Esta foi tomada por uma compaixão tamanha, que não teve condições de manter-se serena. Ao acalmar-se um pouco, assustou-se consigo, com toda aquela emoção sentida. Elisabeth sabia que poderia angustiar-se, ficar ansiosa, triste, talvez, o que era natural e já previa. Por outro lado, chorar não, porque em nenhum momento passou por sua cabeça quando se deslocava da faculdade até ali o cair no choro, pois mesmo sendo uma jovem sensível e chorona em muitos momentos, agora, não vislumbrava na conversa com a prima nenhum temor de chorar, e sim certa ansiedade. Aliás, ela não se preocupou com isto, ou seja, com o fato de poder vir a chorar, porque após alguns aborrecimentos, vergonhas e longas resoluções consigo mesma, pôs na cabeça que não mais mostraria esse seu lado frágil na frente das pessoas, por mais íntimas que essas fossem, a fim de evitar ser chamada de emotiva, como em muitos momentos as pessoas a rotularam. No entanto, não foi desta vez que conseguiu pôr em prática essa sua intenção.

Entretanto, Elisabeth ter sido contagiada por aquela atmosfera não foi de todo ruim, afinal o desmanche dela teve um impacto momentâneo sobre o ânimo da prima; pois, apesar de toda fama de chorona, Filomena nunca vira Elisabeth chorar daquela maneira. Embora, esta nunca teve motivo para chorar na frente da prima antes; claro, a não ser quando criança e na ocasião do enterro da avó delas. O importante disso foi que Filomena ter visto a prima chorar por suas dores causou a estranha sensação de alegria misturada a tristeza já presente em seu coração. Aliás, na percepção dela, naquele momento, Elisabeth não apenas entendia a sua dor, como sentia intimamente a tristeza que se achava em seu coração pelo término com o namorado. E, ao enxergar a ligação e a cumplicidade de sentimento entre elas ali, isso a ajudou a confortá-la ao menos um pouco.

Já Elisabeth, envergonhada com o próprio choro, desculpou-se. Embora, mesmo envergonhada, não podia deixar de reconhecer que se achava leve após chorar. Aliás, quando a prima tocou na questão da traição, passou por sua cabeça a possibilidade de perder o controle, embaraçar-se em algum momento, mas, ao chorar, essas preocupações evaporaram junto com as lágrimas de seus olhos.

— Prima, desculpe o meu choro... não liga... De vez em quando eu sou assim. Que vergonha... me perdoe! Não chorarei mais não!

— Não, Lisinha! Não precisa se desculpar... Onde já se viu... que coisa essa!?

— Ah, eu vim aqui tentar dar uma força para você e choro junto... assim não dá, né!

— Não, não... não se preocupe... você é uma fofa... Pô, só por ter tua companhia aqui já me sinto melhor. — Elisabeth recebeu bem essas palavras, já que não era lá muito segura quanto a si para ajudar aos outros.

— Você não tem noção do quanto essas palavras são importantes para mim, Meninha. Sinto-me feliz por ouvi-las. Obrigada, de verdade!

— Não sei o que cargas d'água fiz... mas se ajudou você, de nada! He he...

— Fez sim! — Elisabeth sorriu — Por sinal, anseio que fique boa o quanto antes para que possamos sair. — Elisabeth disse tais palavras movida mais pela fala da tia e empolgação do momento do que propriamente por um desejo genuíno de sair com a prima.

— Sim! Também não vejo a hora disso se resolver logo, sabe, Lisinha... do Júlio me perdoar... Sinto tanta falta, sabe... dele vindo aqui, mexendo nas coisas, sentado onde tu está! He he... Reclamando da bagunça do meu quarto, me chamando de paixão! Oh... que saudade, Lisinha!... Às vezes me assusto com os barulhos da minha mãe, pensando ser ele...

— Sei... é difícil, né!

— Que a raiva dele passe o mais rápido!... pra que possamos estar juntos novamente... Tenho certeza, Lisinha... que quando voltarmos, nada nem ninguém irá nos separar; desta vez vai ser mais forte. — Filomena disse isso e esperava que a prima dissesse algo, o que não aconteceu. A verdade é que Elisabeth não acreditava que aquilo a qual a prima fez menção pudesse acontecer, pelo menos não no tempo em que a prima desejava, mas por bom senso e receio de magoar a prima, Elisabeth ouviu calada.

Elisabeth não dizendo nada, Filomena retomou — No entanto, antes de tudo, preciso arrumar um jeito de falar com ele de novo, sabe... mas como vou fazer?... Já tentei ligar em várias ocasiões pro Júlio, mas não me atende, meu!... Ao ver que sou eu que estou ligando, o Júlio desliga de propósito, meu... Sabe, Lisinha, pensei em ir à casa dele também, mas fiquei com medo de dar de cara com a mãe dele, e aquela complexada parti pra cima de mim!

— Nossa! Ela faria isso?!

— He he... Fia, você não conhece aquela bicha!... Meu, aquela mulher é uma doida, me xingou de tudo quanto é nome quando liguei, tentando falar com o Júlio... Aquela mulher recalcada, baixo nível, viu! Essa mulher, meu... é um encosto na minha vida! Nunca gostou de mim, Lisinha...

— Sério?

— Ai... Ela tem uns ciúmes do Júlio!... Meio que querendo sempre disputar o Júlio comigo... Suponho eu que é ela a pessoa que fica fazendo a cabeça do Júlio pra não falar comigo, forçando o Júlio a bloquear o meu número também... já que é bem a cara dela esse tipo de coisa! Aquela mal amada!

— Serei sincera!

— Sim! Pode falar!

— Escutando tudo o que está me dizendo, prima... sou da opinião de que deveria esperar a poeira baixar... Assim, espere acalmar mais as coisas. Calma!... Eu sei que a ânsia de falar é grande, mas espere um pouco mais! Deixe o Júlio pensar direito, deixe-o perceber o que você é para ele, o que significa para ele... e depois vocês conversam!

— Mas perceber o quê?! Eu amo ele! Nós nos amamos...

— Disto eu não duvido, mas por ora o melhor a fazer é esperar! Vá por mim!

— Pô, Lisinha... fico na dúvida se isso é a melhor opção mesmo...

— Claro... que é!

— Mas, veja... já se passaram duas semanas e nada! Estou aflita... além do mais, você não conhece o Júlio como eu conheço... Ele é orgulhoso, fia! Preciso fazer algo, e logo, e não vou permitir que um negócio besta assim, tampouco o orgulho do Júlio, acabe com a coisa linda que há entre nós.

— Repito... isto é, calma!

— Pensando bem, eu preciso arrumar um jeito de consertar isso o quanto antes, já que fui eu quem fiz a besteira... ainda mais... tenho certeza que ele me ama, sabe, só que a raiva e o orgulho não estão deixando ver isso... Você me entende, Lisinha... não posso permitir que uma coisa besta dessa nos afaste.

— Bem, Filomena!... De novo, espere mais alguns dias só... E você precisa se acalmar!

— Só vou conseguir me acalmar quando isso se resolver. E também... ainda bem que veio aqui hoje... Preciso que me ajude na situação com o Júlio, já que a Marcela e a Giovanna tentaram falar com ele semana passada, mas aí... não deu muito bom!

— O que houve?

— Elas me falaram que tavam falando com ele... e ele nem tchum pra elas... não deu nem assunto. Sendo assim, como não ajudou de nada pedir para elas falarem com ele... Aí... pensei numa coisa aqui... Se fosse você, Lisinha... tenho certeza, ele te escutaria... Veja, o Júlio gosta bastante de você, mas nunca gostou muito das meninas...

— De quem?

— Das minhas amigas, da Marcela e da Giovanna!

— Ah, tá!

— Talvez o fato de elas terem ido falar com ele, quer queira, quer não, o influenciou a não querer falar comigo, pois já havíamos brigado algumas vezes devido a essa implicância dele com as meninas. No entanto, com você, o Júlio é diferente, suponho que ele possa te ouvir, se for você a pedir. Ele te considera demais, sabe... Ele é muito teu amigo! — realmente Júlio tinha uma relação de proximidade com Elisabeth, muito pelo gosto em comum dos dois por livros e pela simpatia de um para com o outro. Diga-se, quando se encontravam na casa da própria Filomena, Júlio gostava de conversar com Elisabeth, esta última também apreciava poder falar com ele. Nessas conversas, os dois compartilhavam, vez ou outra, alguns fatos mais íntimos um com o outro, entretanto, Elisabeth não via nisso o direito de pedir ou interceder por Filomena.

Ademais, diante do pedido da prima e praticamente súplica, Elisabeth demorou um instante para responder, no entanto, de fato, ela não queria saber dessa hipótese, não desejava envolver-se na situação da prima com Júlio. E Elisabeth deu seu parecer tentando não magoar a prima — Não acredito que seja uma boa ideia, Filomena! É melhor esperar o tempo passar que as coisas se ajeitam. Não adiantará fazer nada neste momento também... Ele está bravo, não irá escutar ninguém. É melhor esperar.

— Não posso esperar mais, Lisinha... se eu não me agilizar, fia, vem outra tentando roubar ele de mim. Você sabe como são essas meninas: se veem um homem bonito dando sopa, já caem em cima, fia... Não, não... Eu que não vou esperar algo assim acontecer para agir... não mesmo!

— Reflita um pouco... e me dará razão!

— Eu te darei razão depois, mas no momento faz isso por mim, Lisinha... eu te peço....

— Você não está me escutando, prima! Entenda isto: é melhor esperar o tempo dele... que surgirá uma oportunidade mais favorável para vocês conversarem!

— Eu sei que é chato ficar implorando para você, Lisinha, mas só estou te implorando porque você é a única opção que me restou, meu! E é certo que o Júlio irá te ouvir. — Elisabeth, percebendo que a prima não recuaria no pedido, resolveu dizer sim, porém, muito mais para evitar aborrecer a prima naquela situação do que qualquer outra coisa. Aceitou por aceitar, já que de maneira nenhuma pensava em levar o pedido da prima adiante. Ficou foi incomodada com a insistência da prima e demonstrou isso em seu rosto, mas Filomena estava tão preocupada consigo, que não percebeu o que se passava com Elisabeth.

Depois que Elisabeth supôs aceitar falar com Júlio, Filomena ficou bastante empolgada. Parecia até que tudo havia sido resolvido da forma como ela planejou e desejou — Obrigada, prima, você é uma linda. — Elisabeth não expressou nada diante desse comentário.

De forma inesperada, mudou de assunto Filomena. — Prima, você não sabe o perrengue que passo aqui em casa com o meu pai... Sabe! Eu não vejo a hora de sair daqui e ter a minha própria casa.

— Ah... O caso do seu pai...? Minha mãe me contou que vocês brigaram por causa do carro, né...

— Não é apenas por isso... E se fosse, estaria tranquilo... O problema é: meu pai só sabe me criticar, sabe! Só sabe me colocar pra baixo, meu! Que ódio que dá, viu... Não me deixa em paz! Vive me cobrando, sabe... reclama disso, reclama que não faço faculdade, que não paro em trabalho nenhum, que não ajudo minha mãe em casa, que eu só penso em festa. É sempre assim, Lisinha! Estou exausta, cansada já, sabe!

— Eu sei... realmente é muito difícil viver numa situação dessa. Mas você precisa ser forte!

— Eu só não saí daqui ainda devido à minha mãe, sabe... Amo minha mãe demais... ela é a única pessoa que me entende, Lisinha!... Só ela... Só ela me apoia...

— Não chore, Meninha!... Por sinal, você não gostaria de ficar em nossa casa, passar uns dias conosco? Quem sabe não faça bem a mudança repentina de ares. Pelo menos, por enquanto, até as coisas se acalmarem mais. Aliás, a Julinha adoraria ter a sua companhia! — Júlia era o nome da irmã mais nova de Elisabeth.

— Eu ia adorar ficar com a minha princesa, mas não!... deixa pra próxima. Vou ficar aqui mesmo... não desejo dar trabalho pra ninguém.

— Não seria trabalho algum. Nós gostamos muito de você.

— Do fundo do coração, obrigada... mas não!

— Sem problemas! Mas fica o convite...

— Sabe... fiquei com o Benício muito devido a isso, sabe, pois, no dia em que fiquei com ele, tava me sentindo muito mal. Ainda tentei chamar o Júlio pra sair nesse dia... — Filomena referia-se ao dia seguinte à discussão com o pai em razão do carro — eu tava com o coração tão pesado... eu precisava saí... não tava aguentando... precisava desligar um pouco, esquecer, meu... aquela raiva terrível do meu pai na hora, sabe! E liguei pro Júlio, pra saber se podíamos sair... irmos pra algum lugar. E ele me falando daquele jeito que não podia sair. Na verdade, ficou de montar um projeto e um relatório às pressas de logística pra um novo cliente... e me disse então que teria de elaborar tudinho naquela noite e apresentar no dia seguinte. Sabe! Como ele tava enrolado nisto, não quis atrapalhar... Mesmo assim... fiquei sentida com ele nesse dia... Pô, eu compreendo que era um trabalho importante. Mas o que eu senti realmente foi a frieza dele comigo naquele momento... Pô, logo naquele momento, sabe... Pô, eu tava tão mal... fiquei com mais raiva ainda, Lisinha. Pô, o que custava ele me escutar... E ele nem se deu ao luxo de perguntar como eu tava...

— Hum... — Elisabeth achou um tanto incoerente esse último discurso da prima, comparado à fala de ter-se arrependido de sair no fatídico dia, mas como era inconveniente e inútil apontar essa incongruência, Elisabeth, então, resolveu escutar calada.

— Naquela hora, eu tava muito mal, precisava sair um pouco, me distrair, esquecer todo aquele peso. Foi quando acabei ligando pra Marcela.

Conversando com a Ma, ela me chamou pra uma festa que tava rolando com o pessoal da faculdade dela, num barzinho, lá na Vila Olímpia, e eu fui... Lisinha, naquele momento eu só precisava disso, sabe... Nessa situação toda, acabei conhecendo o Benício... o menino que fiquei... na verdade, nem fiquei com ele, só foi um beijo... Meu, ele foi muito fofo, sabe, conversou comigo, me ouviu, de forma tão gentil, naquele momento, sabe, que acabei cedendo, e nós nos beijamos, mas foi só um beijo. Eu garanto! Não rolou mais nada depois... Também não falo isso pra me justificar, mas pra dizer que foi apenas um erro besta que cometi num momento de fraqueza, sabe... Não desejo perder o Júlio devido a um beijo que não significou nada pra mim. Por mais que tenhamos as nossas brigas de vez em quando... ele é uma das poucas alegrias que venho tendo ultimamente — ao dizer essas palavras, Filomena começou a chorar de novo. Elisabeth a abraçou e novamente não disse nada, somente sentiu pena da prima.

— Lisinha, por favor, quando for falar com ele... ai... ai... — Filomena enxugou as lágrimas e concluiu — não esqueça de dizer o quanto eu o amo, do quanto estou arrependida. — Elisabeth, não querendo contrariar a prima, deixando essa mais tensa do que se encontrava, fez um sinal de positivo com a cabeça a contragosto.

Depois do choro, percebendo que Filomena achava-se mais calma, Elisabeth lembrou-se do pedido da tia e propôs que a prima comesse algo, o que esta não relutou em aceitar. Elisabeth finalmente conseguiu fazer com que a prima fosse à cozinha comer alguma coisa. Dolores, feliz e aproveitando-se que a filha finalmente ia comer, ofereceu a Filomena uma tigela com salada de frutas, com aveia caramelizada e mel por cima. A saber, Filomena amava comer essa sobremesa. Dolores ainda deu, para a filha comer, uma meia porção de comida que deixara guardada do almoço. Neste prato de Filomena havia arroz, salmão grelhado, molho de champignon, brócolis e batata cozida. Além disso, Dolores ofereceu comida a Elisabeth, mas esta disse estar sem fome.

Dolores, aliás, ficou muito agradecida pela sobrinha ter incentivado a filha a comer tudo o que ela foi colocando a mesa. E Filomena comeu com gosto toda a refeição oferecida pela mãe, haja vista que a agitação nervosa e a falta de apetite cederam após desabafar com a prima. E com razão, afinal ela estava há três dias sem colocar nada no estômago, somente vinha tomando água naqueles dias, isso porque Dolores a forçava a beber ao menos água.

Elisabeth, ao perceber que o clima na casa da tia apresentava-se mais tranquilo após sua visita, resolveu voltar para casa e descansar depois de um dia corrido. Não antes de estimar melhoras à prima, que mais uma vez solicitou que ela falasse com Júlio quanto antes, no que Elisabeth respondeu com um grunhido incompreensível, mas que Filomena tomou como se fosse sim. Elisabeth ainda se despediu de Dolores, que estava comovida e aliviada pelo que a sobrinha fizera pela filha neste dia. Feito isso, Elisabeth se despediu mais uma vez e seguiu para casa.

Capítulo 5

No dia seguinte à visita à casa da tia, Elisabeth acordou confusa após um sonho esquisito. No sonho Elisabeth se achava, na casa do Júlio, conversando com este a respeito de Filomena. No que Elisabeth falava e tentava convencer Júlio a voltar com a prima, de repente, sem cerimônia, foi surpreendida com uma declaração de amor. No devaneio, Júlio confessava estar apaixonado por Elisabeth há tempos e encontrava-se, acima de tudo, ansioso por dizer. Chocada, com essa declaração, Elisabeth corou-se toda enquanto percebia o coração palpitar tal qual o de um bebê assustado. Tentou dizer algo para superar o espanto de início, mas a surpresa era tamanha, que a voz não saiu. Ficou foi paralisada, olhando Júlio de baixo para cima, com a boca aberta. Em contrapartida, Júlio, com os olhos ansiosos e vidrados nela, aguardava uma resposta ou qualquer reação dela, algo que não veio em função da estupefação de Elisabeth. Júlio levantou-se do lugar onde encontrava-se sentado, de tão desconsertado que ficou com a mudez repentina dela. Encabulado, ao levantar-se, ele foi até o canto oposto a parede em que Elisabeth estava, em seguida voltou a sentar-se no mesmo lugar defronte para ela, balbuciando coisas incompreensíveis.

Não se sabe se para o alívio ou tristeza de Elisabeth; esta acordou no meio dessa cena com o barulho do despertador analógico sinalizando a hora de acordar para arrumar-se. Meio sonâmbula, os pensamentos dela, naquele instante, giravam em torno daquele sonho mais maluco. Elisabeth não conseguia entender o propósito de sonhar com aquilo; não podia crer ter sido a pessoa a sonhar com uma coisa daquelas, afinal não via razão para sonhar com Júlio, ainda mais com uma declaração de amor deste.

Por um momento, Elisabeth chegou a sentir aversão pelo que sonhara; mas, ao desligar o despertador e ficar de bruços na cama, refletiu que estava dando excessiva atenção àquilo, pois aquele sonho nada mais era que uma grande alucinação ou mais uma peça que a mente dela gostava de pregar quando dormia demais. Passado o espanto de início e tal conclusão, Elisabeth, mais tranquila e ainda sonolenta, levantou-se da cama de vez e foi à cozinha. Lá bebeu um café morno descafeinado, que sobrara na jarra de café do dia anterior. Depois do café, foi ao banheiro, escovou os dentes, tomou um banho quente. Terminando de banhar-se, voltou ao quarto e vestiu-se para ir à faculdade.

No decorrer do dia, Elisabeth não voltou a pensar no sonho daquela manhã, praticamente o ignorou. A verdade é que Elisabeth parou de dar importância aos sonhos, afinal depois de anos dando demasiada importância aos sonhos, de procurar nestes respostas, e não achar quase nenhuma categórica, senão um emaranhado de confusão. Entendeu que estava era tornando-se ocultista demais para quem se julgava um tanto avessa a ideias esotéricas. Desde então, ficou com o pensamento fixo que era preferível, e muito mais sensato, encontrar as respostas no mundo e agir com base neste real a enxergar os sonhos e a realidade como páginas do mesmo livro, como lera em Schopenhauer.

Para mais, pairava a dúvida sobre Elisabeth, se os pensamentos um tanto controversos desta em relação aos sonhos representavam o mote do seu pensamento ou se havia apenas aspecto de negação ou repreensão de sentimentos quanto ao não dito, como também observou o mestre Schopenhauer em suas reflexões acerca do amor, seguido posteriormente pelo professor Freud; em certa medida não se sabia precisamente a conclusão disso. Se alguém soubesse ao certo: acreditar-se-ia que estes seriam os psicanalistas.

Enfim, Elisabeth, curiosa e de espírito inquieto, desde pequena, demonstrou interesse em entender os sonhos. No ínterim da vida, ela havia lido e se deparado com tantas outras histórias místicas, ocultistas a respeito dos sonhos. Quando fissurada nesta questão, ou seja, no significado dos sonhos, Elisabeth vivia lendo análises dos sonhos, algumas até mesmo estranhas, na própria Psicanálise; acreditando por vezes naquelas teses noutras nem tanto. Uma vez parou, cansada das meditações, e se perguntou se estava a encontrar-se ou a perder-se nessas obsessões um tanto enfadonhas. Como já sabemos, Elisabeth por fim concluiu ser irrelevante tentar buscar nos sonhos as respostas, quando estas levavam-na a novas dúvidas, além de trazer mais angústia ao seu coração ansioso. Convicta do prejuízo do tal ato, Elisabeth achou por bem ter chegado ao entendimento de parar. Ao menos, no entender dela, livrou a cabeça de mais preocupações, afinal esse lugar já estava muito congestionado; de modo que ela concluiu que: não podendo enterrar todas as dúvidas e a ansiedade suscitada por tais, sepulte as que puder, do contrário, estas farão questão de sempre atormentar. De todo modo, se isso sempre dava certo ou fosse verdade, não se sabe, a conferir para entender.

Voltando; no dia em questão, Elisabeth teve mais uma aula como qualquer outra, ou seja, não houve nada que chamasse a atenção. Ou melhor, ao tirar aquele curto momento de perturbação ao acordar, estava era sentindo-se mais segura, mais tranquila do que no dia anterior. E não havendo nenhum problema para ocupar e atormentar suas ideias naquele dia, fato este que, de certa forma, a deixou mais aliviada, haja vista os dois últimos dias lidando com situações não muito peculiares na sua monótona e pacata vida.

Continuando; ao chegar da faculdade, naquele mesmo dia, e encontrar a mãe na cozinha, Elisabeth deu boa tarde e beijou o rosto da mãe. Falou sobre algumas amenidades com esta e em seguida foi a seu quarto. Chegando ao quarto, deixou a bolsa em cima da mesa de cama, tirou as sandálias que calçava e as guardou numa sapateira de madeira pintada de branco. Sem trocar a roupa que usara para ir à faculdade, Elisabeth se jogou em sua cama macia e caiu no sono. Aliás, a viagem de volta, de metrô e ônibus da faculdade até em casa, sempre a deixava um tanto cansada. Quando podia, tirava uma soneca para diminuir um pouco da canseira. Só então Elisabeth começava a fazer as tarefas no restante da tarde. Ela geralmente ajudava a mãe na limpeza da casa quando não havia uma lição ou outra para fazer. Diga-se, Elisabeth ajudava a mãe, mas não gostava do trabalho doméstico por assim dizer, para não se dizer que odiava, muito pelo simbolismo que ela via inserido nessa atividade. Tinha como retrógrado, ou seja, a ideia de ser a mulher a principal pessoa a ter de fazer esse tipo de trabalho dentro do âmbito familiar. Bronca esta que a preocupava também. No fim das contas, como já se sabe, Elisabeth almejava casar-se um dia, mas tinha medo de ser forçada pelas circunstâncias a viver uma vida de mulher do lar; aliás, expressão a qual ela abominava, porque até nessa expressão via algo de pejorativo, afinal não via algo no sentido contrário, ou seja, homem do lar.

Em suma, inconformada com a visão sexista, Elisabeth entendia que relegar a mulher o papel exclusivo de pessoa do lar era uma forma arcaica de diminuir a condição da mulher e colocá-la num papel de subserviência. A saber também, a revolta de Elisabeth com a questão de gênero advinha da época de pré-adolescência, quando certa vez um professor de matemática, no ensino fundamental, declarou que as mulheres tinham o lado emocional muito acentuado, de modo que não eram aptas a trabalhos que exigissem capacidade intelectual elevada. A tal fala do professor ficou na cabeça de Elisabeth por um bom tempo, já que quando ouviu esse comentário, não entendeu o motivo de o professor dizer algo assim, aliás, ela brigou com esta ideia em sua cabeça. Contudo, ao passar dos anos, percebeu que comentários como aquele era uma forma não apenas preconceituosa, como machista, que muitos homens inseguros lançavam mão a fim de assegurar uma posição de superioridade em relação à mulher ou como meio de lhes garantir uma parca autoestima, em outras palavra, estes buscavam na diminuição da mulher, principalmente, a garantia de uma falsa sensação de grandiosidade. Aliás, como sentia o peso de ser mulher em um mundo mais masculino, Elisabeth resistia a todo o tipo de noções pejorativas, como na situação da escola, e lutava o quanto podia, na medida do possível, contra essas percepções misóginas tão enraizadas em muitas cabeças.

E falando da percepção, de certa forma negativa, que Elisabeth tinha do trabalho doméstico, ela tentava policiar-se em certa medida, de modo a não exacerbar essa ideia e deixar transparecer uma visão elitista ou preconceituosa a respeito de tal trabalho, o que não era a real intenção dela, mas que poderia ser tomada ou confundida tanto com uma quanto com outra. Na verdade, ela não recriminava as mulheres que viviam dessa maneira, como a própria mãe, desde que essas escolhessem por si; o que fora o caso da mãe dela ao decidir largar o magistério para tornar-se exclusivamente dona de casa.

Elisabeth, idealmente, apenas ambicionava mais do que isso; ou seja, rogava por um mundo mais igual, em que as mulheres conseguissem ter a real liberdade de escolher suas carreiras, suas atribuições, sem passar por um falso igualitarismo, e sim por um processo intrínseco, orgânico. Em última medida, Elisabeth desejava viver em um mundo em que as mulheres realmente pudessem ser reconhecidas como de fato merecem, e não serem forçadas a adequar-se, como habitualmente via, aos padrões estabelecidos na sociedade, isto é, aos lugares preparados historicamente para elas.

Aliás, esta sua maneira de pensar, supostamente, fora a causa dos dois últimos términos de relacionamento, porque, mesmo sendo uma jovem tímida e de nem sempre seguir à risca aquilo que propunha e pensava para sua vida, de uma coisa Elisabeth julgava não ter indecisão, isto é, de que nenhum homem ou namorado a tornaria vassala ou faria sentir-se inferior, como os dois últimos tentaram fazer em alguns momentos. Embora, isso na visão dela, pois os ex-namorados disseram, quando do término, que a questão de fazê-la ver-se como alguém inferior era algo da cabeça dela.

Fora isso, é certo que a visão progressista de Elisabeth também contrastava com a ideia da qual a mãe tinha em relação ao papel da mulher na sociedade e na família. Já que Ana Paula, preocupada com o futuro da filha, alertava Elisabeth, ao dizer a esta que nunca ia casar-se, se não tirasse essas ideias absurdas da cabeça, afinal de contas certas noções não se questionavam por ser quase que biológicas num sentido mais profundo e por funcionarem bem, como a mãe cuidar dos filhos e do lar, o marido sustentar a casa, os filhos seguirem o exemplo dos pais e assim por diante. Elisabeth ficava abismada ao ouvir essas palavras, principalmente ditas por uma mulher que não era nenhuma obtusa, uma vez que achava aquilo tudo tão quadrado, pré-histórico. Ana Paula, longe de ter ressalva, quando conversava com Elisabeth, deixava claro o seu ponto, ao dizer à filha que esta lia demais, que a realidade não se resumia àquilo que Elisabeth lia ou pensava acerca do feminismo, e esta ia aprender na marra caso viesse a casar-se, a ter filho, isto é, como era o mundo real lá fora, lugar em que as ideologias, as convicções davam lugar à realidade.

Não obstante a todas suas convicções, Elisabeth involuntariamente acabava de certa maneira materializando aquilo que abominava, dado que morava com a mãe, a irmã e o pai, sendo que este último não fazia nada que fosse considerado como coisa de mulher, como lavar louça, lavar roupa ou limpar a casa. Ela querendo ou não, pelo menos em sua casa, terminava reproduzindo o que julgava ser atrasado, embora fechasse os olhos para essa contradição evidente em razão de não querer ou temendo, mesmo não havendo motivo para isto, questionar a visão de mundo do pai frontalmente. Elisabeth costumava expressar o que pensava a respeito do papel da mulher, do feminismo, do machismo, mais a mãe do que ao pai, pois nutria por este um grande respeito e amor, o que a fazia relevar o pensamento machista dele. Em apoio ao pai, este era um pai amoroso, tanto com Elisabeth quanto com a irmã desta, justificando em certa medida a quase não crítica ao machismo do pai e a negação momentânea de sua visão contestadora.

Voltando ao dia dela. Após tirar a soneca e ter ajudado a mãe a limpar a casa, Elisabeth retornou ao quarto, seu lugar preferido em sua casa. Diga-se, Elisabeth passava grande parte do dia ali, só saía deste ambiente quando era necessário. Este quarto que, para Elisabeth, era seu mundo íntimo. Nele havia muitos livros de romances, de conto, alguns de poesia e outros de filosofia. Todos esses livros ficavam organizados em duas paredes pintadas de branco, com prateleiras de madeira também pintadas de branco, que acomodavam esses livros metodicamente. Nas outras duas paredes do quarto dela havia duas reproduções de quadros famosos. Uma do quadro *American Gothic*, do artista Grant Wood, que dizia Elisabeth ser uma arte que simbolizava bem o seu sonho de envelhecer com o seu grande amor. O outro quadro era *Rosa e Azul*, de Pierre-Auguste Renoir. Este ela ganhara de Alexandra no ano anterior, no aniversário de vinte anos. Esse último representava, para Elisabeth, o amor fraternal que nutria por sua melhor amiga. Aliás, próximo a esse quadro ficava uma máquina de costura reta que pertencera à avó de Elisabeth.

Além de ler, pintar e mais outras coisas, Elisabeth também gostava de roupas, como a própria Filomena mencionou. Quando motivada ou feliz, diga-se, ela tinha por hábito tirar fotos em frente ao espelho grande que havia em seu quarto. Nisto, Elisabeth gastava, boa parte do seu tempo vago, testando roupas novas, combinando trajes que usaria para sair ou ir à faculdade. Nas ocasiões em que Alexandra visitava sua casa, ou quando esta ia à residência da amiga, a bagunça era maior. As duas faziam uma algazarra tremenda em seus guardas roupas, eram calças aqui, camisas ali, blusas lá, vestidos acolá, em suma, uma bagunça total, quando inventavam de testar as roupas, ou como diziam: criar um *look*.

Apesar do discurso firme acerca de moda e beleza, Elisabeth, como alguém esteta, em todos os sentidos, não negava sua paixão por roupas, por moda, pois embora visse e criticasse acidamente algumas perversidades insolúveis existentes nesse meio, não eram essas pechas que impediam-na de admirar o que via de bom, como a originalidade de uma peça, a personalidade desta, sua versatilidade, o caimento. Pois uma das coisas que mais a alegrava era poder ver algo belo, tal qual usar uma roupa que fazia os seus ajustes pessoais. Apesar dessas noções e predileções, Elisabeth não era nenhuma especialista em moda ou algo do gênero, e sim mais um *hobby* seu, um deleite. Aliás, o gosto por moda, principalmente no que diz à roupa, devia-se a influência marcante da falecida avó sobre ela, avó essa de nome Angelina Pereira Gomes, de apelido Doquinha, e costureira requisitada, quando viva. Que porventura, Angelina amava ensinar a neta Elisabeth pontos de costura, modelagem, cortes. Tudo isso quando Elisabeth ia passar, antigamente, as férias em seu sítio. Razão pela qual, na velhice, não mais costurando para boutique, clientes, o prazer de Doquinha voltou-se para o ensino da costura.

Falando ainda de costura, de roupa; Elisabeth encontrou em Alexandra a amiga perfeita, pois apesar de não ser uma pessoa de sair muito, ela sempre abria uma exceção. Exceção para ir ao Shopping comprar roupa, ajudar a amiga nas escolhas. Sabendo disso, quando Alexandra via Elisabeth desanimada ou queria tirar esta de casa, inventava de sair, comprar uma blusinha, um acessório. Além do mais, Elisabeth adorava estar na companhia de sua querida amiga, seja no Shopping, nos restaurantes em que costumavam frequentar vez ou outra. Em última medida, Alexandra ajudava Elisabeth a sentir-se melhor em momentos nem tão bons assim.

Voltando novamente, enquanto estava entretida com suas roupas, algo chamou a atenção de Elisabeth, quando esta se entretinha, provando uma camisa fluída branca com um short clochard verde; era campainha do celular notificando a chegada de uma mensagem de Filomena; a mensagem dizia — "Oi, Lisinha! Boa tarde! Falou com o Júlio?" — Alguns minutos depois, Elisabeth recebeu uma ligação de Filomena. Elisabeth ignorou tanto a mensagem quanto a ligação. Como não ia falar com Júlio, não desejava ter o constrangimento de dizer isso à prima. No entanto, passado uma hora, Filomena ligou para Elisabeth mais uma vez, e esta, ao olhar no celular e ver que se tratava da prima novamente, resolveu ignorar mais uma vez. Elisabeth sabia que a prima poderia ficar chateada por ela não responder a mensagem, por não ter atendido às ligações, mas naquele momento preferia ignorar Filomena do que ter de dizer não, ainda correndo o risco de criar um clima ruim com a prima, então a opção mais fácil que achou foi ignorar. Para ela, Filomena se daria conta do absurdo do pedido e esqueceria do assunto.

Capítulo 6

Passaram-se três dias da primeira mensagem que Filomena mandou para Elisabeth perguntando por Júlio.

Nesse ínterim, Filomena ligou mais três vezes para saber se a prima havia falado com o ex-namorado. Elisabeth não atendeu nenhuma dessas ligações. Ela ficou mal por fazer isso com a prima, mas foi a única maneira que encontrou de evitar ter de falar com Júlio. Além do mais, temia dar uma resposta definitiva a respeito de Júlio com medo da reação de Filomena.

A mãe de Elisabeth, avulsa nessa situação, foi falar com ela para saber o que estava a acontecer.

— Filha, você prometeu ajudar a Meninha a voltar com o Júlio, foi?

— Eu não! Quem disse isso? Ah, nem me diga... já sei!...

— Sua tia, ué... Ela me ligou de manhã, na hora que estava na Universidade, queixando-se de que a Meninha andava desesperada, querendo saber de você... se falou com o Júlio.

— Não acredito... Ela está com essa história na cabeça ainda?...

— A Dolores me disse que a Filomena ligou um monte de vezes para você, mas você não retornou nenhuma das ligações... É verdade?... O que anda havendo entre vocês duas, filha?

— Como posso dizer?... Sim! Bem, mãe... — Elisabeth quedou-se inesperadamente.

— Diga, Lisa!

— Bem, mãe!... Em princípio, foi uma bagunça da Filomena... ela entendeu tudo errado. Quando fui visitá-la... ela ficou implorando para que eu falasse com o Júlio, mas não dei certeza alguma que faria. Falei por falar! Agora fica me ligando...

— Ué... Então faça o favor de ligar para sua prima, dizer que não falou e nem falará... Só não faça essas coisas, Lisa... coitada da sua prima. Converse com a menina... explique as coisas... Você não ia gostar se fizesse isso com você, filha!

— Eu sei, mãe... Mas... o problema não é tão simples assim, se fosse, eu já teria feito... Por sinal, eu tenho medo da reação dela... Vai que ela tem um treco... Eu não disse o quão mal ela estava na última vez que a visitei. — No dia em que foi à casa da Dolores, Elisabeth contou boa parte do que havia acontecido na casa da tia a mãe, menos sobre o tal pedido.

— Filha, acho melhor você falar com ela novamente, nem que seja por telefone, já que ela fica perguntando a todo momento por você. Faça isso, senão ela irá deixar sua tia com o cabelo em pé... Converse com ela e resolve!

— Mãe, faça isso por mim, converse você com ela... Porque não me sinto confortável para ir à casa da tia de novo... por sinal, não tenho mais nada a dizer... aquilo que senti em meu coração eu já disse à Meninha!

— Eu falar com ela?... — meneou a cabeça Ana Paula!

— É, mãe, você lida melhor com essas coisas que eu. Aliás, é provável que a tia esteja triste comigo. E Jogará na minha cara que sou insensível... que não gosto da Filomena! O que não é verdade! Adoro a Filomena, mãe, mas o pedido dela não tem cabimento... Eu não posso procurar o Júlio e dizer: Júlio, volte para minha prima... Ela quer que eu faça isso! Ah! a Filomena me perdoará, mas isso não farei.

— Você omitira essa história de falar com o Júlio na hora que conversávamos... Ué... Por que não me contou tudo, Lisa?

— Não disse porque não achei necessário... acreditei que ela cairia em si e deixaria para lá esse absurdo sem cabimento.

— Filha do céu, que confusão você fez! Agora sobra para mim... vou ter de ir lá... me virá para dar um jeito nessa sua confusão. Ai, ai... hum...

— Faça isso por mim, mãe, por favor. Eu não tive culpa. A culpa é da Filomena, ela que cismou com essa história!

— Tá! Vou passar na sua tia e ver como a Filomena está. De qualquer maneira, não faça mais isso, Lisa. É uma atitude muito feia!

— Está bem! Eu sei que errei. Explique à tia e à Meninha... por favor!

Nesse instante, Elisabeth ficou aliviada por não ser obrigada a falar com a prima e mais ainda por livrar-se de pedir a Júlio que voltasse com Filomena. Alívio esse que não durou muito tempo, porque, passados alguns minutos, tornou a ficar ansiosa, desta vez, pela expectativa da volta da mãe.

Ela começou a pressentir o pior, já que pelo estado das coisas, fatalmente não sairia com a imagem boa naquela história.

Conforme os minutos foram passando e nada de Ana Paula voltar, a preocupação e a culpa começaram a dominar Elisabeth. Afinal, a visita da mãe que era para durar meia hora já estava em uma hora naquele momento. O que fez Elisabeth dar como certo um dos seus maiores temores: ou seja, a prima ter um ataque, por consequência tentado fazer alguma besteira.

Ana Paula, mãe de Elisabeth, chegou à casa da irmã Dolores meia hora após sair de casa. Aliás, elas moravam a dez minutos de carro uma da outra, mas, no dia da visita à sobrinha, Ana Paula pegou trânsito, ao decidir ir à residência da irmã justamente no horário de pico. A propósito, ela escolheu ir nesse horário porque queria evitar de encontrar com o cunhado, afinal indo na casa da irmã, entre as 7h e as 17h, não encontraria Arthur por lá.

Chegando à casa da irmã, Ana Paula logo foi pedindo um copo de água gelada, já que estava a fazer uma tarde bastante quente, ademais, ela ficara parada no trânsito com o ar condicionado quebrado por alguns minutos.

— E aí, Dolores.... a Meninha anda mais calma? Como ela está?

— Que nada, minha irmã, está naquele mesmo desespero de hoje cedo... dizendo que a Lisinha esqueceu dela, que o Júlio vai arrumar outra se a Elisabeth não for conversar com ele logo... e assim vai, Aninha!... Ela só fala no nome desse rapaz.

— Coitadinha!

— Ela tinha melhorado um pouco quando a Elisabeth veio aqui...

— Sim, a Lisa me dissera que ela voltou a comer.

— Ela voltou a comer, minha irmã... O problema foi a Elisabeth ter prometido a minha filha que ia falar com o Júlio... Se a Elisabeth não tivesse prometido nada, talvez a Meninha teria parado ou esquecido um pouco esse negócio do Júlio.

— Mas não foi bem assim, Dolores! A Lisa...

E ela, a Elisabeth, saiu?!

— Não!... está em casa!

— Por que não veio com você?

— Foi justamente o que eu vim dizer!

— Sim... Pois não!

— Nesse disse que me disse... houve um mal-entendido, Dolores!... A minha filha não prometeu nada à Meninha... Ela me contou o que aconteceu. O que houve foi: a Filomena, quando a Lisa veio aqui, ficou insistindo para que a Lisa falasse com o Júlio, mas a Lisa não deu certeza na hora, porque não se sentia à vontade para conversar com o Júlio a respeito do que a Meninha pediu.

— Nã, nã, nim na não! Isso não aconteceu, minha irmã, ou a Lisa tentou desconversar ao falar com você!... Enfim, eu lembro muito bem de ela ter falado, prometido que ia conversar com o Júlio, sim... nós estávamos aqui mesmo, na cozinha, Aninha, e ela falou em alto e bom som que falaria com ele... e como de uma hora para outra vem com essa de que não?

— Dolores, eu não sabia disso... mas você está certa disso?... A Lisa claramente disse que iria? Porque para mim...

— Falou, Aninha! — disse Dolores interrompendo a irmã.

— Hum!... Por Deusa-mãe... A Elisabeth não é de mentir. Vou conversar com ela direito! Ela irá me contar melhor esta história!

— Enfim, Aninha, se ela não tinha interesse de ajudar a minha filha... por que não falou de imediato em vez de criar essa expectativa toda na minha menina...

— Aí que tá... Preciso defender a Lisa nesse ponto, Dolores... pois eu a entendo... ela não quis dizer nada no momento com medo de magoar a Filomena. Cá entre nós... foi uma atitude compreensível da Lisa, Dolores... porque aquilo que a Lisa menos desejava era sair daqui indisposta com a Meninha. Além do mais, a Lisa não fez por mal... Às vezes a Lisa não consegue dizer não... e por isso acaba por meter os pés pelas mãos!

— A Elisabeth poderia ter ficado calada então! Minha filha entenderia!

— Enxergue pelo lado da Lisa, ela tem os seus motivos...

— Que motivos são esses?!

— Ela já não queria ir, mas de qualquer maneira... a Lisa é um amor de pessoa, ela ama a Meninha...

— Reconheço o coração bom da minha sobrinha! Embora...

— Aí... é nisso que devemos dar ênfase... Outras questões no momento vão apenas trazer prejuízos, arruinar a relação boa que as duas sempre mantiveram! Não concorda?

— Enfim, é agora que a Meninha para de comer de vez... Eu não sei o que vou fazer com essa menina, Aninha! Ela me assustou... A Filomena nunca ficou desse jeito antes, nem mesmo quando eles terminaram certa feita...

— O certo seria levar a Filomena em uma Psicóloga, Dolores. Não é normal uma pessoa ficar tão mal a esse ponto por tanto tempo em virtude de um término de relacionamento.

— Sim! Eu falei com ela de irmos a uma Psicóloga que conheço. Mas enfim, ela me falou que não vai, que não irá... Falou que não precisava disso, pois estava sofrendo por amor e não louca. Tentei explicar para ela, Aninha, conversar com ela, convencê-la, porém... a Meninha é cabeça dura... puxou o Arthur nessas coisas...

— E ele?

— Não desconfia de nada!... Vê a Filomena assim e fala que é frescura. Se eu pudesse contar com o ele ao menos, Aninha, já ajudaria... Mas tá difícil! — ao conversar com a irmã, ficou claro para Ana Paula o motivo da filha não ter conseguido dizer não, por reconhecer àquela altura o quão delicado seria chegar diante da sobrinha e dizer a esta que Elisabeth não conversaria com Júlio após, pretensamente, ter prometido fazer, ainda mais sem magoar Filomena. Portanto, Ana Paula intuiu que era mais fácil convencer Elisabeth a conversar com Júlio do que dar a notícia que poderia piorar mais ainda a situação da sobrinha e, por consequência, trazer mais um problema à irmã Dolores. Diante desse cenário, Ana Paula mudou tudo.

— Já que é assim... irei a ajudar minha sobrinha nessa! Não é justo uma menina boa quanto a Meninha sofrer desta maneira... não! enquanto houver algo que eu puder fazer...

— Vai falar com ele pela minha filha, Aninha?... Você faria isso?

— Eu não, a Lisa! Vou ver com ela hoje... e iremos resolver esse mal-entendido. Terei uma conversa franca com a Lisa e farei com que ela converse com o Júlio... Vamos ver no que vai dar... Não custa nada... De repente o Júlio mudou de ideia... está mais calmo... Não vou largar a Meninha triste assim... Coitadinha! Já vem sofrendo tanto...

— Pelo amor de Deus, Aninha... fala com a Lisa, fala com ela... eu ficaria demais agradecida e acalmaria um pouco essa menina.

— Fique em paz, Dolores, vou sim... vou convencer a Lisa a falar com ele, ela irá... fique em paz. — Após dizer tais palavras, Ana Paula disse à irmã que iria ao quarto da sobrinha ver como esta estava.

Filomena encontrava-se dormindo, já que, na fase difícil em que se achava, a rotina dela se restringia a ir do quarto ao banheiro, nem mesmo descia para tomar água ou café na cozinha. Entretanto, pelo menos andava comendo alguma coisa desde o dia em que Elisabeth a visitou.

Quando Ana Paula entrou no quarto da sobrinha, aconteceu de acordar Filomena, já que ocorreu de Ana Paula esbarrar na porta do quarto, que fez um barulho e acordou Filomena.

— Olá, Meninha! Você acordou... que maravilha! Eu vim saber como você está!

Quando Filomena, um pouco tonta e bocejando, percebeu que se tratava da tia, despertou imediatamente. — Ai... tava dormindo um pouco aqui! Ai... Ainda bem que vocês vieram... Mas cadê a Elisabeth, ela está lá embaixo? Desejo saber... E o Júlio... o que ele disse? A Lisinha te contou, tia?

— Ela não veio, Meninha... e também não conversou com ele ainda, mas fica em paz... pois ela vai conversar... nem que seja amanhã ou depois ela irá.

— Não!? Por que ela não atendeu as minhas ligações, não as retornou, tia? Fiquei maluca aqui... achando que ela tinha desistido de me ajudar... Pô, a Lisinha também, viu!...

— É... não fique com raiva da sua prima, Meninha... é que são muitos problemas na cabeça dela...

— Não, tia! Não estou com raiva da Lisinha!... Só achei que, quando menos, ela poderia ter me dito que não havia falado com o Júlio ainda.

— Parece que a Lisa não falou com o Júlio em virtude da faculdade, mas fique em paz, Meninha... Vai dar tudo certo, vocês voltarão... logo, logo... Acredite em mim... — essa pequena mentira foi como um bálsamo ao coração aflito de Filomena. Entretanto, doeu no coração de Ana Paula ter de mentir daquela forma, mas como não queria deixar a sobrinha triste e com raiva, dizendo o real motivo da filha não ter ligado ou retornado as ligações, com isso teve de mentir.

— Eu achei que a Lisa era outra que tinha se esquecido de mim, tia, mas ainda bem que não. Eu me enganei, a Lisinha é uma fofa... Posso ficar mais tranquila, meu... Tu não sabe, tia... já tava pensando besteira. — Ana Paula percebeu, ao olhar para o rosto lindo e triste da sobrinha, que esta realmente gostava de Júlio. Assim como a filha, Ana Paula inicialmente se compadeceu, visto que ela, mãe de Elisabeth, sabia bem como era amargo perder um grande amor.

Ana Paula, ao olhar o relógio e conferir que iam dar 17h, achou melhor ir embora, já que o cunhado poderia chegar a qualquer momento, e não desejava encontrá-lo ali. Dessa forma, sem demora, ela se despediu de Filomena, dando um beijo na testa desta, pedindo a esta que se cuidasse, que logo traria notícias. Para a irmã, Ana Paula ressaltou que a qualquer problema a irmã poderia ligar que ela voltaria correndo para ajudar. Feito isso, Ana Paula pegou o seu carro e retornou para casa.

Chegando em casa, Elisabeth estava na sala esperando Ana Paula para saber como a prima havia recebido a notícia. — Falou com ela, mãe? Como ela reagiu?

— Infelizmente não, filha. Você vai me desculpar... Não consegui dizer que você não ia falar com o Júlio. Ainda tive de prometer à Dolores que você falaria com o Júlio de qualquer maneira.

— Como?!

— Prometi, filha... prometi sim... ué... o que custa tentar falar com ele. Aproveitando, peça de volta aquele livro que emprestou ao Júlio...

— Ah!... não acredito que você fez isso, mãe! Sério! Não estou acreditando! — Elisabeth ficou extremamente nervosa, até mesmo deu um tapa no sofá e ficou com a expressão amuada, balançando a cabeça de um lado para o outro.

— Já chega disso, Elisabeth!...

— Mas, mãe! Deveria ter...

— Mas o quê?... Você esperava que eu fizesse o quê?...

— Que explicasse... e não me envolvesse mais nisso!

— Não, filha! Dada aquela situação, eu não podia largar sua tia na mão... Ela já me ajudou muito nesta vida... Coitada! Ela está bastante abatida com a situação da sua prima. — Ana Paula disse isso em um tom mais alto do que o habitual. O que fez Elisabeth se assustar, já que a mãe não era de levantar o tom de voz.

— Minha nossa... eu não deveria ter me metido nisso, olhe no que deu! Eu nem devia ter... olhe... sério!

— Filha, chega desta besteira toda, converse com ele! Não é nada de mais. Não irá cair sua boca e, muito menos, suas pernas se for falar com ele! Se está com vergonha, eu vou com você.

— Minha nossa... Ir comigo?!

— Outro detalhe!

— Como? Ainda há mais?

— Dei minha palavra que você falaria com ele hoje... o mais tardar amanhã! Então, tente falar com ele aí, Lisa... Ajude sua prima também, Lisa... poxa! coitada... Ela é tão boazinha com você... sempre ajudando você.

— Tá certo... eu falo! Mas... bem, não dou certeza de ser amanhã! Eu já aviso!... Ligarei primeiro... e sondarei... — Desta vez não teve escapatória, Elisabeth teria de fazer o apelo pela Filomena, por mais humilhante que fosse para ela, desta vez teria de pedir de qualquer jeito que Júlio voltasse com a pessoa que o traiu

— Como ela está?

— Quem?... Sua tia ou prima?

— A Filomena!

— Continua na mesma, Lisa, não sai do quarto, a sua tia me disse... Se ela não melhorar, acho que talvez eu a traga para cá mesmo. Assim você e a Julinha fazem companhia para ela. Acho que seria bom. Como vocês são jovens, uma ajuda a outra. — Elisabeth pensou em dizer à mãe que já havia convidado a prima para passar alguns dias em sua casa, mas na última hora resolveu dizer outra coisa.

— Faça o que achar melhor, mãe! — Elisabeth ainda se achava irritada com a mãe e a prima. Após ser ambígua com a mãe, ela retirou-se e foi ao quarto fazer uma lição.

— Basta, Lisa! Hum...

Numa situação diferente, Ana Paula teria chamado a atenção de Elisabeth, de modo mais enérgico, pela forma de Elisabeth ter saído da sala sem pedir licença e por falar daquele jeito com ela. No entanto, Ana Paula, sentindo-se culpada por ver a filha aborrecida por fazer algo que não desejava, resolveu deixar passar o desaforo de Elisabeth, que não era uma jovem de irritar-se de tal maneira e muito menos dar trabalho a ela.

Capítulo 7

Elisabeth não falava com Alexandra fazia alguns dias, a última vez em que isso aconteceu foi na ocasião em que foram juntas ao restaurante mexicano. Na ocasião, disse Elisabeth que ia ligar para Alexandra, após a ida à casa da tia, e contar os detalhes da conversa com Filomena. Entretanto, como a semana passou de forma rápida para Elisabeth, esta acabou esquecendo de fazer a tal ligação. Agora, a situação, no entanto, havia se modificado um pouco; já que, quando conversou anteriormente com a amiga sobre, não estava tão envolvida com a história; mas com o pedido da prima, Elisabeth se viu involuntariamente inserida no caso. Ao lembrar-se dessa questão, decidiu não contar nada de antemão a Alexandra por achar que esta poderia censurá-la por ter cedido ao capricho da prima. Tinha em mente que somente falaria do assunto da prima por cima, isso se Alexandra perguntasse algo a respeito. Embora, mesmo não percebendo tão bem este fato, Elisabeth não precisava preocupar-se, afinal havia ficado claro na conversa, no restaurante mexicano, que Alexandra não ligava se Filomena estava sofrendo. Ora, se havia alguma preocupação ou qualquer espécie de interesse de Alexandra naquela história; esse interesse ou preocupação se dirigia a Júlio, que fora seu colega, no tempo de colégio, e de quem ela guardava um certo afeto nostálgico.

À parte a questão de Filomena; Elisabeth resolveu ligar para Alexandra a fim de saber como andavam as coisas com amiga e perguntar sobre a situação de Isadora. No término da conversa das duas, que foi curta, ficou marcado de saírem as três juntas naquele mesmo dia para jantar, ou seja, Elisabeth, Alexandra e Isadora. Como fazia uma sexta-feira agradável, e nenhuma delas estudaria ou trabalharia no dia seguinte; ficou combinado então de irem jantar num restaurante japonês, bem conhecido e indicado por Isadora, localizado na cidade de Mogi das Cruzes, bem próximo à casa da própria Isadora.

Após a ligação, Elisabeth mostrou-se empolgada. Empolgação esta que se devia ao fato de Elisabeth ter percebido a amiga com o estado de espírito totalmente oposto ao do encontro anterior, desta vez Alexandra encontrava-se em seu estado natural puro, com a voz vibrante e alegre. Juntado a isso, Elisabeth achava-se empolgada também por reencontrar Isadora, afinal fazia certo tempo que ela não via nem conversava com a irmã de sua melhor amiga. Bem como, ainda intrigada pelo que Alexandra tinha dito há alguns dias atrás, andava curiosa por saber se o casamento de Isadora com Sebastian ia tão mal assim.

Chegando a noite, Elisabeth aguardava ansiosamente o carro de Alexandra chegar para poder ir ao restaurante. Enquanto esperava, Elisabeth ocupava a mente pensando em como falaria com Júlio, se por celular ou cara a cara. Ao pensar por alguns minutos no assunto, achou melhor conversar pessoalmente, visto que era uma questão delicada e necessitava olhar no rosto de Júlio e saber como estavam a ser as coisas para ele após descobrir a traição. Pois, como a vergonha inicial em falar com Júlio passou, deu-se em seu lugar um sentimento comum a ela, parecendo um misto de interesse com um pouco de apreensão. No momento em que Elisabeth observava o número de contato de Júlio no celular para ligar, Ana Paula gritou da cozinha que Alexandra tinha acabado de chegar e a aguardava na portaria do condomínio. Ao saber disso, Elisabeth se voltou para o espelho, conferiu se o vestido e o cabelo estavam alinhados. Estando tudo certo, ela apressou passo em direção à portaria do condomínio. Da portaria seguiu de carro com Alexandra para o restaurante japonês, onde iam encontrar-se com Isadora, que as aguardava.

Estando as três na entrada do restaurante, o *maître* se aproximou delas e, trocando algumas palavras com as três, as encaminhou e as acomodou numa mesa próxima à entrada, visto ser a única mesa disponível naquela noite sem ter alguma espécie de reserva. Dessa forma, ao sentarem, Isadora disse algo à irmã a respeito do restaurante e, após falar com a irmã, começou a folhear o cardápio, fazendo algumas caretas diante de algumas fotos de comida, o que Elisabeth ficou observando.

— Meninas, aconselho que peçam como entrada esta sopa de Missoshiro aqui... ó!... — Isadora apontou para o cardápio, mostrando a imagem do Missoshiro à irmã e à amiga. — É uma delícia. Já comi em outros lugares, mas o daqui... é o melhor!

— Sério?... Então... experimentarei!

— Coma, Lisa, você vai gostar!... E você, Alê?

— Ia querer outra coisa, mas para não ser a do contra... vá... tudo bem, vá...

— Vocês não irão se arrepender... vão ver... É uma delícia!

Isadora chamou o garçom — Ó amado, traga três sopas pequenas deste Missoshiro aqui... — Isadora apontou para o cardápio — e traz mais este suco aqui... de detox de maçã com limão, com folhas de hortelã para mim...

— Vão escolher o que, senhoras, de prato principal? — perguntou o garçom.

— Vamos ver ainda, amado! Depois a gente pede... Meninas, e vocês... vão beber o quê?

— Só tem esses sucos, moço?! — Alexandra apontou para uma lista no cardápio.

— Sim, moça!

— Hum! Se só... vá!.. me traz uma água e um suco de acerola!

— Calma aí, amado! — o garçom estava quase se retirando. Esse garçom parecia estar um pouco nervoso diante das três — Falta minha amiga aqui, amado... aguarde mais um pouquinho... qual será, Lisa?... já se decidiu... vai de quê?

— Ah, vamos ver...

— Vá logo, Lise! O moço tem outras mesas para atender...

— Calma, Alê! Não apresse as coisas... espere a menina escolher!

— Amore, é só suco... não há muito o que escolher!

— Fique quieta!... Escolheu, Lisa?

— Hããã! Sim, sim... Pode trazer de melancia... fazendo um favor. — Após registrar todos os pedidos num pequeno tablet, o garçom se retirou.

— Meninas, eu estava observando... E não é que esse garçom é bonitinho!... vocês não acharam?... É a primeira vez que vejo ele aqui.

— Ah, não! Esse bicho magro aí. Não, não... Não é mesmo! — disse Alexandra.

— Para você, apenas o Pedro é bonito! — Alexandra ao ouvir esse comentário encarou a irmã com uma cara que demonstrava mais contrariedade do que descontração, Isadora ainda concluiu. — É sim, Alê! Nem venha!

— Pare... vá!... Lá vem você com essas coisas. — Balançou a cabeça Alexandra.

— O que foi? Por que riu? — isso foi Isadora questionando Elisabeth.

— Estou rindo porque, quando vocês duas estão juntas, é muito hilário.

— É verdade, Lisa, Alexandra é assim... Não vá me dizer que não?! — Elisabeth olhou primeiro para Alexandra curiosa pela reação desta ao comentário de Isadora, o que não aconteceu, já que Alexandra estava entretida no celular no momento dessa pergunta. Elisabeth, no entanto, não querendo concordar com a observação posta, deu o famoso sorriso do embaraço e quedou-se.

Por um minuto deixaram de conversar. Chamou atenção um grupo de clientes chegando ao restaurante. Naquele momento, Isadora parou e ficou observando umas pessoas caminharem ao lado de um garçom franzino, que vinha conversando com um homem alto, de aspecto grave, com a voz forte e que gesticulava algo para o tal garçom. Ao observar isso, Isadora julgou ver no meio daquelas pessoas uma conhecida do trabalho. Ao ficar olhando, Isadora sentiu um leve constrangimento ao dar com os olhos numa mulher, ao que tudo indica, com a mesma idade que ela; pois a tal mulher a fitava de volta com um olhar não tão amistoso. Inicialmente, Isadora procurou desviar o olhar, no entanto, movida pela curiosidade, voltou a examinar o grupo do homem alto, desta vez o interesse dela se fixou numa jovem de corpo saliente, de cabelos ruivos e andar arrastado. Ao constatar que a jovem de corpo saliente não era a amiga do trabalho, Isadora passou os olhos novamente sobre aquelas sete pessoas que acompanhavam o homem de aspecto grave, fixando a atenção na mulher que a fitou com olhares pouco amistosos na primeira vez. Enquanto ela fazia isso, os olhos de Elisabeth pulavam ora para Isadora, ora para o grupo que seguia o homem de aspecto grave e o garçom. Não entendendo direito o interesse de Isadora naquelas pessoas, Elisabeth fez menção de perguntar algo a respeito dessa cena, mas refugou na pergunta. Já Alexandra continuava alheia a essa situação, mexendo no celular.

Terminando de fitar o pessoal, Isadora soltou — Caramba, hoje está demorado aqui.

— Deve estar vindo... se bem que acabamos de pedir, né. — disse Elisabeth.

— Que foi, Alê? — Isadora observou a irmã com uma cara de preocupação enquanto mexia no celular.

— É o Pedro... Esqueci de avisá-lo que ia sair hoje... agora estou respondendo ele aqui.

— Ah, sim!... — dizendo isso, Isadora deu mais uma olhada em volta — Uma taça de Brut viria a calhar, oh! O dia tá tão propício! Uma pena eles não terem... nem mesmo os nacionais para vender. Olhe, se eu tenho uma crítica a este restaurante, é esta: a carta de vinhos deles é muito pequena... precisam rever isso... Quase não há vinhos bons aqui!

— Perdoe a minha ignorância, mas não escutei direito... O que é Brut?... é uma marca? — perguntou Elisabeth.

— Não! Brut é um tipo de espumante... Caramba... nunca ouviu falar? — Elisabeth sinalizou que não. — É um vinho branco... é uma delícia, Lisa... quando puder, tome uma taça...

— Bem, não sou chegada a tomar nada com álcool!

— Eu também não, mas esse vinho é diferenciado. Vale muito a pena, de preferência os importados!

— Uhum!

— No dia em que for ao meu apartamento, irei separar uma garrafa de um Brut francês para gente, e você irá tomar, nem que seja meia taça, para apreciar um tanto... Duvido não gostar...

Após terminar de conversar com o namorado, Alexandra voltou a prestar a atenção na conversa da irmã com a amiga e fez uma observação — Meu Cristo, Isa! Quando começou a namorar o Sebastian, inventou de ficar com essas coisas. Você não era assim...

— Não era assim?! O quê?

— De ficar tomando essas coisas! Esses vinhos esquisitos... e quer escutar mais, essas coisas não combinam com a sua imagem!

— Como não combina com a minha imagem?... — sorriu Isadora.

— Amore, você tem de ser tal qual a mim e a Lisa... nós não precisamos dessas coisas para entre aspas socializar... — Alexandra fez o gesto de aspas com os dedos — conversamos numa boa.

— O que tem de mais em tomar um vinhozinho, um espumante de vez em quando para comemorar, como hoje... e eu não me embebedo, se é com isso que está preocupada...

— Amore, nunca fomos de beber em nossa casa... agora está com essa história de vinho, hum! e eu já imagino o motivo!

— E qual é?

— Amiga, não implique com isso!

— Não, Lisa! Eu sei aonde ela irá chegar!

— Lise, a minha irmã sempre foi uma pessoa influenciável... para você ver, na época de escola, ela não podia ver as colegas fazendo algo de diferente que queria imitar... Certa vez, Lise, se não fosse por mim, essa senhorita ao seu lado teria feito uma tatuagem horrorosa no ombro!

— Como?!

— É, amore, a Isa tinha uma colega e só vivia grudada com essa menina, bem da verdade, eu odiava aquela menina com todas as minhas forças... Ela ficava com umas risadinhas esquisitas de deboche para mim... e mais, ainda fazia a Alê de besta! Eu ficava com uma raiva...

— Ela era muito legal, Alê... você que não ia com a cara dela!

— Tá bom! Ok!... Ela era tão legal, que vocês deixaram de se falar...

— Não foi assim!

— Deixe-me contar... vá! Então, Lise, essa menina tinha feito uma tatuagem no ombro... e essa senhorita começou a chantagear os meus pais, dizendo que não ia mais estudar, que não ia mais à igreja... se os meus pais não a deixassem fazer a bendita tatuagem... um inferno, Lise!

— O que mais?... expõe minha vida mesmo, sua descarada!

— O que eu fiz: ah! é... ela quer chantagear meus pais... Vou entrar no jogo dela! Vá vendo, Lise... fui conversar com o menino de quem ela gostava! Quando a pessoinha soube, ficou doida... O que você conversou com o Alan... era o nome do menino. Eu não tinha dito nada, apenas perguntei se teria aula na turma dele... pois a Isa e ele eram da mesma sala!

— Você fez isso, miga?!

— Ela fez, Lisa, essa descarada!

— Eu a intimei... ou você volta à escola comigo e para com essas chantagens com os pais, ou pode ter certeza que o Alan saberá tudo e um pouco mais... Feito isso... Pronto, Lise! Adivinhe quem me acordou cedo, hem... no dia seguinte me avisando que precisávamos nos arrumar para irmos à escola?!

— E o que tem haver o ó com o copo?

— Quer que eu diga?... tá!

— O que mais?

— Que faz essas coisas para se sentir enturmada ou

— Você nunca me contou essa história, Alê!

— Eu ia contar... mas por vergonha, a Isa me proibiu de falar mais sobre!

— Por vergonha não! Fizemos um trato... Você não contava isso, e eu não contava aquilo!... Lembra?

— É vero! Mas são águas passadas!

— Sorte a sua é eu ser boazinha...

— Mas não foge do assunto, Isa! Essa coisa de você beber vinho... é só vinho? — Isadora disse sim... isso não está certo!

— É gostoso!

— Logo você dizendo essas coisas?... Depois não sabe o motivo de ficar com o estômago ruim... Fica tomando essas coisas também... não se cuida! — Alexandra disse isso em um tom de irritação.

— Você virou a mamãe, é?... e ainda se coloca de forma toda grossa... Veja o que eu passo, Lisa. — Isadora sorriu, fitando Elisabeth e a irmã. — Não faz mal não, bebê!

— Largue a mão disso... deixe a Isadora em paz, amiga! Não vejo nada de mais. Se sua irmã gosta, amiga, o que que há!?

— Lá vai a Lisa! Você sempre fica do lado dela... hem, Lise. É incrível... e quer escutar uma... você é uma grande de uma puxa saco. Meu Cristo!

— Amiga... Nada a ver!

— É puxa-saco sim, é sim, Lisa! Toda vez é assim!

— Sem problemas... se é o que acha.... Ficarei quieta...

— Agora eu sou a louca. Eu invento tudo...

— Nossa... Eu não disse nada disso, amiga... Ah, deixe para lá. — o garçom chegou, neste exato momento, trazendo na bandeja os sucos e as sopas.

Estando as pequenas porções de sopas de Missoshiro e os sucos sobre a mesa, a conversa cessou brevemente, começaram a comer. Das três, Isadora era a mais empolgada com o prato, parecia até uma criança ao ganhar o doce favorito. Elisabeth estava um pouco temerosa de não gostar do prato e ter de comer a pulso para não causar um suposto mal-estar. Ela, aliás, nem sabia explicar o que haveria de ser esse tal mal-estar; mas, com a chegada do Missoshiro, a percepção dela mudou, já que o Missoshiro veio tão bem enfeitado na tigela e, que só de olhá-lo, dava-se a impressão de estar delicioso. Alexandra, em compensação, parece que comeu um pouco da sopa de Missoshiro apenas para poder reclamar. E, diga-se, o gosto de Alexandra para comida era bem peculiar. Dizia Alexandra que apenas a irmã tinha o dom de agradar ao seu paladar.

— Huumm... Como é bom isto... — Isadora estava com a colher na mão esquerda — O que achou, Lisa? Não é gostoso... diga!

— Gostei. Bastante gostoso, realmente... sem mentira!

— Eu não disse... — Ao dizer isso, Isadora se dirigiu à irmã — E você, Alê? Iiih, pela cara... não gostou! Mas por que?

— Aaah, tá com gosto de óleo. Tem muito sal também. Não gostei muito não! Devia ter pedido Shitake mesmo!

— Não pode estar dizendo esta coisa, Alê! É mentira! Está normal o sal. Não é, Lisa? — Elisabeth sinalizou com a cabeça que sim.

— Coma aqui então, amore, para tirar a prova. — Alexandra ofereceu a sua tigela de Missoshiro a irmã para que esta avaliasse — Isadora pegou a tigela oferecida e experimentou.

— Na onde há muito sal aqui? Na verdade, tá melhor que o meu... — Isadora devolveu a tigela de Missoshiro da irmã e se dirigiu a Elisabeth. — Esta menina não sabe o que é bom, Lisa, não sabe...

— Eu sei! A Alê não gosta de quase nada... Isadora, todas as vezes em que vamos comer em algum lugar, ela acaba reclamando de alguma coisa: Ai! tá faltando isso, Ai! tá faltando aquilo. — Elisabeth deu risada. — É sério!

— É bem isso... minha irmã é desse jeitinho, minha mãe que o diga! — Isadora olhou para irmã sorrindo.

— Olhe que mentira! — Não se sabe o porquê, mas Alexandra comia de forma prazerosa apenas as comidas feitas por Isadora. Outras comidas ela tinha dificuldade em comer; chegava a comer, mas bem pouco. E apesar de ser uma frequentadora assídua de restaurantes, não era necessariamente das comidas que Alexandra gostava, mas, sim, do clima desses lugares, das companhias.

— Eu conheço muito bem você, nojentinha. Você é assim mesmo!... nem venha!

— Vocês duas... olhem aqui! Parem com isso! Eu não gostei deste prato... e pronto! O que tem!? E se vocês ficarem com essas gracinhas, eu as deixo aqui e vou embora!

— É brincadeira, bebê!

— Alê... vou ser sincera! Não pode dizer nada a você que já fica irritada. Credo!

— É nada, Lisa! Ela não está nervosa nenhum pingo. Isso tudo é charminho.... sempre foi desse jeito!... Ela faz essas birras para chamar a atenção.

— Olhe que eu vou embora, Isadora!... Eu falo sério! E para de dizer essas coisas! Eu não gosto... — Alexandra disse isso em um tom mais irritadiço.

— Que menina chata! Valha-me Deus! Tudo por causa de uma tigela de sopa, Alê?!

— É, amiga, não faça isso! Nossa, faz tanto tempo que não saímos juntas, e quando dá tudo certo e saímos, você fica assim...

— Assim como, Lise? Eu estou normal... são vocês que ficam pegando no meu pé. Gente, eu sou assim!

— Você tá preocupada, Lisa? Pois se estiver, não fique! Você não conhece o temperamento da Alê...

— Ah, sim! Conheço... mas, quando a Alê fica assim, estraga totalmente o clima. E, por sinal, eu fico tensa...

— Ih... esquece... quando é assim, é porque brigou com o Pedro, Lisa!... Não a observou agora pouquinho, agitada, mexendo no celular. No dia que brigam, ela fica assim, nojenta que só. — Alexandra olhou para a irmã com o semblante de descontentamento.

— Brigou com o Pedro, miga? Por quê?... Nossa, você também... credo! Está muito nervosa ultimamente. Qualquer hora terá um ataque do coração, terá um treco...

— Quando junta vocês duas, Meu Cristo! Só por Deus...

— Mas você brigou com o Pedro, amiga? Por quê?

— Lógico que não, Lise! Uai... Por qual motivo eu brigaria com o Pedro?

— O que houve afinal de contas? Você estava tão animada mais cedo...

— Estou animada, agora vocês ficam comentando essas coisas... aí eu acabo me irritando!

— Nem venha de conversa, mana! Não é de coração. Estamos brincando e, onde já se viu, ficar brava por algo bobo assim. Não é para tanto...

— Tá certo! Vamos deixar para lá isso, Isadora. Vamos esquecer, né?

— É! Por favor! — declarou Alexandra.

Deixando a questão da irmã de lado, Isadora resolveu perguntar pela vida amorosa de Elisabeth.

— E você, Lisa, está com aquele menino ainda? Qual o nome dele? Fabrício... é?!

— Não! É Frederico.

Como vocês estão?

Na verdade, Isadora, não estamos!

— Oxe?

— É... terminamos. Faz um tempinho.

— É? Puxa vida, que pena!

— Sim! Não deu certo, mas sem problemas!

— Entendi... Mas o que ocorreu para que terminassem?

— Eles terminaram porque a Elisa... — quando Alexandra ia dizer o motivo do término, Elisabeth pegou na mão da amiga, sinalizando para esta ficar quieta.

— Se você contar, eu ficarei com raiva!

— Não é nada de mais, amiga...

— Você me prometeu, Alexandra! Disse que não diria nada, por isso lhe contei.

— Eu prometi... Mas podemos contar para a Isa. Ela não vai comentar com ninguém, Lise!.. e quer escutar uma... já passou tanto tempo! O quê?... dois meses!...

— Eu sei, mas em todo caso, não é para contar... É coisa minha — pensou Elisabeth — "a Alê é uma boca grande, minha nossa, não guarda um segredo... é inacreditável"

— O que aconteceu, Lisa!... me fale! Vocês estão me deixando super curiosa!

— Ah, o Frederico é um idiota! Aquele garoto é um criança! Moleque...

— É? E o que aconteceu?

— Aconteceram algumas coisas aí... não vale nem a pena dizer. — Em lugar de dizer haver terminado com Frederico simplesmente por não o amá-lo, Elisabeth se saía com a justificativa de que não dava para continuar em um relacionamento no qual o namorado fosse um machista inveterado. Na verdade, ela se negava a declarar para si o real motivo de ter aceitado namorar Frederico e o porquê de ter terminado com este numa data específica, portanto, de vez em quando, saía com o argumento de o ex-namorado ser um machista inveterado. Já Alexandra, quando ficou sabendo do término, foi conversar com a amiga para entender o que ocorreu. Por sua vez, em razão de Elisabeth não compreender os próprios sentimentos ou, poder-se-ia dizer, recalcar os reais motivos do término à época, Alexandra teve de insistir para arrancar algum motivo razoável que justificasse o fim do namoro da amiga. E quando

Elisabeth declarou que o comportamento do ex-namorado estava atrapalhando o relacionamento, Alexandra não ficou plenamente convencida pela resposta um tanto evasiva da amiga, no entanto, aos poucos foi levada a aceitar.

Após não responder satisfatoriamente à pergunta de Isadora, Elisabeth resolveu falar do clima. — Nossa! Não estão com calor?... Nossa, está bastante quente aqui! Deveria ter vestido uma malha mais fresca. — No que diz respeito ao clima, não fazia tanto calor assim. A temperatura no ambiente do restaurante estava a variar entre 20°C a 22°C.

— Eu não, Lisa! — respondeu Isadora.

— Jura?... Nossa! Já eu estou a sentir um calor danado. — Elisabeth estava usando um vestido de seda manga longa bufante. A propósito, este tal vestido era todo multicolorido. Calçava também uma sandália simples de salto médio.

— Mas esse vestido esquenta, Lise!? Não é de seda? Ao dizer isso, Alexandra pegou na manga do vestido de Elisabeth para verificar. — Ele parece ser tão leve e fresco... Aliás, esse vestido é aquele que compramos naquela loja na Sé... é, não é?

— É este sim, amiga!... E esquenta bastante, principalmente por causa destas mangas, que são longas.

— É?! Nem parece...

— Sim, sim... ele é quentinho, mas amo ele!

— Ele ficou bonito em você, Lisa! Como você é magrinha, acabou combinando perfeitamente com o seu corpo — declarou Isadora.

— Obrigada, Isa! — Elisabeth pensou em elogiar uma jaqueta jeans que Isadora estava a vestir para retribuir o elogio recebido, mas, com medo de não soar verdadeiro o elogio, resolveu ficar só no agradecimento.

— Você não me contou!

— Como?!

— O que ocorreu entre voce e o Fabrício?

— É Frederico, Isa! — retrucou Alexandra.

— Sim, Fabrício!... caramba... eu tô com Fabrício na cabeça... de onde eu tirei esse nome?! — Isadora riu com a própria imprecisão, Alexandra também achou graça deste erro.

— Amigas, vocês vão me desculpar, mas não tenho a menor vontade de falar disso... Não tenho a intenção de ser chata e nem nada, mas não gosto de falar muito do Frederico. É algo um pouco comigo.

— Nós respeitamos o fato de não querer falar do Frederico — Alexandra soltou essas palavras para tentar, de certa forma, compensar a quase quebra de promessa de não dizer nada a respeito do término a ninguém, nem mesmo a Isadora. E, ao dar-se conta que Elisabeth poderia cobrá-la por quase abrir a boca, Alexandra resolveu intervir e contornar a situação — E a Isadora também sabe disso... não é, Isa?

— Claro! E eu também só perguntei porque fiquei curiosa... Mas se não quiser dizer nada, por mim, tudo bem! — expressou Isadora.

— Pessoal, me perdoe... afinal de contas, não tenho a intenção de ser a chata aqui, né! Portanto, não fiquem com raiva de mim... só não toquemos no nome do Fred... por favor!

— Nós entendemos, Lise.

— Acabei com clima, né? Que chato... Diga alguma coisa aí, Isa.

— Eu apoio a Lise.

— Dizer alguma coisa?... hum... Vamos oferecer um brinde à Lisa então. Vá, Elisabeth! Levante o seu copo, menina! Você também, Alê! — tchim-tchim — Vamos lá... que o príncipe da Lisa apareça o quanto antes, porque não vejo a hora de comer bolo novamente. — Alexandra riu. — E desejo que o próximo namorado da Lisa seja lindo, de preferência rico!

— Pare com isso, Isadora!... você é uma palhaça, coitada da Lisa. — Alexandra passou a mão no rosto de Elisabeth, fazendo carinho — Olhe aí, ela está ficando toda vermelha. Não ligue para esta doida, Lise. Pare com isso, Isadora, e olhe o pessoal tudo olhando para nós três... Meu Cristo! Vão pensar que somos feirantes!

— Oxe, não foram vocês mesmas que pediram que eu dissesse algo... foi o que fiz

— É que eu tinha me esquecido do quão louca você é! Mas, agora, já deu... pode parar... tá!

— É assim que me tratam?... caramba! Eu só quis animar a conversa!

Após Isadora e Elisabeth comerem as suas porções individuais de Missoshiro, e Alexandra deixar boa parte de sua porção de sopa na pequena tigela, Isadora chamou o mesmo garçom novamente para pedir o prato principal. Em contrapartida, desta vez Isadora não indicou nada. Ficou a cargo de cada uma escolher pelo prato principal do seu gosto. Sendo assim, Alexandra pediu Sashimi. Elisabeth foi no tradicional, afinal como não era uma exímia conhecedora da culinária japonesa, resolveu optar pelo tradicional Sushi, em vez de escolher algo mais exótico, chamando a atenção para si. Isadora ficou no Soba com Shichimi Togarashi.

Não demorou muito e logo o garçom estava a trazer os pedidos. Nesta oportunidade não houve nenhuma crítica por parte de Alexandra a este Sashimi, ela foi comendo o Sashimi sem tecer comentários em relação a este.

— Como é bom este Soba com Shichimi Togarashi. Que delícia!... Prova um tantinho dele, Lise! — Isadora ofereceu uma colher do seu Soba com Shichimi Togarashi a Elisabeth a fim de que esta o experimentasse.

— Huumm... Nossa! É um pouquinho apimentado, mas é muito bom! Gostei!

— Eu adoro isto, Lisa! Pena eu não poder comer direto. Meu endócrino pediu que evitasse essas coisas, mas eu consigo, menina?... Consigo nada! O Sebastian que não pode me ver comendo essas coisas... Não conte nada a ele, Alê!

— Parou de ter aquelas dores, Isa? — Isadora fez uma expressão de dúvida — Aquelas dores abdominais as quais você vinha tendo direto!...

— Ah, sim! Melhorou bastante depois que comecei a tomar Mebeverina...

— É sério, essas dores abdominais são uó... Ah, preciso perguntar... Estava louca para saber   você casou, amiga... como está sendo o casamento? Como está o Sebastian? — pela linguagem corporal de Alexandra, dava para perceber que esta não gostou da pergunta de Elisabeth a Isadora.

— Vai indo. Estava me abrindo esses dias com a Alê...

— Aham... A Alê chegou a me dizer por alto.

— Disse, é? — Elisabeth sinalizou que sim — Olhe... este começo vem sendo um tanto difícil para mim, Lisa, pois aconteceram algumas mudanças que... ah... mexeria com qualquer pessoa.

— Aham! Sim, sim! Não acha normal? Sempre há aquela fase de transição... algo de confuso no começo por assim dizer... Aliás, é como ter de se adaptar a nova escola, a uma nova rotina, ao próprio casamento, é claro! Né?... — Elisabeth não quis ater-se de imediato ao que Alexandra mencionou a respeito de Isadora. Ela, por sinal, tentou ser a mais genérica possível para não dar mostra que estava ciente de toda conversa de Alexandra com Isadora.

— Está certa neste ponto. No entanto, no meu caso é diferente. É o Sebastian que não é mais a mesma pessoa de antes... da época do nosso namoro.

— Hum! Sim, sim...

— Às vezes fico tentando entender como as coisas esfriaram entre mim e o Sebastian...

— Entre você e o Sebastian ou quis dizer com o Sebastian?

— O quê? Você me confundiu agora!...

— Perdão! Eu digo... quem esfriou com quem?

— Ah! O Sebastian! — Elisabeth acenou com a cabeça, demonstrando entendimento. — Como disse a Alê, o que mais conversamos ultimamente é sobre assunto doméstico... da nossa relação nem tocamos. Antigamente era tão diferente, entende... saíamos quase todos os finais de semanas. Eram horas e horas conversando... Como este restaurante aqui, por exemplo...

— O que tem...

— Víamos aqui quase toda semana, Lisa. Fora que foi o Sebastian, a pessoa me a apresentar este lugar.

— Sim, eu lembro que...

— O que... não, não...

— Sim! Você ia...

— Termine, Lisa... Pensei alto aqui... — Isadora achou que Elisabeth ia dizer ter sido a pessoa a indicar o restaurante a ela, e não Sebastian.

— Eu estava a dizer que vocês eram bastante unidos! Lembro-me até da Alê com raiva e, p da vida, reclamando de você, antigamente, nas vezes em que desmarcava algo conosco, em cima da hora, para sair com o Sebastian. E eu tentando acalmá-la... — Elisabeth sorriu com a tal lembrança, logo em seguida emendou — Não dá para acreditar que vocês estejam assim, sério!

— Eu lembro disso!... Esta Alê... — Isadora parou de falar, demonstrando um certo receio no que ia dizer. — Olhe... eu cheguei a pensar que o Sebastian estivesse me traindo... Você também não vai acreditar no que eu fiz, Lê!

— Não vou acreditar em quê?

— Gente, de tão abalada que acabei ficando... que cheguei ao ponto de vasculhar no celular dele, no e-mail, nas redes sociais dele, inclusive, fui ao hospital onde o Sebastian trabalha por alguns dias consecutivos e fiquei observando para verificar se ele não tinha nenhum caso por lá. — Quando Isadora disse isso, Alexandra ficou de boca aberta. Já Elisabeth não se surpreendeu tanto com esse relato, afinal achava até que plausível Isadora pensar e fazer o que fizera para certificar-se.

— Posso perguntar uma coisa íntima?

— Pode! O que é?

— Como está o sexo de vocês?... Digo, ao menos estão se relacionando sexualmente?

— Sim e não...

— Hã?!

— Que isso, Lisa! — interveio Alexandra, atropelando Isadora, que ia começar a responder. — Ai, ai, meu Deus do céu...

— O que foi, amiga? — questionou Elisabeth.

— Sexo, é isso mesmo?

— O que há? Trata-se de algo pertinente... Isso impacta a qualidade de qualquer relacionamento!

— Sei, mas você perguntou bem alto.

— Eu?... Sério! Falando alto? — Elisabeth meneou a cabeça em discordância.

— É que quando comentou isso, aquela mulher... Não olhe agora!... não olhe! Aquela mulher ali ficou olhando para nós três. — Havia um casal com uma criança pequena, e esses três estavam sentados a poucos metros da mesa em que as três estavam. Entretanto, a referida mulher nem sequer olhou ou escutou o que Elisabeth disse. Alexandra supôs isso mais por constrangimento do que por qualquer outra coisa.

— Qual mulher?

— Aquela ali!... Não olhe, Lise! Disfarce...

— Por quê? — Elisabeth dirigiu o olhar brevemente a mulher citada. — Deixe-me explicar, amiga! Talvez possa ser o sexo que esteja interferindo na relação de vocês. Já pensou nisso? — Esse questionamento de Elisabeth foi direcionado a Isadora, mas novamente Alexandra interferiu.

— Não acho, Lise! O relacionamento não se resume à questão de sexo. Eu e o Pedro, por exemplo, estamos nos guardando para o casamento, e o fato de nunca termos tido relação íntima não implicou necessariamente em nenhum prejuízo ao nosso relacionamento.

— O seu ponto tá claro, Alê, você discorda... e não há problema nisso, mas vamos escutar o ponto de vista da sua irmã também! Afinal de contas...

— Desculpe, amore!... — isso foi Alexandra desculpando-se com Isadora por não a deixar responder — Hem, Lise!... Não é que eu discorde, é que as coisas não funcionam assim num relacionamento.

— Você acha que não? Porque comigo e com o Frederico tornou-se um problema.

— Foi?... Aaah... Entendi...

— Entendeu?! Pois...

— Calma aí... Aaah... Ele queria apressar as coisas!... Aah! Isso deixou você descontente... e fez com que você terminasse com ele. Agora entendi o motivo de terminarem, Lise...

— Não! É... não... mais ou menos.

— Não entendi!

— Bem... a experiência que tivemos não foi tão boa assim, ao menos não para mim.

— Que experiência?

— Quando ficamos... digo, transamos... — Elisabeth disse essa última palavra em um tom mais baixo do que o seu habitual. Sentiu vergonha por estar tratando de sua intimidade em público — Não cheguei a ficar confortável depois.

— Agora me pegou de surpresa... Eu podia jurar que você era... — Alexandra ficou um tanto abalada com a revelação de Elisabeth. Mesmo nunca tendo conversado a respeito de sexo de modo mais aberto com a amiga, entretanto, reconhecendo que Elisabeth desejava casar-se, assim como ela, com isso, Alexandra intuía que a amiga compartilhava do mesmo propósito de guardar-se para o grande dia. A propósito, na visão da Alexandra, o sexo não representava o combustível motriz da relação, como julgou entender nas palavras de Elisabeth, ou mesmo a expressão somente de um processo fisiológico. O sexo significava muito mais. Para ela, em realidade, o sexo era uma dádiva divina, dada a duas almas carentes com vistas à consumação de um amor preparado por Deus. Influenciada pelas doutrinas do Cristianismo e com base nessa crença, inclusive, ela convenceu-se de que o sexo fora do casamento, além de pecaminoso, corrompia a alma daqueles que usavam ou abusavam deste ato como meio apenas de aquisição de satisfação ou como uma via para aliviar as dores. Elisabeth, ao contrário da Alexandra, não tinha tantos pudores ou nenhuma deificação em relação ao sexo, mas, sim, um olhar mais prático, às vezes, até um tanto pueril, quando dizia que o sexo deveria ser feito com amor. Nesse sentido, Elisabeth via o amor e o sexo como elementos complementares, o primeiro como o fator que sustenta uma relação, o segundo como algo animalesco, porém, necessário, sem o qual a relação não se completa, se satisfaz.

— No fim das contas me arrependi, miga, e como eu me arrependi depois. Tinha colocado na minha cabeça que apenas aconteceria com uma pessoa que eu realmente gostasse. Mas no dia estávamos na casa dele nos divertindo e acabou acontecendo, foi até algo sem querer mesmo. Hoje eu me arrependo amargamente de ter perdido justo com ele.

E você não comentou nada comigo por todo esse tempo?

— Eu iria comentar o quê?! Para você ficar me dizendo que eu fiz uma burrada Para ficar me dando aqueles sermões. Ah, não!...

— Amiga! Meu Deus! Eu não ia dizer isso... — Elisabeth pensou — "você diria, sim, tenho certeza. Conheço bem você." — Meu Cristo, Lise, você não deveria ter feito isso, não agora. Como você foi...

— Olhe aí... Eu não estava a dizer... É por isso que eu não quis dizer nada a você. Sabia que diria isso.

— Cara, eu tô besta!... Foi só com o Frederico ou com o João também?

— Apenas com o Fred!

— Com ele, Lise? Não, não! — Alexandra balançou a cabeça.

— Ei! Meninas, aqui estou. Não sei se vocês perceberam!

— Mil perdões, mil perdões. A Alê acabou me fazendo falar... digo, Alê e eu acabamos não deixando você falar.

— Você me perguntou do sexo, não foi?

— Sim, sim! Foi!

— Pois então! O nosso sexo virou mais uma coisa rotineira, como tomar banho, escovar os dentes, não é como antes, entende?... Uma relação de amor, de carinho. Hoje é algo tão frio.

— Nossa! Se está assim, realmente é muito frustrante, não consigo nem dourar a pílula, miga.

— É... Lisa... — Isadora abaixou os olhos.

— Como você se mantém nesta relação? — após dizer isso, Elisabeth pensou — " nossa, não deveria ter dito isso. Fui insensível ao falar dessa forma com a Isadora. A Alê pensará que sou insensível."

— Eu o amo, Lisa, ele me ama, mas sinto que algo vem travando as coisas entre a gente.

— Antes de mais nada, me perdoa, Isa. Fui um pouco... na verdade, não! Eu fui totalmente insensível na minha última colocação. Minha intenção não foi dizer aquilo; mas, sim, que deve estar sendo difícil para você.

— Sim! Eu entendi o que quis dizer. Sei que não foi por mal... Não foi nada.

— Sério? Ainda bem que entendeu... Mas estava a dizer em algo que estava travando... O que seria?

— Pode ser a falta de comunicação, Isa! Como já mencionei a você, em casa, naquele dia. — disse Alexandra à irmã, ao romper do seu silêncio momentâneo.

— Pode ser sim, irei tentar reunir forças para conversar com o Sebastian. É que às vezes também fico com medo, entende?... sabe quando algo trinca e você tem receio de tocar e quebrar de vez, é o que sinto no momento em que penso em conversar com o Sebastian, então eu guardo... vou adiando...

— Talvez ele pense dessa forma, né! — disse Elisabeth — Pois não é possível que as coisas estejam boas para ele e mal para você. — Elisabeth ficou-se perguntando se não fora insensível novamente nessa observação, mas não pensou em desculpar-se desta vez.

— Não sei, Lisa. Fico tão confusa que acabo por pensar um monte de besteira e não reajo. — Isadora deu uma breve pausa na sua fala e em seguida retomou. — Eu percebi que mudei bastante, não sei dizer ao certo o que aconteceu comigo depois do casamento, mas existe algo diferente em mim. Por isso, acredito que a culpa seja mais minha do que do Sebastian... Afinal, eu costumava ser tão otimista, mas atualmente mudei bastante. Alexandra sabe que eu nunca fui uma pessoa para baixo, sempre fui alegre, auto astral. Não sei o que aconteceu comigo para as coisas darem nisso.

— Por acaso você não está com Depressão? Eu li que, quando a pessoa entra em Depressão, começa a enxergar a vida pelo viés negativo.

— E como é a Depressão? Eu não sei bem o que é isso! Diz que é quando a pessoa chora demais, fica muito triste, de não querer nem sair da cama, não é isso?... — essa indagação de Isadora foi mais algo retórico do que propriamente uma pergunta a Elisabeth — Sei lá... eu não me sinto dessa forma, só estou mais pessimista, chateada com a situação atual do meu casamento...

— Bem, não sou nenhuma especialista para definir o que é Depressão e não é... apenas passou pela minha cabeça que pudesse ser... se bem que, se eu fosse você, amiga, procuraria um Psiquiatra ou Psicólogo. Talvez algum desses profissionais pudesse ajudar você de alguma forma, quem sabe.

— Irei pensar nisso...

— Se você desejar, posso passar o número do meu Psiquiatra.

— Irei pensar nisso...

— Bem, é... eu estava a conversar com a Alexandra esses dias, e ela me confidenciou que você tinha grandes expectativas em relação ao casamento... Aí eu fico refletindo... talvez você não tenha estimado demais a condição de vir a estar casada? — Alexandra olhou para Elisabeth contrariada, mas esta não notou o olhar de contrariedade da amiga Alexandra. Na realidade, Alexandra não desejava falar daquilo conversado no restaurante nem gostaria que Elisabeth tocasse nisso, entretanto, como não via meios de fazer a amiga mudar de assunto, teve de escutar impacientemente.

— Como assim?

— Achava que, quando casasse, sua vida seria uma maravilha. — Elisabeth, ao dizer essas palavras, olhou de relance para Alexandra, esperando um assentimento por ter chegado, supostamente, ao cerne da questão. A propósito, havia sido a própria Alexandra a concluir tal fato quando estavam dias atrás, no restaurante mexicano, discutindo justamente a situação de Isadora. Alexandra, no entanto, não esboçou nenhuma manifestação.

— Olhe... sim!... um tanto. Eu sei que não seria perfeito, como nada é, mas imaginava, sim, que poderia lidar melhor, com as minhas questões internas, estando casada. — Isadora deu outra breve pausa e continuou. — Hoje eu olho para vocês duas e eu fico me perguntando se não teria sido melhor não ter casado, talvez eu pudesse ter ficado só namorando, pois eu observo a sua vida, Lisa, da minha irmã também. Não percebo em vocês o que existe em mim... comparada a mim, vocês parecem que estão tão bem...

— Não, não... não ache que minha vida, nem a da Alê, é melhor do que a sua. Por sinal, creio eu, o fato não é estar casada ou não, a questão é outra. Penso que devemos trabalhar para que as coisas ou próprio relacionamento deem certo... Bem, no caso, no meu caso mesmo... no meu caso com o Frederico, se ele fosse uma pessoa bacana, uma pessoa boa, teria investido todo o meu esforço para que o nosso relacionamento fosse em frente, mas não era, então resolvi terminar com ele. No seu caso, você tem de fazer essa avaliação se vale a pena tentar ficar com Sebastian... Sou da opinião que valha, né, porque me parece que você o ama, estou certa? — Isadora balançou a cabeça, sinalizando sim. — Preciso lhe dizer mais uma coisa...

— O quê? — Isadora arregalou os olhos. Alexandra também olhou para Elisabeth, neste momento, curiosa pelo que a amiga ia dizer.

— Você precisa trabalhar a sua expectativa com base na realidade, pois não pode ficar comparando a sua vida de agora com aquela que idealizou antes de se casar... E é aquele negócio... eu não me casei ainda, mas sei que o casamento é outra coisa. Minha mãe cansa de me dizer isso... Não é fácil... Exigi demais de nós... compreende?

— Eu entendo, Lisa. — Essas palavras tocaram na ferida de Isadora.

Alexandra, percebendo que a irmã abateu-se ao ouvir as palavras de Elisabeth, tentou amenizar a situação. — Isso vai melhorar, Isa! Faz como a Lisa comentou... procura ajuda, você não precisa necessariamente resolver tudo sozinha ou sofrer sozinha. Tem eu, a mãe, o pai e a própria Lisa com quem você pode contar.

— Faço das palavras da Alê as minhas!

— Obrigada, gente!

— Comigo é assim, amiga... quando estou mal, busco a ajuda da Alê... Né, Alê?

— É!

— Nós conversamos!... Bem, procuro ler livro, pintar, ou seja, faço o possível para não ficar presa ao sofrimento... Pois aprendi que do sofrimento só sai uma coisa: mais sofrimento!

— Obrigada, Lisa! Como é prazeroso ver o quanto vocês cresceram e tornaram-se duas mulheres fortes, mulheres incríveis! Nem parecem as menininhas que eu levava à senhora Maria para tomar açaí.

— Ainda somos suas garotas, Isa! — risos. Disse Alexandra.

— Tem razão, miga!

— Somos sim! — respondeu Alexandra e continuou. — Agora, para fechar a noite e deixar a tristeza de lado, falta você pagar aquele sorvete maravilhoso de pistache para mim e para Lisa...

— De pistache?

É... aquele que eu vi na vitrine quando entrei.

— Tá... irei pagar porque merecem e porque são o meu orgulho, minhas meninas! Às vezes são duras nas palavras! Mas gosto muito de vocês. — Ao dizer isso, Isadora sorriu. No entanto, mais do que sorri, sentiu-se amada, pois percebeu que nas palavras brincalhonas da irmã e da amiga existiam bons sentimentos, sentimentos esses que fizeram o coração dela alegrar-se naquele instante.

Após essa última fala, chamaram o garçom para pedirem a sobremesa. Aliás, elas ainda ficaram por mais algum tempo conversando, resistindo a ir embora, de tão animadas que se encontravam, afinal após falarem da situação de Isadora, tornaram a falar do antigo namorado de Elisabeth, mesmo esta tentando esquivar-se o quanto podia do assunto. Quando finalmente decidiram ir embora, iam dar umas 22h30.

Capítulo 8

Era uma manhã de sábado, e Elisabeth acordou mais tarde do que o habitual neste dia. Nos finais de semana, ela costumava dormir fora do seu horário padrão. Aproveitava, esses dias de descanso da faculdade, para ler os livros de que gostava até altas horas da noite. Aliás, durante a última madrugada, além de ter aproveitado para ler 50 páginas de Anna Karenina, Elisabeth mandou mensagem para Júlio. Na mensagem, perguntava a Júlio se poderiam encontrar-se no dia seguinte, uma vez que necessitava conversar sobre algo importante e necessitava ser pessoalmente. Júlio, ao visualizar a mensagem, prontamente respondeu que sim. Assim, ficou marcado de os dois se encontrarem numa praça perto da casa dela, às 14h do dia seguinte.

Terminada a troca de mensagens com Júlio, imediatamente Elisabeth avisou Filomena, por meio de mensagem, do encontro que teria com Júlio. Elisabeth fez questão de avisar a prima a fim de tranquilizar esta e por um leve sentimento de remorso. Filomena, na resposta a tal mensagem, praticamente suplicou que Elisabeth fizesse o possível e o impossível para que Júlio voltasse com ela e que a prima não voltasse a fazer o que fizera. Elisabeth, de maneira sóbria, a fim de não criar mais um clima com a prima, respondeu que sim. Que faria tudo que estivesse ao seu alcance. Filomena, ouvindo isso, deu-se por satisfeita e terminou agradecendo Elisabeth de forma efusiva.

No presente dia do encontro, Elisabeth sentia-se um tanto estranha, afinal esperava e contava ficar toda ansiosa, apreensiva, por assim dizer, com o fato de ter de falar com o Júlio naquelas condições e pedir a este que desse uma nova chance à prima. Geralmente, quando tinha que lidar com algum problema julgado relevante, Elisabeth passava o dia inteiro tentando antecipar em sua mente as possíveis dificuldades que poderiam ocorrer e o que faria para lidar com elas, mas nesta ocasião, não, estava em paz consigo mesma. Tal estado de espírito a ajudou a sentir-se tranquila durante aquela manhã e boa parte da tarde. Entretanto, ao chegar o horário de sair de casa para encontrar-se com Júlio, a mente dela parece que despertou da tranquilidade e encontrou-se novamente com a preocupação, levando-a a sentir um frio na barriga ao visualizar o tal encontro. Porque se questionava se realmente conseguiria pedir a Júlio que voltasse com a prima sem demonstrar constrangimento, aliás, não acreditava que sua intervenção junto a Júlio pudesse gerar alguma esperança para Filomena, mas tentaria realmente fazer o que estivesse ao seu alcance, como prometera, a fim de justificar para si própria que não tinha sido por falta de seu empenho que Júlio não voltou para a prima.

Quando Elisabeth chegou à praça, viu, ao longe, Júlio sentado num banco de concreto. Ele se achava tranquilo, observando com atenção duas crianças que trepavam num abacateiro, e mais outras duas que se achavam no chão, com estas auxiliando a pegar os abacates. Júlio achou graça na ousadia e na organização daqueles quatro meninos tentando pegar aqueles abacates, principalmente dos dois pequenos que se achavam embaixo do abacateiro, que esticavam um lençol e posicionavam-se para amortecer a queda dos abacates lançados. Aliás, o que mais impressionou Júlio nessa cena fora o fato de haver crianças, como ele mesmo fora um dia, fazendo aquele tipo de coisa em um mundo tão diverso daquele de sua infância, da qual julgava raro poder ver algo parecido de novo tão perto de si. E já estava há alguns minutos observando isso, Júlio somente deixou de olhar aquelas crianças ao perceber que Elisabeth vinha aproximando-se e o esquadrinhando. O olhar dela o impeliu a esquecer daqueles quatro meninos, que continuavam gritando e acenando uns com os outros.

Na ocasião, vestia Júlio uma camisa de algodão branca, calçava um tênis esportivo todo azul, usava uma calça esportiva de poliéster preta. Pelo traje, pelo porte físico de Júlio, poder-se-ia depreender que era um professor de academia ou de um atleta amador descansando após seu cooper vespertino.

A propósito, de aparência, Júlio era um jovem moreno, de um metro e noventa de altura, com o corpo atlético. Era um rapaz bonito, de ombros largos, tronco robusto, braços fortes. De sorriso bonito, com dentes alvos e perfeitos. Era uma pessoa de rosto quadrado, com uma expressão máscula e um olhar marcante, que transparecia bondade. Já o cabelo dele poderia considerar mais crespo do que liso, sendo que neste dia o cabelo de Júlio encontrava-se bem baixo, pois ele o cortara no dia anterior.

De idade, Júlio era alguns meses mais velho que Elisabeth. Diga-se, ele e Filomena, por serem duas pessoas belas, formavam um casal bonito. E quando eles saíam juntos, chamavam a atenção das pessoas. A própria Elisabeth os enxergava como um casal perfeito, um casal modelo, afinal tinham belezas distintas, mas que se harmonizavam de um modo muito particular e belo.

Voltando; ao chegar perto de Júlio, Elisabeth o abraçou e perguntou se fazia muito tempo que havia chegado, ele retrucou que não, que acabara de chegar.

— Como vai, Elisabeth?... há quanto tempo!...

— Verdade, né... há quanto tempo! — Elisabeth e Júlio não se viam há quase dois meses e meio.

— Como vai?.. Tudo certinho?

— Sim! Vou bem, Júlio... E você?

— Vou bem...

— E você... estava a fazer aqueles seus exercícios aqui na praça, é?

— Não! Agora não... Dei uma corridinha de leve... isso de manhã cedo... Já fui em casa...

— Mas é óbvio!... Que estupidez da minha parte... você acabou de dizer que chegou há pouco... — Elisabeth meneou a cabeça.

— Foi!

— Como?! — após questionar, pensou Elisabeth — "por acaso ele pensa que sou uma estúpida... será? acredito que não... Não! O Júlio de forma alguma pensaria isso de mim."

— Eu estou concordando... É o que disse, acabei de chegar... — Júlio abriu o sorriso e mostrou seus lindos dentes.

— Ah, tá... risos — Nossa, Júlio... você é muito fitness! — Elisabeth sorriu também ao expressar esse comentário.

— Sou nada...

—Você é sim!... Eu que não sou...

— Assim... Elisabeth!... eu já fui mais... Ultimamente não estou conseguindo fazer quase nada durante a semana... nem na academia estou conseguindo ir direito neste ano... tá osso!

— Sim! Por causa da faculdade, né... eu o entendo!

— Da faculdade e principalmente do trabalho... Estou trabalhando direto atualmente...

— Sim, sim... Por sinal, ainda bem que trabalha na empresa do seu padrasto, né?... Nossa! Senão seria mais puxado ainda, né!... Trabalho, faculdade...

— Trabalho lá, mas o velho não dá mole para mim não! Eu trabalho pra caraca naquela empresa...

— Pensava que fosse...

— Não, Elisabeth! Antes fosse... O velho me põe para trabalhar... Putz! Não me dá descanso...

— Nossa, eu me equivoquei... imaginava outra coisa... imaginava algo mais sossegado, né... trabalhar com um parente, mas se está dizendo que não é, acredito! — Elisabeth deu um sorriso de constrangimento

— Pior que é normal! Todo mundo pensa que é moleza, Elisabeth, ao saber que eu trabalho na empresa do meu padrasto. — O padrasto de Júlio tinha uma pequena empresa de logística — E os meus colegas na faculdade, por exemplo, brincam comigo: "mano, você é mó playba! Nem trabalha! Sai dessa!" — risos.

— Perdoe a minha ignorância, mas o que é playba?

— Playba é como nós, amigos...

— Hã...

— Comumente nos chamamos, mas o nome é playboy!

— Ah, tá!

— Mas para tirar a sua dúvida: playboy é uma pessoa vadia... uma pessoa boêmia com dinheiro!

— Ah, tá!... Literalmente, você não é esta pessoa!

— É o que digo, mas os meus colegas entendem o contrário, pensam que o meu padrasto alivia para o meu lado pelo fato de ele estar com a minha mãe... como isso fosse algum benefício no meu trampo... quando, na verdade, não é...

— Aham... Sim!

— Mas estou falando demais, Elisabeth... você tinha...

— Se você me permite... preciso dizer!...

— Sim!

— Já venho reparando... É tão estranho vê-lo me chamar de Elisabeth!

— Estranho!? Por quê?

— Ah! Geralmente as pessoas me chamam de Lisa, Lisinha, Lise...

— Quer que eu a chame assim?

— Não!... É apenas curioso... pois é só você que me chama assim... mas gosto do meu nome. Pode continuar me chamando assim... — Júlio sorriu sem mostrar seus lindos dentes. — Ah, preciso... lhe perguntar! Você conhece uma amiga minha? Já lhe falei dela antes.

— Quem?

— A Alê... digo, a Alexandra — Júlio fez uma cara de desconhecimento — Ela estudou com você no ensino médio.

— Estudou comigo? Não me vem ninguém em mente com esse nome...

— Menino, como assim?... Ela é uma menina branca, tem cabelos cacheados, olhos cor de castanho, é baixinha. Lembrou?... Não lembrou?

— Não! Não faço a menor ideia de quem seja!

— Sério? Por acaso ela se confundiu? Não é possível... Em qual colégio fez o ensino médio?

— No Paulo de Tarso!

— Então é você, Júlio!

— Putz... Eu?... pior que sou ruim para lembrar de nome, de rosto...

— Espere aí... Tenho a foto dela aqui no meu celular...

— O que tem essa menina?

— Trata-se de uma grande amiga minha... Ela me dizia que conhece você... que foram amigos na época de escola.

— Amigos?

Elisabeth pegou o celular e começou a vasculhar o álbum de foto com Júlio observando. Enquanto ela estava a procurar a foto de Alexandra para mostrar, Júlio, ao lado dela, observou a foto do ex-namorado de Elisabeth no celular e perguntou —Vocês voltaram?

— Hã?...

— Você e seu antigo namorado, vocês voltaram? Você tinha me prometido que ia terminar com ele... o que aconteceu nesse meio tempo?

— Sim, eu terminei...

— Por que tem a foto dele ainda? Você ainda gosta dele?

— Não, não! Eu esqueci de apagar... é a única foto que há também. As demais eu já havia apagado tudo... Espere um minuto... apagarei a foto dele aqui primeiro... Apaguei... veja aí!

— Agora sim!... E a foto da menina, cadê?

— Minha nossa, cadê a foto da Alê... Achei...prontinho... está aí... — Elisabeth entregou o celular na mão de Júlio para este observar melhor a imagem de Alexandra.

— É esta menina aqui mesmo? — Elisabeth disse sim. — Não me lembro dela! Estou tentando puxar de memória, mas não consigo lembrar... Ela emagreceu?... Era uma gordinha?

— Não!... A Alê nunca foi gordinha!

— Então não conheço essa menina! Não conheço...

— Sério?... não conhece... Aliás, ela estava comigo no último aniversário da minha tia Dolores. Nem sei se eu apresentei à Alê a você na festa... Ela até disse que viu você, nesse dia, na minha tia.

— Não, não me lembro, sinceramente! Eu fui à festa? — Elisabeth não tinha percebido; embora Júlio, expressivamente, demonstrasse querer recordar, no fundo, ele não fazia esforço algum para lembrar-se de Alexandra.

— Foi... Mas iria perguntar algo... — Elisabeth passou a mão direita nos cabelos duas vezes. Enquanto Júlio continuava, com o aspecto tranquilo, olhando nos olhos e reparando nas sobrancelhas de Elisabeth, que estavam bem simétricas. Em seu íntimo, ele se perguntava se aquelas sobrancelhas davam trabalho para ficar daquele jeito; enquanto isso, Elisabeth declarava — Esqueci, esqueci... O que é?... Ah, me lembrei... o livro... — Elisabeth deu um tapa de leve na própria testa ao recordar da pergunta e emendou — Você está com o meu livro ainda, né?...

— Estou?

— Está! Procurei em casa ele esses dias e me dei conta que havia emprestado a você...

— Você me emprestou... que livro que é?

— Iracema, do José de Alencar!

— Iracema?... Putz!

— Sim! É um livro de capa amarela, com uma índia desenhada...

— É verdade! Um amarelo... é... Estou sim... Pior que eu nem li ele ainda... Na verdade, nem tive tempo, Elisabeth... estamos numa correria danada na empresa. Alguns contratos estão vencendo, com isso temos que refazer tudo... Para piorar, o rapaz da parte jurídica, que mexe com quase todos esses contratos da empresa, pediu as contas semana passada... Aí tá osso!... Mó doideira! Estou tendo de trazer trampo para casa... não tenho tempo para nada!

— Nossa! Sério? — pensou Elisabeth — "e eu pensando que o menino não trabalha muito... Como sou tonta!"

— Seríssimo!... esses dias tá uma pira... tá embaçado!

— Ah, se é assim... sem problemas!... Pode ficar. Depois que consegui ler, você me devolve então.

— Claro!... Você continua lendo ainda?! — Elisabeth sinalizou que sim. — Está lendo o quê?

— Eu?... Hum... estou lendo um clássico do Tolstói. É um livro esplêndido chamado "Anna Karenina". Você conhece, é claro!...

— Tô ligado... já ouvi falar, mas nunca li!

— Ah, precisa ler, sério! Porque muitos críticos afirmam, e eu comecei a concordar, que se trata da obra prima do Tolstói. Diga-se, o Tolstói é muito genial, né... Minha nossa! É meu autor favorito, Júlio!...

— Mano, eu briso no Tolstói; mas, dos autores russos, eu me identifico mais com o estilo do Dostoiévski. Acho o texto dele muito mais orgânico. Ele também tem uma pegada um tanto mórbida... esse tipo de parada me atrai, saca, me remete a questões existenciais.

— Ah, se gosta dessas coisas, precisa ler Anna Karenina então, pois tem tudo, Júlio... fora o enredo, que é para lá de maravilhoso. Por sinal... você falando em estilo... o Tolstói descreve de maneira tão realística e cativante a vida psicológica do Liévin e da Anna no livro, que... minha nossa... me fez ficar totalmente apaixonada por esses dois. Por sinal, de tão conectada com esses dois que estou... às vezes, sinto que eles são mais reais do que a mim, de tão verdadeiros que são. Isso é maluco, né? Eu sei, mas juro... é bom, é muito bom... Ah... o Tolstói tem a capacidade magistral de escancarar a alma dos personagens e fazer com que fiquemos tão próximos da história a ponto de nos sentimos parte daquilo que descreve... Isso é muito incrível nele.

— Oh! Caraca... você está brisando nesse livro, hem!?

— Ah, estou amando. Nossa, curtindo demais esse livro... — Elisabeth expressou uma face de satisfação ao declarar isso.

— Ao ser assim, preciso ler esse livro então para poder discuti-lo com você.

— Ah, por favor, leia mesmo, Júlio! Amaria conversar com mais alguém sobre Anna Karenina... ainda mais com você!

— Vou ler sim, Elisabeth! — sorriu Júlio.

— Os autores russos são fantásticos, né?! Vale muito a pena lê-los, aprende-se muito com eles.

— Pode crer!... Porém, como você sabe, prefiro os autores franceses a todos outros... principalmente o Balzac e o Flaubert. Para mim, são Deuses.... além de serem magníficos contadores de histórias, apresentam uma capacidade brilhante de brincar com as palavras... Mano... É do caralho!!! E é disso que gosto, tá ligado... Mano, eles têm uma prosa que é encantadora de se ler. Mano, é fluída, é elegante, tem clareza, tem eufonia; questão pouco vista atualmente.

— Eles são bons, de verdade! E, por sinal, você tocando nesse assunto de literatura francesa. Qualquer dia destes poderia visitar o nosso clube do livro que montamos na faculdade, você iria adorar! Há um professor, o professor Francisco, você iria adorar conhecê-lo. Ele tem um conhecimento absurdo de literatura francesa. Já que você gosta tanto, né!

— Sim, gosto... Em quais dias vocês estão fazendo essas reuniões?

— Estamos nos reunindo a cada 14 ou 15 dias. Geralmente fazemos em duas terças do mês as discussões, e, quando acontece de ter algum imprevisto, acabamos fazendo nas quartas também, isso para ter todo mundo, né!

— Certo! E o horário?

— Ah, começamos as nossas discussões umas meio-dia e meia e vamos até por volta das 16h.

— Putz! Nesse horário não rola! Estou trabalhando!

— É mesmo... Havia me esquecido! Você trabalha nesse horário, né?... Mas seria tão bacana tê-lo com todos nós!

— Seria daora, o máximo mesmo, mas nesses dias e nesse horário ainda, aí não rola... fica inviável para mim.

— Ó... o professor tem um projeto de mudar as nossas discussões para os fins de semanas. Se isso for realmente para frente, você poderia participar com todos nós, né... No sábado você não trabalha, né?

— Não trabalho! Se for assim, eu conseguiria ir.

— Bom saber! Mas assim... quando eu tiver mais alguma novidade sobre eu aviso.

— Certo! Você me liga... — Elisabeth sinalizou com a cabeça que sim. — Você me falou ontem de uma parada urgente que tinha para falar comigo, que precisava ser pessoalmente. O que seria? — por incrível que pudesse parecer, Júlio não imaginava, quando aceitou encontrar-se com Elisabeth, que a conversa seria para falar de Filomena. Ele pensava que Elisabeth estivesse passando por algum problema e precisasse de sua ajuda.

Elisabeth titubeou para responder, já que a pergunta de Júlio a pegou de surpresa. — Assim, eu... eu... eu vim falar com você por causa da Filomena. Aliás, eu sei que deve ser super doído para você ter de tocar nesse assunto após o que ocorreu, mas não poderia deixar de fazê-lo.

— Elisabeth... admiro e gosto bastante de você, mas se for para falar do bagulho da sua prima, prefiro nem saber. Não desejo saber mais nada a respeito da Filomena. Para mim, ela é uma parada do passado.

— Eu sei... posso imaginar o que você sentiu e ainda sente... Compreendo toda a sua chateação, mas entendo também que, quando ficamos muito no emocional, não pensamos direito... Nisso, perdemos coisas e pessoas importantes em nossas vidas por causa de circunstâncias assim... E digo algo do fundo do meu coração... Eu sei que aquilo que a Filomena fez é algo deplorável... e, para não restar dúvidas, condeno veementemente o que minha prima fez com você, não obstante, de uma coisa eu tenho certeza, apesar do que aconteceu, minha prima ama você e sente demais a sua falta.

— Se ela me ama ou não me ama, para mim, é indiferente, isso não importa mais, Elisabeth... Pois o que ela fez não cabe perdão, principalmente da maneira como foi. Não desejo nem ficar batendo muito nessa tecla; já que eu deixei bem claro a ela que dali em diante seria cada um para o seu lado.

— Não é assim, Júlio! Você precisa entender direito o que houve naquele dia. Eu nem sei se ela lhe contou o que houve... enfim, você precisa perdoá-la. Converse com ela novamente ao menos, Júlio! Por favor...

— Não vou, Elisabeth! Além de tudo, a questão minha com ela não é somente pelo fato de perdoá-la ou não a perdoar mais, saca?! — o pai biológico de Júlio traiu a mãe dele duas vezes, situações essas pelas quais Júlio era brigado com o próprio pai. Elisabeth não tinha noção disso, Filomena, sim. — Pois, mano, tínhamos um acordo, uma confiança mútua... aquilo que eu mais prezo. Além do mais, eu jamais imaginei que ela fosse fazer o que fez... aí depois vem pedir desculpas, achando que resolve, não! Não quero nem saber!

— Ela não pensou direito. Foi um deslize... Ela está muito arrependida, Júlio...

— Elisabeth, eu tenho um preceito que me acompanha sempre e que diz: quando alguém quebra a confiança uma vez, não se deve jamais confiar nela novamente, até porque, quando a aceita de volta em sua vida, estará colocando sobre a própria cabeça a aura da desconfiança. E eu, como escaldado que sou, jamais relativizaria o que ocorreu, até porque é preferível eu sofrer a dor de me separar da Filomena no momento a aceitá-la de volta, e ter uma parada ruim a assombrar as minhas ideias dia e noite.

— Você está sendo muito radical... digo, suas ideias estão pendendo para um lado muito radical. As coisas não são assim... e cadê aquele Júlio amoroso que eu conheço... Aliás, escute! Errar é humano, Júlio, e perdoar é uma virtude destinada aos espíritos evoluídos... E acredito piamente que você seja uma dessas pessoas evoluídas, mas a sua raiva não o está deixando julgar as coisas com a clareza necessária. — Elisabeth pensou em dizer a Júlio que ele ia perder muito se separando de Filomena, mas, ao pensar rápido, percebeu que era desnecessário e demais dizer isso.

— Eu desejaria muito ser essa pessoa virtuosa da qual falou, mas a minha consciência não consegue me deixar esquecer o que ela me fez. Ainda que eu tente, não consigo... É uma parada muito forte que martela o meu pensamento.

— Júlio... É triste demais ver vocês assim. Especialmente...

— Elisabeth, nada é mais revoltante do que você entregar o seu coração e seu tempo a uma pessoa, e esta cuspir nisso... e foi o que ela fez!

— Eu entendo...

— E a Filomena deixou uma marca em mim que não sairá tão fácil nem tão cedo. É difícil esquecer, perdoar... — ao desabafar, Júlio fitou Elisabeth, que estava com um olhar triste e cabisbaixo. Júlio, percebendo isso, sentiu-se culpado ao ver Elisabeth com aquele olhar. Pois, apesar da raiva sentida por Filomena, Júlio não queria entristecer Elisabeth falando mal da prima dela. A verdade é que a presença de Elisabeth era algo bom para o ânimo de Júlio, e ele não tencionava fazer, do restante daquela situação, algo pesaroso para si e triste para Elisabeth. Não queria gastar o tempo com Elisabeth amargurando-se. Ao ser assim, amenizou mais o seu discurso para não deixar Elisabeth triste.

Já Elisabeth até queria pedir mais uma vez a Júlio que falasse com Filomena, para tentar fazer com que esta saísse da situação lamentável na qual se encontrava, mas não enxergava brecha para declarar isso. Se o fizesse, corria o risco de ser insensível com os sentimentos de Júlio, até mesmo ofendê-lo com a sua insistência.

Júlio começou a falar novamente — Conhecendo você, Elisabeth, acredito que nunca faria uma parada assim com o seu namorado... Essa que é a real... Não tenho dúvida... Você é uma pessoa especial... uma mina diferente... bonita por dentro e por fora!

— Minha nossa! Eu?... Quem dera...

— Sim!... Você mesma e o fato de ter vindo aqui, falar comigo, saber como estou é uma prova do quanto tudo isso é real... Só espero arranjar uma namorada como você...

— Obrigada, Júlio! Você também é uma pessoa bacana. — Elisabeth ficou toda ruborizada com esses comentários.

— Mano, você é uma mina tão bonita, Elisabeth! Fico admirado de não ter arranjado outro namorado e mais ainda com o cara que perdeu você! Pois, mano, o cara que ficasse com você teria de ter a noção que ganhou na loteria!

Elisabeth, ainda mais constrangida, respondeu — Não exagere! Nada disso! Esqueça essas coisas todas! Sortudo é você por ter uma menina linda como a Filomena que o ama... E me escute... vocês formam um casal lindo... Oh! E como formam!... — Enquanto ela tecia esses comentários, Júlio a fitava nos olhos, sem escutar direito o que a boca dela dizia. Elisabeth, constrangida, abaixou os olhos para conseguir terminar o que tinha a dizer.

— Se nós não fôssemos amigos, eu juro que eu tentaria ficar ou mesmo namoraria com você, Elisabeth, caso quisesse ficar comigo... Essa que é real... você é uma mina muito daora! — Júlio não tinha pensado nem planejado dizer essas coisas, simplesmente foi soltando o que ia brotando em sua mente sem filtrar nada. Se Júlio não estivesse diante de uma emoção súbita, não teria dito todos esses elogios a Elisabeth sem a menor reserva, porque nesta ocasião parecia que não escutava o que a própria boca estava a declarar.

Quando Júlio declarou as suas intenções, Elisabeth sentiu um leve tremor no seu corpo. O coração disparou, parecia que ia sair pela boca. Imediatamente ela começou a ter uma tosse afetada, que tentava controlar, mas não conseguia. Essa sensação a fez lembrar do sonho, o que a fez ficar mais eufórica e envergonhada ainda.

— Não diga essas coisas, você está me deixando constrangida. É... Minha nossa, você não... Ó... cof, cof, cof... — e a tosse continuava.

— Sendo sincero, Elisabeth! Você é uma das minas mais incríveis que conheci na minha vida. Essa que é a real!

Aquela situação com Júlio ficava cada vez mais desconcertante para Elisabeth, pois, além da tosse incômoda, esta ainda não estava conseguindo concatenar as palavras. O fato é que ela nunca tinha vivido algo tão intenso, como naquele momento, de querer dizer algo com sentido, e não consegui. Júlio, por sua vez, ao perceber a agitação estranha de Elisabeth, serenou mais o seu ímpeto e ficou olhando e se perguntando o porquê de toda aquela reação de Elisabeth após um elogio sincero seu. Esperava ao menos um obrigado da parte dela. Já Elisabeth, percebendo que não se achava em seu estado normal, decidiu ir embora, pois temia o que poderia acontecer se continuasse ao lado de Júlio por mais tempo. Nem mesmo conseguiu despedir-se, apenas declarou que precisava ir; disse subitamente, levantou-se e se retirou.

Elisabeth, agindo dessa maneira, causou um estranhamento em Júlio. Este, a propósito, mesmo cismado, não tentou retê-la ali para entender aquela reação, somente continuou olhando-lhe sem saber o que pensar, enquanto esta ia se distanciando cada vez mais. Enquanto Júlio a observava, Elisabeth, ao caminhar na calçada, pensava em como uma conversa entre dois amigos, para tentar ajeitar uma situação, tinha evoluído para algo como aquilo, não conseguia entender Júlio ter agido daquela forma, afinal o conhecia o suficiente para saber que algo se encontrava fora do lugar ali.

Ademais, quando Elisabeth estava a voltar para casa, uma sensação não ia embora, isto é, o leve tremor persistente em seu corpo. Elisabeth chegou a pensar que estivesse entrando em Pânico, mas logo entendeu que não. Até desejaria que tais reações fossem pelo Pânico para não gerar mais dúvidas dentro de si, no entanto, desta vez era algo diferente: um misto de tensão, medo e uma sensação de prazer nunca antes sentida.

Apesar de certa sensação de prazer, Elisabeth não se agradou disso, na verdade, temia todas aquelas reações em seu corpo, e, ao temer essas sensações, vinha a angústia por sentir algo não condizente com os seus valores. Só que Elisabeth não conseguia refrear a causa daquelas emoções tão fortes, das quais, ao mesmo tempo, sentia medo e um prazer contido. Ela se esforçava ao máximo para pensar em outra coisa, no entanto, era inútil tentar fazer, porque, na medida que fazia isso, a imagem de Júlio surgia em sua mente de forma mais nítida e persistente. Elisabeth ficou surpresa consigo mesma àquela altura, já que os seus olhos nunca tinham visto Júlio de maneira tão bela como naquela tarde, daí a surpresa e o encantamento com aquela imagem inexplicável. Por outro lado, ao mesmo tempo que sentia toda essa euforia, toda aquela taquicardia, Elisabeth percebia ainda uma sensação diferente, difusa das outras que também tentavam infiltrar-se em seu coração, mas eram abafadas por aquela profusão de emoções que vivenciava naquele instante. Não conseguia captar ou dar sentido a tal ameaça que prometia trazer dissabor a sua vida, no entanto, mesmo não conseguindo assimilar, caminhando pela rua, ficou em alerta, buscando evitar mais sobressaltos.

Chegando em casa, Elisabeth foi direto à cozinha para tomar um copo de água com açúcar e ingerir o ansiolítico que o Psiquiatra prescrevera em razão de sua excessiva ansiedade.

Já em seu quarto, após ter tomado a medicação, Elisabeth fez o exercício de respiração e expiração alongada, que aprendera, nas aulas de teatro, a fim de tentar acalmar-se um tanto. Feitas essas coisas, conseguiu relaxar e acabou por adormecer. Ela dormiu o restante daquela tarde e durante a noite, somente foi acordar no dia seguinte.

Capítulo 9

O dia anterior ainda reverberava na mente de Elisabeth, afinal ela se perguntava o que havia sido aquilo na praça, como podia ter deixado chegar ao ponto que chegou, se não dera brecha para Júlio agir daquele modo. Pensava em como ia encará-lo dali em diante. Ao mesmo tempo, tentava rebater esses pensamentos, convencendo-se de que o havido na praça era culpa de Filomena, se esta não lhe tivesse pedido e, praticamente, forçada a falar com Júlio, nada teria acontecido e estaria em paz. Por outro lado, indagava-se, sem bem entender, o que não aconteceria. Ao vir tal indagação à cabeça, deixou-a mais confusa, por não saber precisamente o que temia daquela situação, ou seja, a si ou o comportamento de Júlio. Uma coisa é certa: Elisabeth não queria ver Júlio tão cedo.

De resto, algo novo começava a brotar no coração de Elisabeth também, estava vendo Filomena com outros olhos. De início, surpresa com a traição, até mesmo intrigada, em um segundo momento, já a par da situação, sentiu a dor de Filomena e compadeceu-se desta. No entanto, a partir do momento em que a prima começou a insistir para que ela falasse com Júlio, a compaixão inicial, involuntariamente, deu lugar a uma hostilidade velada, que não era externalizada por Elisabeth por vergonha de ferir alguém já em sofrimento.

Por conseguinte, longe de querer envolver-se em problemas, Elisabeth desejava mais era ter paz de espírito, porque o próprio modo de ser dela evidenciava o quanto ela gostava de viver em seu mundo próprio, livre dos problemas externos. Claro, nem sempre conseguia essa paz, a despeito disso, Elisabeth vinha virando-se até envolver-se com os problemas da prima. Por isso, a partir da inserção de Júlio em seus pensamentos, a vida dela ganhou uma nova tribulação, a princípio algo pequeno, apenas um mal-estar com a prima, mas com o encontro na praça, evidenciou-se um sentimento novo que se recusava ir embora, perturbando o relativo bem-estar de Elisabeth. Afinal, Elisabeth necessitava da sensação de controle dos próprios sentimentos, quando não o tinha era um tormento completo.

Agora, daquilo tudo, o que estava causando mais tensão, angústia, em Elisabeth era que esta percebia as sensações em seu corpo como algo proibido, impróprio, que não poderia realizar-se sem trazer conflitos. As emoções contraditórias, aliás, não a deixavam desfrutar ou vislumbrar qualquer desejo que se achava em seu âmago, afinal essas emoções estavam a causar mais dor que prazer.

Nesse emaranhado, Elisabeth lembrou-se de uma coisa: teria de avisar a prima que o plano de falar com Júlio não dera certo. No entanto, ao perceber-se daquele jeito, resolveu não dizer nada de antemão a Filomena, não naquele instante, já que estava amargando ressentimento pela prima e não desejava ver esse sentimento vindo à tona, no momento que estivesse falando com Filomena, fazendo piorar a condição desta.

Por assim dizer, Elisabeth odiava estar nessa posição, uma vez que se sentia amarrada às escolhas de Filomena. E, à medida que isso ficava claro, percebia-se mais aborrecida ainda.

De qualquer modo, depois de tomar o seu café da manhã, Elisabeth, vencendo o seu caráter obsessivo mais uma vez, decidiu por não deixar aquela angústia dominar o seu pensamento, não naquele dia. Sabia que, se deixasse, seria a ruína do seu domingo, talvez, de sua semana. Portanto, com esse entendimento, resolveu colocar todo esforço em achar algo que pudesse absorver a sua mente, fazendo esquecer. Sendo assim, já que pensar em si mesma e nos seus problemas não eram mais opções; com isso, após alguns minutos, Elisabeth decidiu-se por pintar.

Elisabeth adorava arte, pintar, aliás, até comprara três telas para pintar há algum tempo, mas estas ficaram paradas no quarto dela por quase dois anos à espera de uma inspiração especial, que nunca veio. A propósito, Elisabeth sabia pintar razoavelmente bem desde os 12 anos. Tudo começou quando a mãe a convencera a participar das aulas de pintura e artesanato que a escola oferecia, na época de ensino fundamental, como atividade extracurricular.

Após as primeiras experiências na escola, Elisabeth começou a pegar gosto pela pintura, principalmente pela arte realística e pela técnica de têmpera. Todavia, com a entrada no ensino médio, praticamente parou de pintar. A predileção por arte ainda permaneceu e cresceu em Elisabeth ao longo dos anos, no entanto, o interesse dela ficou restrito à contemplação e não mais à produção artística em si.

Por todo esse contexto, Elisabeth via na arte um modo de encontrar-se novamente, visto ter a tese de que ao pintar e ter a mente sobre a influência do gênio ser a chave para ficar bem. Razão de ver na arte a dose de sossego necessária, o meio, por assim dizer, de ajudar não apenas a si, como a todos outros a distanciarem-se de suas dores, dada a força dela, ou seja, a força da arte representativa. Quem ajudou a consolidar esta ideia de propósito da arte na cabeça de Elisabeth foram as obras *"O grito"* e *"Ansiedade"*, de Edvard Munch, mais ainda *"Cama desfeita"*, de Delacroix. Por sinal, obra esta que impressionara incrivelmente Elisabeth na primeira vez que a viu frente a frente, numa exposição, no Masp. Na ocasião, Elisabeth sentiu claramente em *Cama desfeita* o que já presumia em princípio, ou seja, a arte como a expressão de sentimentos indizíveis, como a comunicação de alma, tal qual a troca de olhares entre dois apaixonados, em que as palavras só atrapalham o sentir.

Ao contemplar coisas como *"Cama desfeita"*, Elisabeth encantava-se. Encantava ver o talento de fazer de algo simples o extraordinário. Era reconfortante para Elisabeth, feliz até. E caso lhe perguntasse o porquê de sentir essas sensações diante de coisas assim, Elisabeth não saberia dizer, afinal, para ela, essas coisas são coisas de sentir com o coração. Da parte dela, o máximo que podia era agradecer ao universo por em alguns momentos dar-lhe a possibilidade de experimentar em sua alma a experiência de ver o belo e regozijasse com isso.

Voltando. Tomada por tal entendimento e desejando esquecer da situação da praça; Elisabeth montou o cavalete, fixou a tela e preparou a paleta com as tintas a óleo. Ao pegar o pincel para começar a pintar, restava a pergunta: o que pintaria, pois não havia uma imagem nítida na cabeça dela naquele momento, a não ser uma profusão de ideias e imagens confusas. Mesmo assim, não recuou, sabia que algo haveria de surgir. Dessa maneira, iniciou fazendo dois traços pretos na tela, fez o primeiro traço na vertical, o outro, na diagonal. Ao fazer a segunda linha, apareceu a imagem de um rosto pouco nítido. Esse *insight* perceptivo foi o gatilho inicial para que a mente de Elisabeth rearranjasse a figura, juntasse as partes e formasse a imagem completa da cena intuitiva que clamava vida às mãos dela naquele instante. A imagem vinda à consciência de Elisabeth era de uma jovem branca, de rosto pálido, cabelos cacheados e com o olhar direcionado ao nada. A jovem da imagem apoiava o queixo e a face direita com a própria mão direita. Ela também estava com o cotovelo sobre um móvel velho, que parecia ser mais uma mesa de estudo.

Com a nítida imagem da jovem, Elisabeth apagou as duas linhas pintadas de preto com um pano encharcado de solvente. Após secar, desenhou o rosto e uma parte do tronco imaginado na tela com a lapiseira. Quando pegou no pincel de novo, Elisabeth iniciou pintando os contornos de um rosto redondo, preenchendo a testa, depois avançou para dentro da face, traçando e realçando os olhos com pinceladas mais rápidas do que o habitual; em seguida voltou a cadência inicial ao pintar o nariz e a boca. No geral, o ritmo das pinceladas de Elisabeth era mais lento e suave quando insegura. Aliás, ao longo do processo ela fazia pequenas pausas para avaliar as dimensões dos traços e certificar se as tais estavam a ficar proporcionais as características do rosto imaginado, outras vezes parava para avaliar a tonalidade, a expressividade.

Elisabeth pensou em fazer um sombreamento significativo no rosto, mas logo desistiu, ao ficar com o receio de que isso pudesse vir a borrar os traços já pintados, dada a tinta encontrasse fresca ainda. Dessa forma, na impossibilidade de realçar a palidez da pele como desejava, partiu para o cabelo. Apesar de fácil essa parte, acabou tornando-se mais delicada devido ao preciosismo com que Elisabeth resolveu dispensar a tal. Levou quase uma hora para expressar fidedignamente aquilo que realmente esperava representar naqueles fios negros encaracolados. Ao terminar de pintá-los, Elisabeth suspirou fundo e sorriu de satisfação em virtude de terem ficado belos, ao seus olhos, e de acordo com o que imaginou de início. Finalizou esta primeira sessão de pintura, no dia, pintando o braço direito e a mão direita da jovem, a qual estava sobre o rosto e o apoiava, assim como deu uma atenção nos últimos minutos ao troco da jovem da cintura para cima, porque Elisabeth tencionava pintar a jovem da cabeça ao meio do corpo.

Ao terminar de pintar, Elisabeth sentiu-se mais cansada fisicamente do que mentalmente, já que as posições e os gestos corporais que usara para pintar não estavam integrados ao seu estilo de vida atual, haja vista o longo tempo sem fazer pinturas com tal nível de esforço. Em contrapartida, emocionalmente, Elisabeth achava-se de outra maneira, sentia-se leve e tranquila. Na cabeça dela, naquele momento, somente havia espaço para pensar na imagem que acabara de desenvolver, em silhuetas que poderia acrescentar, o que poderia melhorar. Parecia que a pintura levara do seu coração toda a angústia que anteriormente estava a vivenciar. Enquanto Elisabeth se sentia em paz consigo mesma, Ana Paula entrou no quarto, trazendo uma xícara com chá de cidreira para ela, Elisabeth.

— Que lindu, filha! Quando fez? Ué... E quem é essa pessoa da pintura?

— Hãã... Ah!... Eu acabei de fazer, mas falta terminar ainda... Não, não, mãe! Não ponha a mão... ainda não secou.

— Ai!!! Desculpa, filha. Nem me toquei que estava fresco... me desculpe... Mas quem é esta pessoa?

— É uma coisa nova que estou tentando criar... não é ninguém que conheça. É algo mais... mais... como posso dizer?... Ah... estou apenas fazendo!

— Entendi... Esses dias dizia ao seu pai que você parara de vez de pintar. Inclusive, já pensava em jogar essas telas e este cavalete fora, Lisa!...

— Não!! Não faça isso! Pode deixar as outras telas aí, mãe! De agora em diante pegarei firme na pintura. Se parei por um tempo, é porque estava sem inspiração... sem boas imagens para pintar.

— Tá bom... Agora... só não vá amontoar um monte de quadros pela casa como antes. Eu não quero ter de ficar arrumando suas bagunças depois, escutou, Lisa!...

— Tudo bem, mãe! — Elisabeth sorriu com a lembrança de ela mais jovem enchendo a casa de desenhos.

Vou descer, não deseja mais alguma coisa?

— Não, mãe!

— Antes que eu me esqueça, a Dolores quer que você ligue para a sua prima... Ela me dizia que a Meninha tentou falar com você duas vezes, mas andava dando caixa postal.

— Minha nossa, é mesmo!..

— Ela está aguardando o seu retorno... Aliás você não fez de novo...

— Não, não! Desta vez eu apenas esqueci... e também deixei o celular na bolsa lá embaixo. Mas daqui a pouco ligo para a Filomena... só vou ver algo aqui no meu tablet primeiro e já ligo! E você poderia pegar o celular para mim, mãe?! Fazendo favor! Ele está na estante...

— Pego!.. E o que deu o papo com o Júlio? Falou com ele? Tentei perguntar ontem, mas, na hora em que cheguei da Fátima, você já pegara no sono... não quis acordá-la

— Conversei... e não adiantou nada, mãe. Nadica!... Ele não pode nem ouvir o nome Filomena... Nossa! Está muito bravo ainda. Creio também, mãe, que não exista nenhuma possibilidade de voltarem, pelo que pude sentir do Júlio.

— E é, filha?

— Sim! Ele tá muito chateado... quando toca no nome...

— Eita! Coitadinha da minha sobrinha. Ela ama tanto aquele rapaz... Só nos resta torcer para que a Meninha consiga conviver com essa situação e não piore... Fico pensando na Dolores nessas horas... Ai, ai... menina do céu!... Filha, e na hora em que falar com ela... tente ser o mais sensível possível ao tocar no assunto do Júlio.

— Eu já vinha pensando nisso! Pode deixar, mãe, serei cautelosa nas minhas palavras para não machucar a Filomena.

— Faça isso, querida! Coitadinha dela... — Ana Paula estava quase saindo do quarto, mas virou-se e perguntou a Elisabeth — Filha, vou descer... tem certeza que não deseja nada?

— Não, mãe! Estou bem! Eu já comi umas barrinhas aqui também...

— Filha do céu! — Elisabeth se assustou com o tom que a mãe usou nessa última frase.

— Nossa, mãe! O que houve?

— Filha, você viu a garrafa térmica da sua irmã? Ela me disse que perdeu aqui em casa... só que eu procurei a manhã inteira e não achei ela em lugar algum!

— É isso?

— Sim! Você não a viu por aqui?

— Não vi... Aqui no meu quarto a Julinha não deixou.

— Ela deixou no vestiário do ballet então... quer ver!? Eu vou ligar para a professora!

— Pode ser!

— Essa Julinha, misericórdia... Ela me deixou de cabelo em pé por causa dessa garrafa, Lisa... — Ana Paula estava quase saindo do quarto, mas se voltou novamente para Elisabeth, lembrando — Filha, a ligação! Não esqueça. Prometi que você ligaria hoje.

— Sim, sim!

Mesmo sabendo que teria de falar com Filomena a respeito de Júlio, Elisabeth conseguiu manter a serenidade que a pintura lhe proporcionara. No dia, sentia Elisabeth que nada poderia tirar a sua paz de espírito, afinal os sentimentos negativos estavam rendidos ante ao prazer de ter conseguido pintar algo bonito.

Alguns minutos após a mãe sair do quarto, Elisabeth se preparou e ligou no celular de Filomena para dar a notícia.

— Alô...

— Oi!

— Tudo bem, Filomena?

— Mais ou menos... mas me conta, me conta logo! Ele vem aqui? Aceitou?

— Bem, Filomena, você necessitará ser forte, porque infelizmente... — na hora, Filomena se irritou e atropelou Elisabeth.

— Ah! Não, não... Não acredito que ele vai fazer isso com a gente... com o nosso amor. Como consegue ser tão burro pra não ter percebido ainda que aquilo não significou nada pra mim, meu!... Pô! o Júlio sabe que eu gosto dele, Lisinha... que merda, meu! pra que fazer isso! — Filomena começou a chorar copiosamente ao telefone. Elisabeth tentava consolá-la.

— Prima, você é linda! Esquece o Júlio... Ele que perde! Afinal, quantas pessoas não moveriam mundos e fundos para ficar com você!

— Lisinha, eu apenas quero o Júlio, o resto pra mim é nada. Ele é quem eu amo e sempre vou amar — por um breve momento, pensou Elisabeth — "nossa... se o ama tanto assim, como foi capaz de traí-lo afinal de contas?... Filomena, não consigo conceber esse seu tal amor!... Minha nossa, olhe no que estou pensando. Credo! Como sou ruim; pensando nisso enquanto minha prima está do outro lado sofrendo... Para! Preciso parar de pensar nisso e ficar julgando."

— Prima, me escute! — declarou Elisabeth

— Quê?!

— É doído perder quem amamos? É! Difícil nos acostumar com a ideia? Também! No entanto, a vida continua, prima! Afinal de contas, você pode encontrar outra pessoa. Não é o fim para você...

— Tu não sabe o quanto eu amo o Júlio pra me falar algo assim, se soubesse, não falaria...

— Nossa! Mil perdões, Meninha... Fui insensível demais, né. Mil perdões! Então... esquece tudo o que eu disse..., pois a verdade é uma só e ela não se anula: ou melhor, você tem tudo para ser feliz novamente... por sinal, pode até não ver por ora, mas há algo de bom diante de si à espera de uma abertura da sua parte a fim de mostrar-se — Elisabeth parou e pensou "acredito realmente nisso? Por acaso alguém se apegaria a essas?... Largue a mão de pensar besteira, Elisabeth... É... porque estou fazendo o que me cabe. Só são palavras? São! Mas... que sejam, serão com elas que confortarei minha prima! — É isso! — pausa — Prima! Está escutando!

— Estou!

— Ah, tá! Pensei que havia caído...

Depois de alguns segundos em silêncio, voltou a falar Filomena — Eu não acredito que isso esteja acontecendo logo comigo, meu... tanta gente neste mundo, Lisinha! Tanta gente... e acontece um troço desse logo comigo. Eu sou muito azarada! Eu sou uma infeliz — e Filomena tornou a chorar.

— Calma, Filomena... Não chore! Sei que as coisas estão ruins por ora, mas se ajeitarão... Tenha paciência, tenha esperança... Acredite em mim, passará...

— Lisinha, Lisinha... peraí... — Filomena parou de chorar por um instante.

— Sim, sim... Diga? Estou escutando...

— Tu falou da maneira que eu te pedi? Falou que eu o amava?

— Eu falei, Meninha! Falei...

— Falou que eu tava arrependida?... Falou mesmo?

— Prima, disse tudo aquilo que me pediu, mas não teve jeito, ele estava irredutível.

— Merda! Então está tudo acabado mesmo, meu! Eu não tenho mais nada que me faça sorrir...

— Claro que tem, não diga isso! Prima, me escute, me escute... você é muito jovem, tem uma longa vida pela frente. — Filomena soluçava enquanto tentava conter o choro — Por sinal, não seria bom vir para cá, Meninha... Pode ser uma boa, venha! Assim podemos conversar melhor, fazer algo... Ou acha melhor eu ir até a sua casa fazer companhia a você por alguns dias?... Acredito que esteja se sentindo sozinha aí, não?! — Elisabeth se encontrava tão tranquila que não havia qualquer resquício em suas palavras, naquele momento, da mágoa sentida mais cedo.

— Não, não, Lisinha. Fica aí mesmo, você tem tua faculdade! Tem as tuas coisinhas... Não desejo atrapalhar a ti... Vou ficar aqui mesmo, lamentando a maior besteira que fiz na minha vida. Não vou mais te pedir pra falar com ele não. Suponho eu que desta vez acabou!... Sabe, Lisinha... e o pior é que não existe nada que eu possa fazer. Isso é o que me deixa mais triste! — as lágrimas jorraram dos seus olhos ao dizer essas palavras. Elisabeth, por sua vez, decidiu não dizer nada, na verdade, já estava ficando sem ter o que dizer para tentar consolar a prima.

— Força, Meninha! Você encontrará algo que preencha seu coração. É só acreditar...

— Que ano terrível estou tendo, meu... são tantas decepções que eu não podia acreditar que pudessem vir mais, e vieram... Sabe, Lisinha... Acho que Deus veio me cobrar pelos males que provoquei neste mundo, sabe, ou jogou uma praga em mim. Só pode!...

— Não pense assim! Não se machuque dessa forma, Meninha! Somente está passando por um período ruim. Por sinal, isso não significa uma praga ou que será sempre assim.

— Não, Lisinha... Eu sou uma pessoa condenada a sofrer mesmo... Às vezes penso que traí o Júlio de caso pensado, sabe... o traí pra cumprir a minha sina neste meu mundo trágico.

— Prima, tira isso da cabeça... a qualquer momento tudo pode mudar, dá uma reviravolta, e estará aí... feliz de novo...

— Mas é a mais pura verdade, Lisinha! Você não viu essas coisas negativas que vêm acontecendo comigo ultimamente? Quer prova maior do que isso!

— Eu sei que aconteceram alguns reveses ultimamente, mas você é mais forte do que esses sortilégios... Não, não!... Digo, mais forte que esses infortúnios. Eu sei disso! E aproveita este momento e vá curtir o mundo, experimentar novas experiências, conhecer pessoas novas... Afinal de contas uma menina linda como você não pode ficar presa no quarto para sempre.

— Eu não tenho cabeça pra essas coisas atualmente, sabe... E a Giovanna me chamou pra sair ontem, mas não quis também... Era bem capaz de eu ir e ficar chorando lá... pensando no Júlio. Porque me vejo tão só sem a presença dele perto de mim, sabe, que me dá vontade de chorar...

— Minha vontade era dar um abraço em você, Meninha... creio que é disso que está precisando. Uma pena estarmos longe uma da outra para eu poder fazer isso.

— Você é uma fofa... é uma linda!... Sempre tão gentil comigo! E obrigada por falar com o Júlio, viu...

— Imagina! — Elisabeth ia pedi desculpas pelas ligações e as mensagens não respondidas, mas imaginou que não seria conveniente lembrar disso, já que se Filomena recordasse, poderia questionar Elisabeth por tais faltas.

— Vou desligar agora e deixar você sossegada... Deve ter um monte de coisas pra fazer... e eu aqui te atrapalhando! Já enchi muito a tua paciência nesses últimos dias com os meus problemas.

— Não atrapalha não, prima! Família é para essas ocasiões também...

— Obrigada de novo, Lisinha! Vou desligar... Tchau!

— Tchau, prima!

Quando a ligação terminou, Elisabeth continuava calma, apesar de um pouco mobilizada com o sofrimento da prima. Não obstante a isso, também, as palavras que Elisabeth ouviu, em relação a Júlio, contribuíram para aplacar qualquer preocupação que poderia ter, já que o tom da conversa e o fatalismo da prima, ao telefone, tiraram de Elisabeth o temor que havia de que Filomena pudesse vir a pedir que ela falasse com Júlio mais uma vez e, ao acontecer isso, causasse mais uma vez toda aquela confusão. Então, a certeza de não ter de falar com Júlio, sobretudo, por ter resistido, não deixando as próprias emoções serem contaminadas pela melancolia da prima, a fez ficar tranquila.

Desfrutando de tal tranquilidade momentânea, Elisabeth aproveitou, o final do domingo, para retomar a leitura de *Anna Karenina*.

Capítulo 10

Passaram-se duas semanas da ligação que Elisabeth fez a Filomena para falar do encontro com Júlio. Nesse intervalo, Elisabeth ligou mais três vezes para prima a fim de saber como esta estava. Na primeira ligação, Elisabeth percebeu Filomena ainda tristonha, queixosa, já a partir do segundo e terceiro telefonema, notou que a prima vinha tocando menos no nome de Júlio e melhorando aos poucos conforme os dias. Diante disso, a preocupação dela com a situação de Filomena diminuiu. Nem mesmo ligou na semana seguinte para saber alguma informação, não ligou também graças a Ana Paula, que visitou Filomena e constatou a melhora desta. Da parte de Elisabeth, nesse período, ela manteve-se bem, excetuando o caso da prima, não houve nada que mexesse com o seu emocional ou a preocupasse tanto.

Então, de bem consigo, Elisabeth, aproveitando que havia alguns dias que não via Alexandra, resolveu ligar e convidar a amiga para tomar um sorvete, no que Alexandra achou uma excelente ideia no momento, dado o calor considerável naquela tarde. Posto isso, ficou marcado das duas estarem na sorveteria às 14h da tarde. E foi o que aconteceu.

— Diga aí, minha filha! Ficou com saudade do meu rostinho bonito, foi? — brincou Alexandra.

— Lógico que fiquei, minha vida! — Elisabeth sorriu.

— Minha vida!?... Fazia um tempinho que não ouvia essa... hem, Lise?...

— Ah... tem razão!... tinha parado, né!... Mas a culpa é sua!

— Minha?

— É... você não me dizia que eu ficava toda hora minha vida para cá e para lá, então, amiga... resolvi parar.

— Foi por conta disso, amore?... Agora, me deixe explicar... eu não pegava no seu pé por maldade... Nas ocasiões em que comentei alguma coisa, foi em tom de brincadeira... e nunca para deixar de se expressar assim ou mesmo entristecê-la!

— É, amiga... preciso ser sincera! Fiquei muito chateada com as suas gracinhas!...

— Chateada, Lise? Não me dei conta disso... me desculpe! Quando for assim, fale!

— Fiquei não, amiga...

— Hã?!

— Estou é... enchendo seu saco, miga! — Elisabeth deu risada ao olhar para o rosto de Alexandra, que, antes de ela desmentir, Alexandra dera mostras de ter acreditado.

— Que criancice, Lise... hem! Agora você vai bancar a Isadora também... é? Quer ser a nova palhaça do circo?

— Não, não... Eu não tenho talento para tal, amiga!... mas bem que queria!... E por falar nela, e ela?!

— O que tem minha irmã?

— Como ela está?

— Na mesma...

— Como assim na mesma... e aquele negócio, como ficou?

— Lisa, a bem da verdade, nem perguntei... O que aconteceu?... Ela ligou para mim sexta-feira agora, mas conversamos sobre outros assuntos. E a Isa é assim... deve ter observado... ela não é aquela pessoa de falar muito pelo celular... Você fala com ela no celular... e já observou isso também...

— Eu não! Conversávamos mais por mensagem, isso quando ela ainda morava com os seus pais... mas por que está dizendo isso?

— Você não percebeu então... Ela não é lá muito de usar o celular; muitas vezes, quando preciso falar com ela, é um sacrifício, é um calvário, Lisa... olhe que eu ainda sou a irmã dela!... Mas aquela bendita liga?... Para conversarmos direito, só quando a Isa vai em casa...

— Vixe! Você tocando nisso, amiga... me dá uma raiva quando mando mensagem para alguém, e a pessoa demora uma eternidade para responder... Nossa! Eu não digo nada à pessoa, mas fico que fico... Se bem que eu fiz isso uma vez com a... — Elisabeth ia dizer Filomena, mas não completou a frase.

— Não escutei direito o que comentou... Se bem o quê?

— Espera... Eu digo, digo... espero que a Isa esteja bem.

— Aaah... Ela comentava comigo, enquanto falávamos ao telefone, que gostou muito daquele dia, Lise... Ela falou de combinar um dia com você para irmos almoçar na casa dela. Prometeu cozinhar para nós duas não-sei-quê no dia que formos lá... Vamos visitá-la, Lise? O que acha?... Na realidade, você nunca foi lá, não é?

— Tem razão! Nunca fui, né... mas seria bem legal sim! Sua irmã é muito inteligente, gosto demais de conversar com ela.

— Gosta demais... E eu amiga?! Você não gosta de conversar comigo? Agora fiquei triste... Você nunca disse isso para mim, muito menos com todo esse entusiasmo. — Alexandra ficou com o rosto acabrunhado.

— Minha vida, você é inteligente. — Elisabeth expressou isso de forma meiga.

— Não estou fazendo drama, não estou brincando, fiquei chateada mesmo, Lise!

— Falei por falar... só quis dizer que sua irmã gosta de conversar sobre vários assuntos, já você, não... Mas isso é natural, amiga...

— E eu não?! Tá bom! Você vai ver!...

— Nossa, amiga! Credo! Eu...

— Credo digo eu... Mas para sua sorte, vou deixar isso de lado, porque não desejo ficar brava hoje... Preciso me controlar! Vou me encontrar com o Pedro... e não pretendo me estressar...

— Perdão, Alê! Eu me expressei mal! E só para constar, adoro conversar com você, miga. Não fique zangada... Você é a minha melhor amiga... eu já disse: sem você não vivo!

— Não acho! Pelo menos não foi o que eu percebi... — Alexandra fez uma cara emburrada e continuou — Vá conversar com a sua amiguinha Isa... vá... vá logo! E deixe você me ligar de novo me convidando para sair! — Alexandra fez um rosto engraçado ao dizer tal coisa; Elisabeth sorriu disso.

— Você é uma coisinha, miga! Como diria minha mãe... — Elisabeth sorriu — Mudando de assunto, como vai o Pedro? Ele está bem? Nunca mais o vi...

— Ele vai bem, graças a Deus! Eu nem lhe disse...

— O quê?...

— Fomos jantar em um restaurante elegante semana passada. Foi um dia tão especial, Lise... Fiquei tão feliz... você nem imagina!

— É mesmo? Não me diga que...

— Hã?... Que foi, criatura? — Alexandra percebeu uma animação no rosto de Elisabeth.

— Ai! Que lindo, amiga! Como ele é romântico!... Ele pediu você em casamento?... Mas preparou alguma surpresa especial assim?

— Claro que não, Lise! E preste atenção: vai demorar um pouco ainda para nos casarmos... Mas fique tranquila, tá!... quando isso acontecer, você será a primeira a saber...

— Você é uma estraga prazeres... Eu aqui, toda feliz, achando que vocês iam casar!... Que chato! Mas, quando for casar, quero realmente organizar o seu casamento, amiga... Você me prometeu que me deixaria fazer as coisas, lembra?...

— Vou sim, Lise! Mas calma, tá! Nem marcamos a data ainda...

— Amiga, você verá, ficará maravilhoso... Já tenho até algumas ideias legais na minha cabeça...

— Meu Deus, Lise! Calma, garota... Eu e o Pedro nem planejamos nada ainda, e você pensando em organização... Tá com mais pressa que a conselheira jovem da minha igreja... Meu Deus! Agora me deixe dizer o que ia...

— Ah, sim! Verdade! Depois preciso lhe mostrar uma estilista que faz uns vestidos lindos... você irá amar... Ela mora até aqui no Anália... Miga, os vestidos dela são tão originais... nossa, tão lindos! Por sinal, eu até printei algumas fotos... Tenho alguns modelos aqui no meu celular... deseja ver? — Elisabeth ia tirando o celular duma *shoulder bag* de couro sintético.

— Guarde esse celular, Lise... Quero falar do Pedro... posso falar? Meu Cristo!

— Perdão, pode sim! Depois eu mostro!

— Obrigada, Lise!... Por favor... Ufa! Como eu ia comentando... o Pedro recebeu uma promoção no trabalho... E ele não tem nem um ano ainda nesta empresa, Lise, mas conseguiu subir de cargo... pela graça de Deus! Como comentava antes de me interromper... eu achei importante comemorarmos... A princípio ele não queria muito comemorar, acredita?... mas aí consegui convencê-lo. Aí fomos ao Terraço Itália. Foi maravilhoso. Ele adorou tudo, Lise!... a comida, o espaço...

— Que bom!... Nós fomos lá também, né?

— Foi, foi! Agora, acredita que ele nunca tinha ido a um restaurante?

— Por quê? Ele não gosta?

— Não! É que a família dele sempre foi bem humilde... Eles não tinham condições de comer fora. Ainda mais em um restaurante...

— Nossa! Sério?

— Pois é... muitas vezes, iam comer na casa dos familiares na redondeza. Aliás, grande parte dos familiares dele mora por lá...

— É?

— Sim!... Aí... de vez em quando, eles iam às casas desses parentes comer... Eles... o Pedro, os pais e os irmãos do Pedro... Isso era comer fora para eles! Você precisa escutar isto, Lise... E ele comentando comigo que a maior alegria dele, quando criança, era quando havia carne ou alguma sobremesa para comer...

— Sério?

— Aham! Houve momentos em que viveram apenas a base de farinha e feijão... Lise! eu quase chorei na hora que ele me contou... Cara, a infância dele foi muito dura...

— Minha nossa, jamais passou pela minha cabeça que o Pedro havia passado por esse perrengue.

— Pois é... o Pedro é um guerreiro!

— E de onde o Pedro é? Ele nasceu aqui no Anália?

— Não! O Pedro é do Ceará! Ele morava até há pouco tempo no Ceará com os pais e os irmãos.

— Do Ceará?! Nossa! Nunca percebi sotaque na fala dele!

— Essa história de sotaque é interessante, mas é legal o Pedro contando! Vou fazê-lo contar depois... você vai rir muito!

— Irei querer saber essa história! Mas primeiro me conta... como o Pedro veio parar aqui em São Paulo?...

— Ah, como não havia muito serviço por lá e a cidade em que moravam era pequena, então, aos 15 anos, por conta própria, o Pedro decidiu-se por morar aqui em São Paulo com o tio dele... Lise! Aliás, esse tio o ajudou muito... Foi graças a ele que o Pedro conseguiu a bolsa de estudo para cursar Engenharia da produção.

— Que história de superação! E ainda bem que ele teve a sorte de achar uma mulher linda e inteligente como você, né, amiga, para poder trilhar uma vida melhor de agora em diante, né!

— Inteligente?... é sim... Sei... — Alexandra declarou isso e sorriu ironicamente.

— Deixando esta sua ironia de lado... Deve ser muito sofrido, né, querer ter uma coisa básica para comer, algo como uma carne, um peixe, até mesmo arroz, e não ter... É algo estarrecedor.

— É vero! Mas graças a Deus as coisas mudaram...

— Que bom!

— Aí, Lise, ele me falou que quer realizar um sonho ainda...

— Como?... calma, calma... Já sei... O casamento! Mas você...

— Não, Lise!... Meu Cristo! você fica querendo adivinhar... me deixe contar!

— Perdão!.. diga, diga, diga...

— É... como estava comentando, o Pedro quer trazer os pais dele para virem morar aqui... Embora se eu falasse com o meu pai para ajudar nisso, embora... também o meu pai já me ajuda tanto com as contas da faculdade, me sustenta... ficaria meio chato mais um pedido! E o Pedro não ia querer assim!

— Raciocine dessa maneira, amiga... o Pedro recebendo essa promoção e organizando-se financeiramente, talvez fique mais fácil de fazer isso, né? E não venham carecer da ajuda do seu pai!

— Amém, Lise! O Pedro é muito esforçado, ele é muito focado! Não tenho a menor dúvida que em breve ele conseguirá uma nova promoção. E quem sabe, se Deus ajudar, o Pedro não consiga trazer os pais para cá ainda este ano!

— Aham... Conversando aqui, até esquecemos de pedir o sorvete... vamos pedir, amiga!

— Pois é!... Vamos! Você vai escolher de quê?

— Aquele verdinho... de pistache, né?!

— Ah, pistache? É bom! Vou escolher esse também. — Ao degustarem os seus sorvetes, as duas amigas continuavam tagarelando.

— Lisa!

— Como?!

— O que deu aquela pendenga com a sua prima? Você nem me contou!

— Pendenga! Sério? Parece até meu pai falando, miga... — sorriu Elisabeth.

— Você tá muito engraçadinha hoje, hem?! Você não é assim... Agora... desembucha! — novamente sorriu Elisabeth.

— Bem, eu a visitei no dia seguinte como havia lhe dito... Fui oferecer uma palavra de apoio, né... Por sinal, ela estava em uma situação de dar dó, amiga... Sério! Ela nem comendo estava!

— Acho que eu já vi essa história, hem... Fique esperta, Lise... Ela pode muito bem está manipulando, fazendo com que as pessoas fiquem com pena dela e esqueça o que ela fez... Hem!?

— De jeito maneira, Alexandra!... Não! Eu fui lá e vi o quanto ela estava mal, o quanto estava sofrendo. Por sinal, a Filomena jamais faria algo desse tipo...

— Será? Eu acredito que faria!...

— Não, amiga... não, amiga! Inclusive, eu nem lhe disse... ela brigou com o pai dela na semana do ocorrido; e como já estava passando por um período difícil, juntou tudo e acabou entrando nessa cilada.

— Essa história da sua prima me cansa, Lise... E quer escutar mais... você já tinha comentado de que ela brigou com pai dela... E também nem acho que isso amenize em alguma coisa o que ela fez...

— Eu sei, amiga...

— Lise!? Uma coisa...

— Como?!

— E o Júlio... alguém chegou a vê-lo?... Como ele está, hem?...

— Deve estar bem! — As bochechas de Elisabeth começaram a corar.

— Vocês dois nunca foram amigos?! — Elisabeth engoliu seco e respondeu vergonhosamente que não. — Que foi, Lise? Você ficou vermelha do nada. — Alexandra expressou um olhar de incompreensão.

— Não foi nada não. Apenas degluti... — Elisabeth mudou rapidamente de assunto para não se comprometer e acabar dando com a língua nos dentes. Ela temia que a amiga pudesse pensar mal dela se ela contasse o que havia acontecido na praça, tanto pelo fato de ter cedido à vontade da prima quanto pelo clima que se criou após Júlio declarar que a achava linda e desejava ter uma namorada como ela. — Você me disse há um tempo atrás que falaria com sua irmã para encaixar você na clínica daquela amiga dela. Como ficou isso... ela conseguiu?

— Conseguiu, amiga! Nem lhe contei... fui lá nesta semana conhecer o espaço da clínica. Conversei com a Jordana também.

— Essa Jordana é a menina que é amiga da Isadora?

— Sim! Ela mesma...

— Ah, tá!

— Ela foi super simpática comigo, Lise. Nem acreditei! Ela comentou que poderia me contratar como assistente odontológico, caso fosse do meu interesse... Eu fiquei tão feliz...

— Assistente odontológico? O que faz?

— Aah... basicamente vou ajudá-la... ou seja, a própria Jordana e os dentistas que trabalham lá nas cirurgias que acontecerem. Por exemplo, vou auxiliar com a instrumentação, na esterilização, vou recepcionar e acompanhar os pacientes no ambiente da clínica. É mais ou menos isso...

— Você deve estar super feliz, né?

— Com certeza, Lise! É meu sonho... E ó... o serviço parece ser bom, além de que, a clínica é bem conceituada na região, e o mais importante... é uma experiência prática para mim, amiga.

— Fico muito feliz por você, miga. Você merece!

— Obrigada, Lise! Agora, e você, Lisa, não pensa em estagiar?

— Por ora não, amiga... Não me vejo pensando nisso ainda, mas quem sabe ano que vem, né! Por enquanto, o meu foco está nos meus estudos, na faculdade mesmo.

— Claro! Enfim... — Alexandra olhou para o relógio neste instante — Vou precisar ir... o Pedro passará em casa hoje... Marcamos de sair... Você não quer ir conosco?

— Não, amiga! Vou para casa... não tenho a intenção de atrapalhar a noite de vocês! Vão curtir! — ao dizer essas palavras, Elisabeth levantou-se, Alexandra fez o mesmo. Estando as duas em pé, foram em direção ao balcão da sorveteria, onde ficava o caixa, pagar os dois sorvetes.

— Vamos agora!

— Sim, sim...

Capítulo 11

Era uma segunda-feira de outono, Elisabeth acabara de acordar, e ao achar-se sentada na cama, esperando passar completamente a sonolência sentida, resmungava pelo fato de ter de abandonar a cama. Sem muita pressa, saiu do quarto. Elisabeth foi ao banheiro tomar o banho de que necessitava para dar início ao seu dia. Aliás, o desejo dela, no dia, era faltar na faculdade e ficar na cama até tarde, mas não podia, já que teria uma avaliação valendo pontos.

Ao terminar de tomar banho, Elisabeth secou-se e saiu do banheiro. Ao caminhar do banheiro para o quarto, desviou o olhar para a janela da sala e percebeu o céu um pouco nublado, com o sol escondido entre algumas nuvens. Elisabeth aproximou-se da janela para avaliar se havia a possibilidade de ter chuva naquela manhã. O céu um tanto cinza a desagradou, pois temia o fechamento total do tempo e uma chuva no meio do caminho, como acontecera na semana anterior.

Mesmo aborrecida com a possibilidade de chuva, voltou ao quarto para vestir-se. Ao entrar no quarto, Elisabeth foi em direção ao guarda-roupa pegar um vestido longo, soltinho e todo preto, que deixara passado e separado na noite anterior. Após se vestir e antes de escovar os dentes, Elisabeth foi à cozinha tomar o seu café da manhã. A propósito, café este descafeinado, além disso, comeu dois pães de queijo, um biscoito de polvilho e uma maçã.

No dia, Elisabeth saiu um pouco atrasada de casa, o que não a preocupou, afinal, nos dias de prova, as aulas começavam mais tarde para dar tempo de todo mundo chegar. Com isso em mente, ela pegou um ônibus, próximo ao seu condomínio, com destino ao terminal Parque Dom Pedro. Após uns 15 minutos de trajeto, o ônibus a deixou, no ponto, a 50 metros da entrada da estação Tatuapé. E como de hábito, caminhava calmamente Elisabeth em direção à estação de metrô; enquanto isso, Júlio a observava de longe, notava Elisabeth se aproximar lentamente do lugar em que seu carro estava.

Júlio desejava conversar com Elisabeth fazia alguns dias, o único horário que poderia fazer isso era quando Elisabeth saía para ir à faculdade. Como Júlio morava próximo à casa de Elisabeth, mas nunca a via na rua e, quando ela voltava da faculdade, ele achava-se trabalhando, então as únicas opções que haviam: era esperar Elisabeth sair de casa de manhã e abordá-la na rua do condomínio dela ou tentar encontrá-la na própria estação. Aliás, Júlio sabia que Elisabeth estudava no período da manhã por a ter encontrado uma vez na estação do Tatuapé quando teve de ir de metrô ao trabalho por causa do seu carro, que havia quebrado à época.

Para mais, desde a última vez que viu Elisabeth, Júlio não conseguiu mais tirar a figura dela da cabeça. Nos primeiros dias até, achou absurdo o fato de estar sentindo algo por Elisabeth, afinal estivera em muitas ocasiões com ela, na casa da ex-namorada, e nunca sentiu algo a mais, a não ser um sentimento normal de carinho. Chegou a passar pela cabeça dele naqueles últimos dias também que a sensação sentida pudesse ser por algum sentimento de carência, por estar sozinho ou, na pior das hipóteses, uma espécie de vingança contra Filomena, no entanto, logo foi levado a crer que não; pois, mesmo não querendo, achando clichê toda aquela situação, algo de forte, de inexplicável, havia acontecido entre ele e Elisabeth. Júlio, a par da contemporaneidade do problema Filomena, ainda tentou, assim como Elisabeth, sufocar aquilo que começava a se avolumar dentro do seu coração e agitar o seu espírito após ver a amiga na praça. Por sua vez, chegou um momento em que a vontade de ver e de falar com Elisabeth novamente tornou-se tamanha, que resolveu que no dia seguinte ia conversar com Elisabeth não importasse como, mas iria. Entretanto, ao chegar o dia em questão, de última hora, foi tomado de um medo que o fez repensar tal atitude, afinal a ocasião estava contando contra ele. Em última medida, temia que ela não o quisesse dadas circunstâncias, pois, em tese, para ele, já era suficiente viver a ilusão de que futuramente poderia tê-la a chegar nela, confessar o que sentia, e acontecer de ser frustrado totalmente em suas pretensões, de quebra perder a amizade dela. Contudo, no dia seguinte a vontade de vê-la ainda permanecia, Júlio não conseguiu controlar ou refrear a pressão interna que o impelia à quase todo instante a ir atrás de Elisabeth. Ao ser assim, teve de tomar a decisão de falar com Elisabeth no dia.

Ao avistar Elisabeth, que se achava a 20 metros donde o carro dele estava, Júlio saiu do automóvel, aguardando Elisabeth aproximar-se para cumprimentá-la e conversar. Já Elisabeth, não vendo Júlio, seguia pela calçada bem tranquila em seu vestido preto, aliás, realçando ainda mais a sua beleza diante dos olhos de Júlio naquele instante. Em nenhum momento ela imaginou que pudesse ver Júlio, naquele dia, muito menos ser abordada por ele na entrada da estação. A preocupação de Elisabeth estava voltada exclusivamente à faculdade, em ir bem na atividade, e chegar sossegada às provas finais, pois, apesar de excelente aluna, tinha receio de pegar uma dependência em alguma das matérias.

Somente ao se achar a uns 10 metros de Júlio, foi que Elisabeth percebeu a pessoa dele a sua frente. Na primeira olhadela, achou que fosse alguém parecido com Júlio; já ao perceber que se tratava dele, o coração disparou de tal forma, que Elisabeth pensou que ia infartar, aliás, Elisabeth sentiu o chão balançar, de tão grande a comoção de vê-lo ali parado e olhando-a. Elisabeth queria atravessar para o outro lado da calçada às pressas, mas Júlio a notara e a olhava fixamente de modo diferente. Elisabeth achou que se fizesse isto, ou seja, mudasse de calçada e entrasse na estação pelo outro lado, ia deixar aquela situação mais constrangedora ainda, então decidiu que cumprimentaria Júlio friamente e subiria a escada a dar acesso à estação como se nada estivesse acontecendo.

— Bom dia, Júlio! — disse Elisabeth e continuou andando.

— Bom dia, Elisabeth!

Como ela ia passando direto, Júlio a segurou levemente pela mão — Queria trocar uma ideia com você, Elisabeth! É uma parada importante...

Elisabeth, já presumindo o papo de Júlio, se desvencilhou e continuou caminhando. Eufórica, desculpou-se e disse estar atrasada. Ele a acompanhou.

— Você não acha melhor eu levá-la de carro? É mais rápido que ir de metrô... Onde você estuda?... Na moral, eu levo você...

— Não precisa! Gosto de ir de metrô. — Elisabeth respondeu sem olhá-lo.

— Numa boa, Elisabeth! Aceite!... Meu carro está logo ali... eu a levo! Assim podemos conversar sem atrasá-la... — Elisabeth fingiu não ouvir e continuou andando sem dizer nada.

Ao chegar à estação do Tatuapé, Júlio se separou de Elisabeth. Ele se dirigiu à bilheteria para comprar a passagem. Elisabeth, ao dar alguns passos, olhou para atrás a fim de se certificar se Júlio tinha ido embora, mas, para sua surpresa, Júlio passou pela catraca e caminhava em sua direção. Elisabeth ficou sem saber o que fazer, pois a vergonha a inibia até mesmo de o encarar, tampouco rechaçá-lo. Entretanto, por um momento, parou e tomou coragem, declarou Elisabeth que falaria com ele mais tarde, ao chegar da faculdade, afinal estava já super atrasada para uma prova importante e não teria condições de ficar conversando com ele ali. Isso foi o suficiente para que Júlio a deixasse seguir em frente, e ela pegasse um metrô que chegava à plataforma.

Quando o metrô com Elisabeth dentro partiu, Júlio se deu conta do que havia feito. Percebeu que teria de trabalhar ainda, que acabaria chegando muito atrasado no serviço se fosse levá-la até a faculdade. E, por estar bastante animado e sentindo uma vontade imperiosa de falar com Elisabeth, esqueceu-se de tudo, do trabalho, do carro com a porta aberta, inclusive, percebeu que comprara duas passagens desnecessariamente.

— O que faço aqui... Caracas, véi! Esqueci a porra da porta do carro aberta! Meu trabalho, caraca! Puta merda, olhe o horário... se o Valdemar me ver chegando atrasado... Putz! Tô fudido! — Valdemar era padrasto e chefe de Júlio. — Vou ter de sair voando para não me atrasar. — Ele literalmente saiu correndo, esbarrando nas pessoas que chegavam à estação.

Enquanto isso, Elisabeth não estava acreditando no que acontecera, mas ao mesmo tempo vinha uma voz a sua cabeça que dizia — "não é que ele me ama, ele me ama mesmo, e eu achando que não, pensando ser uma bobagem minha." — Naquele instante, Elisabeth vivenciava uma alegria quase contida, pois tentava fazer uma cara de séria para as pessoas que estavam no mesmo vagão que ela. Buscava disfarçar para os outros que nada sentia por Júlio; como se aquelas pessoas que se achavam ali amontoadas, indo trabalhar estivessem observando a pessoa dela e se perguntando se ela realmente amava Júlio. Isto é, a paixão súbita estava fazendo-a delirar, de tão intensa a emoção no momento.

Todas as preocupações com a atividades da faculdade sumiram da mente de Elisabeth, as ideias dela naquela hora se resumiam a sentença — ele me ama, ele me ama, ele me ama. — Aquela altura da viagem, Elisabeth já não fazia questão de disfarçar a felicidade sentida. Encontrava-se radiando alegria. Ria da ousadia de Júlio em abordá-la daquela maneira, ria do rosto sério e ao mesmo tempo meigo de Júlio naquela manhã, ria ainda da própria postura na ocasião.

Ela chegou atrasada à aula, como previa, mas conseguiu fazer o exercício de francês. Só não conseguiu ir tão bem na atividade quanto gostaria. Na verdade, Elisabeth encontrava-se tão eufórica e tão feliz, que teve dificuldade para se concentrar e ler os enunciados longos das questões. Em condições normais, provavelmente teria tido uma performance próxima a 100% naquela atividade, uma vez que conhecia bem o francês, mas, no dia em questão, acertou apenas 65% das questões.

Depois de mais um dia de avaliação na Universidade, voltava Elisabeth para casa. Menos entusiasmada que na ida, já conseguia pensar com mais calma, mais clareza. Nesse período de menos euforia, ela constatou que havia errado três questões simples da atividade bimestral, porém, não chegou a se cobrar tanto, como de costume ao errar alguma resposta que sabia, somente prometeu, para si mesma, que daria o seu melhor na próxima atividade e na prova que viesse.

Chegando à estação em que ia descer, o celular dela começou a tocar. Elisabeth não chegou a checar quem estava a ligando, simplesmente atendeu o telefone!

— Alô! Quem é?

— Sou eu, prima, a Filomena! Tudo bem?

— Tudo! — ao ouvir a voz da prima, Elisabeth estremeceu-se toda. Teve a impressão de estar acordando de um sonho de modo brusco.

— Que ótimo! Então... hoje, mais cedo, tua mãe passou aqui em casa, para saber como nós estávamos, e me convidou para passar a tarde com vocês. Aproveitando e, óbvio, se não for atrapalhar, você iria comigo ao Shopping Anália mais tarde? Estou precisando comprar umas coisinhas numa lojinha, sabe! Mas não gostaria de ir sozinha!

— Aham, vou sim... — Elisabeth se lembrou da promessa que fizera quando visitou a prima. Ademais, nessa situação não havia outra resposta, a não ser dizer sim.

— Não desejo atrapalhar a ti, e se não puder sair, está tudo bem... pois a tia falou que tu tinha algumas coisas para fazer! Por isso, queria saber... pode ir mesmo?

— Vou!

— Está bem!... E a que horas... passo em tua casa?

— A hora que acha melhor!

— Tudo bem... então, às 15h passo aí, assim dá tempo de você almoçar e descansar. Está marcado então. Tchau, tchau!

— Sim. Tchau... — Elisabeth mudou completamente de humor e de semblante quando a ligação terminou, foi tomada de uma tristeza que fazia o seu coração doer. Sentiu foi uma grande vontade de chorar, mas reprimiu toda aquela emoção que se achava em seu peito ali, para não chamar a atenção das pessoas que se situavam na estação e por não querer ser questionada pelo que andava sentindo.

De imediato começou a pensar em como era má por ousar imaginar ficar com Júlio, apesar de todo o sofrimento que a prima estava vivenciando, em razão justamente da separação com ele. Por sinal, todas aquelas sensações felizes que sentiu quando se deslocava do Tatuapé à faculdade, após ver Júlio, transformaram-se em provas para Elisabeth de que ela era o opróbrio do mundo, a vergonha da família. E mesmo não tendo feito nada com Júlio, Elisabeth ainda assim se culpava, acusava-se, afinal se lamentava pelo que teria feito se não fossem as circunstâncias a levarem para outro caminho.

Apesar das dúvidas e da alegria efêmera, sempre teve implícito a Elisabeth que a paixão por Júlio não passaria de uma mera quimera, já que se conhecia minimamente para saber que não ia sujeitar-se, por mais difícil que fosse, ao seu desejo mais sonhado: de viver um grande amor, mas que, em detrimento deste amor, fizesse os pais ou os outros sofrerem. De certa forma, preferia viver a ideia de ser a mártir da paixão a ser vista como a pessoa que não via limites para alcançar o prazer pessoal. Por sinal, essa visão pairava sobre a mente de Elisabeth justamente pelo fato de ela sempre ter sido uma jovem sensível e, em muitos aspectos, suscetível ao julgamento social e sedenta por aprovação.

Com muito esforço, chegou em casa Elisabeth. Dentro da cabeça dela dava a impressão de que as veias e as artérias iam estourar. Era como se ela tivesse ficado duas noites seguidas acordada, sem dormir nem um minuto, de tão pesada e dolorida que a cabeça se achava. Já em seu quarto, ela deitou-se na cama para ver se tudo aquilo que machucava seu corpo, bem como oprimia o seu espírito, passava. Elisabeth nem pensar direito conseguia fazer, somente sentia toda aquela tristeza atravessar todo o seu ser naquele momento. Em nenhum dos cenários possíveis que traçou muitas vezes, em seu quarto, sozinha, para sua vida contavam com todas aquelas nuances e desencontros que estava a vivenciar naquele instante. O destino quis ser cruel com Elisabeth ao colocar todo aquele encadeamento de acontecimentos em menos de um dia.

Ela ficou mais ou menos uns vinte minutos na cama olhando para o teto, nesse tempo nada conseguiu roubar a atenção do sofrimento que esmagava seu coração; naquela hora, nem mesmo chorar conseguia. Somente quando a mãe chegou à porta do quarto, ela tentou mudar a postura para não gerar questionamentos. Ana Paula percebeu a filha com o rosto abatido, no entanto, imaginou que fosse pelo cansaço e a falta de sono.

— Filha, não conseguiu tirar sua soneca?

— Não!... — Elisabeth falou de forma vagarosa.

— Olhe... acho melhor você dormir um pouco para que se sinta mais disposta quando sua prima chegar, Lisa. Você vê como fica quando não dorme direito.

— Tentarei aqui, mãe!

— Deseja que eu prepare alguma coisa ou já comeu na faculdade?

— Já comi!

Nada animava Elisabeth naquele instante, a mente dela parecia estar bloqueada para outros pensamentos, a não ser o próprio sofrimento, que a inundava com lembranças daquela manhã. Nem pintar ou ler lograva fazer, afinal não encontrava força nem disposição de espírito para fazê-los. Este dia estava sendo o pior dia da vida dela, já que Elisabeth nunca se viu tão incapaz de lidar com os sentimentos negativos como naqueles últimos instantes.

Apesar das dificuldades, Elisabeth conseguiu adormecer sem necessitar de remédio, na verdade, nem disposição teve para ingeri-los, de tão fragilizada que se achava. Parecia que ela adormeceu mais de mortificação espiritual do que propriamente de sono.

Após ter conseguido dormi e tido o sono da tristeza, Elisabeth acordou uma hora depois com o barulho de Ana Paula, que batia à porta, avisando-a da chegada de Filomena. Ao acordar, ao menos uma parte do cansaço físico havia deixado o corpo de Elisabeth.

Desperta e ciente da chegada de Filomena, Elisabeth avisou à mãe que ia preparar-se e logo mais desceria para ver e falar com a prima. Após declarar isso, foi até o seu banheiro; banheiro este que ficava no próprio quarto, e tomou mais um banho; desta vez o banho foi rápido e frio, já que a resistência do chuveiro dela estava queimada havia alguns dias. Saindo do banheiro, após banhar-se, Elisabeth se encaminhou até o guarda-roupa, pegou as primeiras roupas que viu. Vestindo roupas confortáveis, passou o secador nos cabelos, terminando de passar, Elisabeth desceu para encontrar-se com Filomena, que estava conversando com Ana Paula de forma tranquila. Filomena encontrava-se diferente da última vez em que Elisabeth a viu, pouco demonstrava daquela aflição que enfrentava desde o rompimento. Filomena estava maquiada, com os cabelos lindamente ondulados, vestia um vestido império florido, também usava uma rasteirinha dourada. O contraste era tal, em vista ao último encontro das duas, que de imediato chamou a atenção dos olhos triste de Elisabeth e a fez esquecer de si por um breve momento, pois o rosto de Filomena encontrava-se com aquela expressão cativante, tão peculiar, que as belas feições costumam esbanjar em todo o seu esplendor quando saudáveis.

— Você me parece melhor, Filomena... Que bom!

— Tua mãe me falou o mesmo, Lisinha... Realmente estou me percebendo mais animada hoje, viu... E aí? Vamos então, Lisinha... pois parece que você já tá arrumada. — Elisabeth não estava bem arrumada, mas normal. Ela tinha os cabelos lisos, geralmente costumava andar com eles soltos, mas no dia, desmotivada, preferiu somente amarrá-los. No que diz respeito às roupas, Elisabeth estava com uma camisa branca com estampa de desenhos de animais, trajando calça pijama e um tênis simples. Aliás, se Elisabeth estivesse mais disposta, teria vestido roupas melhores.

No caminho de taxi para o shopping, mesmo triste, Elisabeth se mostrava mais solícita do que de costume com Filomena, aliás, se surpreendeu consigo por agir daquela forma. Inconscientemente, Elisabeth tentava com esse gesto amenizar o suposto mal que fizera à prima. Filomena, em compensação, não vira nada de estranho no comportamento um tanto exagerado da prima, sentiu foi mais segura com a postura prestativa de Elisabeth.

— Obrigada, prima, por ter vindo comigo. Tu não sabe o quanto vem me ajudando nessa fase terrível que estou passando. Não tenho nem palavras pra ti agradecer.

— Não precisa agradecer coisíssima nenhuma... minha única intenção é vê-la feliz de novo, Meninha! E farei o possível para que seja feliz... desde vir ao shopping com você a... digo, qualquer coisa!

— Muito obrigada, Lisinha! Você... você é fofa demais, uma linda, viu... Mesmo assim, o meu coração só ficará 100% feliz, sabe, quando o Júlio decidir por me perdoar e voltar pra mim — quando Filomena citou o nome do ex-namorado, Elisabeth sentiu voltar com força aquela sensação de opressão em seu coração, e nem conseguiu disfarçar, porque a prima percebeu de imediato o repentino abatimento que se apoderou dela. Nesse momento, como elas já se encontravam no shopping, Elisabeth mencionou que precisava ir ao banheiro urgente. Deu essa desculpa para ver se conseguia recompor-se.

Filomena a acompanhou e ficou esperando na porta com uma indagação na cabeça.

— Aliás, hoje você está meio abatidinha... o que foi?

— Só estou mais cansada, é só isso...

— Sei o que você está sentindo, viu... Sei sim! Conheço bem esse olhar! — Filomena fez uma expressão de pensar, fechou o olho esquerdo e apontou o dedo para o rosto de Elisabeth ao dizer.

— Você sabe? — com cara de espanto. Pensava Elisabeth em como a prima sabia da situação envolvendo Júlio e ela. — "Mas como ela descobriu? Por acaso o Júlio contou? Não, não acredito que ele tenha feito isso!"

— O que foi, Lisinha... está passando mal? — Filomena ficara preocupada com a prima, que de uma hora para outra ficou pálida e desorientada. Elisabeth deu até dois passos em falso e teve de ser amparada por Filomena. Elisabeth vivia em si uma tempestade que a amedrontava naquele instante.

— Não... não! Ele lhe contou algo? Se contou, é tudo mentira... Eu não fiz nada...

— Quem haveria de me contar o quê? — Elisabeth estava tão aflita, que não conseguiu responder ao questionamento. Involuntariamente, essa mudez a ajudou, pois se tivesse aberto a boca para responder qualquer coisa, fatalmente teria falado do acontecido na estação.

— Não, Lisinha!... ninguém me contou nada... e quem é?... eu conheço? — Elisabeth balançou a cabeça. — Quem é a pessoa? Você está sofrendo por amor igual a mim, é isso? Eu consigo ver nos teus olhos, Lisinha! Está muito evidente... — Elisabeth abaixou a cabeça e passou a mão no rosto em atitude de insatisfação.

— É...

— Se precisar de uma pessoa pra desabafar, pra falar disso, pode contar comigo, Lisinha... e você sabe que dessas coisas eu entendo como ninguém, estou calejada... E não precisa se envergonhar não, viu?! Podemos ao menos consolar uma a outra... E... fala aqui pra mim: é alguém da tua faculdade? — Elisabeth respirou fundo ao ouvir essa pergunta. Um sol brilhou em sua mente na hora, viu-se aliviada um pouco por Filomena não saber de nada. E para evitar mais perguntas a respeito, respondeu que sim, mas que preferia não falar sobre o assunto.

— Sabe, prima! Eu sei como é! Nessas horas, o que mais desejamos é ficarmos quietinhas. Sei bem como é, viu!... Mas vamos comprar, ao menos, assim, esquecemos das pessoinhas torturadoras de nossos sentimentos. He he...

Elisabeth já se achava triste no dia, e a presença constante da prima ao seu lado só fazia piorar essa tristeza, dado que a roda dos acontecimentos calhou de colocar no mesmo dia em sua vida dois eventos que definiriam como ela ia se enxergar dali em diante. Pois, mesmo não tendo feito nada, sentia-se suja perante Filomena. Em comparação à prima, se via mais baixa moralmente. De certa forma, ela até conseguia entender e justificar o que a prima tinha feito, mas não se colocava em pé de igualdade com Filomena, por achar a sua atitude mais vil do que a da prima. No fim das contas, Elisabeth julgava ter tido tempo para pensar no assunto, enquanto, a familiar não.

Após Filomena comprar algumas roupas em duas lojas, disse Elisabeth que desejava ir embora, por não estar sentindo-se bem. Filomena percebeu claramente que a prima não se apresentava bem e, com isso, resolveu encerrar seu dia de compras, posto que a atitude da prima em acompanhá-la, mesmo não bem, sensibilizou-a. Filomena reconheceu na atitude de Elisabeth uma nobreza e um altruísmo sem igual, portanto, o mínimo que poderia fazer para retribuir era deixar o passeio para uma ocasião mais favorável a ambas.

Filomena pegou um táxi que as deixou na casa da tia Ana Paula, entretanto, Filomena não ficou muito tempo por lá, já que Elisabeth não se achava disposta a conversar e queria ficar sozinha em seu quarto. Reconhecendo a falta de vontade da prima em conversar, Filomena decidiu voltar para casa, pois tinha prometido à mãe que estaria em casa antes das 20h para jantarem juntas.

Capítulo 12

O luar de Elisabeth começou cheio de percalços, com tristeza, angústia e insônia. E quando finalmente conseguiu adormecer, a causa dos seus arroubos afetivos fez questão de fazer-se sentir, visto que Elisabeth pensou tanto no decorrer da noite no Júlio, no conflito presente em seu coração; e não seria outro motivo vindo do fundo de sua consciência que ganharia a licença para se mostrar em sonho, em detrimento das dores vividas, na ocasião.

Naquela madrugada, Elisabeth sonhou que tinha ido à casa da prima comemorar o aniversário da tia Dolores. Algo ideal para ela, afinal aproveitando-se da oportunidade que se criara naquela circunstância, chamou Filomena de canto para conversar. Na conversa, ofereceu as suas desculpas por estar namorando o ex da prima. Filomena cedeu aos apelos de Elisabeth, ao dizer ser natural os dois estarem juntos, que não deveriam demostrar vergonha alguma, afinal, eles não tinham feito mal a ninguém.

— Obrigada, prima! É muito importante para mim ouvir essas palavras! Principalmente ditas por você! Obrigada mesmo... — disse Elisabeth no sonho.

— Não precisa agradecer, Elisabeth, pois sei reconhecer quando duas pessoas se amam.... E quando algo assim acontece... é muito especial. Então, o que tenho a pedir a vocês é: aproveitem este momento especial ao máximo, vivam o agora, não se melindrem!

— E já que está tudo bem, posso dizer então... Meninha, algumas vezes, enquanto estava vivendo ocasiões ruins, acreditei que tudo o que estou vivendo com o Júlio atualmente pudesse nunca existir... aí eu me apegava aos meus livros para poder ter a sensação do que é estar amando alguém, como é ser amada por alguém realmente, mas os livros me passavam apenas metade desta sensação. Hoje percebo que... quando o amor é real, se torna algo mágico, que resgata a pessoa da miséria espiritual e a leva como que para o céu, de tão bom que é...

— Você merece tudo o que está acontecendo em sua vida. Chegou o momento de você colher as boas esperanças que plantou... Chegou a sua hora... chegou o seu momento, não pense em mais nada ou ninguém... curta somente, Elisabeth!

— Meninha, me alegra saber que você recebeu o meu relacionamento com o Júlio com todo esse desprendimento de orgulho e vaidade. Isso me faz acreditar que ainda existe bondade neste mundo!

Ao declarar essas palavras, Elisabeth trouxe Júlio para perto e contou-lhe o que tinha conversado com Filomena a respeito do relacionamento dos dois.

— Meu amor, estava conversando aqui com a Filomena, e ela está muito feliz por nós. Não é bom saber disso?

— Eu não disse que não precisava se preocupar, amor!... Eu conheço bem a Filomena, sabia que ela iria nos aceitar tranquilamente... Né, Filomena?

— Obviamente... Júlio! E vou confessar... no fundo, eu sempre soube que vocês dois foram feitos um para o outro... e olhe a prova aí — o rosto de Elisabeth, dormindo, radiava enquanto essa cena onírica de Filomena com Júlio se desenvolvia.

Aliás, era para Elisabeth estar acordando naquele instante, já que iam dar 6h, horário no qual costumava levantar e se preparar para tomar banho, no entanto, na noite anterior, decidiu não ir à faculdade no dia seguinte devido ao seu estado emocional abalado. Ela já pressentia a sua condição anímica frágil no dia seguinte. E mais do que não ir à Universidade, Elisabeth não queria ver ninguém, porque situações assim a irritavam ainda mais em tais condições. Elisabeth ganhava aspectos sombrios nas raras situações em que se via melancólica. Sabendo disso, procurava evitar as pessoas nos seus momentos mais sombrios, porque gostava de passar a imagem de uma jovem equilibrada às pessoas. Apenas a amiga Alexandra e a mãe conheciam a largueza do seu caráter em momentos difíceis assim.

Ao acordar, Elisabeth estava com a impressão de ter acontecido realmente aquilo que sonhou, por poucos segundos sentiu a felicidade preencher o seu ser, mas, ao observar o sol penetrar pela janela do quarto e iluminar o ambiente já claro, ela se deu conta de que tudo aquilo sonhado não se passava de uma mera ilusão. Ao constatar esse fato, sentiu raiva do sol, enxergava-o como mais um vilão em sua vida, pois, em vez de trazer luz para iluminar seu dia, trouxe foi a tristeza para apagar o brilho da esperança que o sonho fizera brotar em seu coração. Uma vez que tudo estava tão perfeito, e o sol veio dar fim nisso, lembrando Elisabeth de sua infelicidade.

Para mais, se não fosse a descrença dela construída ao longo de vários anos a respeito dos sonhos, Elisabeth poderia acreditar, como fazia na adolescência, que o tal sonho era uma premonição, ou seja, haveria então de agir conforme a encenação onírica para transformar em realidade o que havia sonhado, mas não. Para infelicidade dela naquele momento, aquelas ideias não faziam mais parte do seu ser, estavam enterradas no passado.

Como já se sabe, Elisabeth antigamente tentava entender aquilo que sonhava, porém, muitas vezes se achava confusa ao ler autores dizendo que os sonhos eram: o espaço dos desejos, a instância das vontades, o lado oculto da alma, terreno dos temores, zona criativa. Por causa dessas leituras, passou por momentos difíceis, indagando a si mesma se os sonhos eram fontes confiáveis de informações, se porventura eles realmente queriam dizer algo, se não seriam, talvez, uma inteligência superior existente na mente humana; aliás, chegou ao ponto de achar que os sonhos fossem uma espécie de falha do processo evolutivo da espécie humana.

Suas dúvidas eram tantas, questionando-se de maneira tão obsessiva acerca dos sonhos no passado, que, inclusive, chegou a pensar que estivesse ficando louca por tamanha obsessão em saber a causa e a função dos seus sonhos, tal a sua preocupação.

Para enfrentar esse caráter obsessivo, que a levava ficar presa em dúvidas insolúveis e sofrer, buscava socorro em seus romances, em seus livros, de modo a acalmar um pouco seu espírito, afinal os livros, além de suprimirem as necessidades amorosas de Elisabeth e tantas outras coisas, davam-lhe, muitas vezes, a tranquilidade para levar a vida de forma mais amena.

Apesar das dúvidas e das questões metafísicas que borbulhavam dentro dela em muitos momentos, como já se sabe, não eram essas as preocupações que a atormentavam naquela manhã. O que a atormentava era o fato de ter de renunciar a algo que desejara desde a adolescência. Não desejava desperdiçar a dádiva que a vida estava oferecendo-lhe naquele momento, porque Elisabeth entendia o amor verdadeiro como o fogo da pólvora, que se acende uma vez para não mais iluminar.

Ademais, na noite anterior, ao repassar sua vida, Elisabeth finalmente lembrou-se de quando começou a gostar de Júlio. Isso se deu na primeira ocasião em que encontrou Júlio, sentado no sofá da tia, esperando Filomena descer do quarto para saírem. Na ocasião, Júlio não percebeu a presença de Elisabeth quando esta, numa visita surpresa, caminhava da porta da sala em direção ao lugar onde a tia dela estava. A atenção de Júlio, no momento em que ela passou por ele, estava voltada para a conversa que estava tendo no celular com um amigo. Elisabeth, por outro lado, ficou chateada, ao constatar que não tinha sido notada. Apesar de ela não ter dito nada ao passar por Júlio, muito em função do impacto sentido ao ver um rapaz bonito como ele sentado no sofá da tia, esperava nem que fosse um aceno de cabeça da parte dele. Como isso não aconteceu, ela ficou com a ideia de que Júlio era uma pessoa esnobe.

Na ocasião, foi perguntar a Dolores quem era a pessoa na sala de estar desta, Dolores respondeu que se tratava de um amigo de Filomena, na verdade, eles estavam ficando, mas Dolores não via dessa maneira. Ouvindo isso, Elisabeth achou a história de ficar ou não ficar um pouco confusa, apesar disso, não quis esclarecer melhor tal questão. Não queria dar entender que havia achado Júlio bonito muito menos transparecer algum interesse.

Dolores perguntou à sobrinha se esta já havia visto Júlio bem como conversado com ele, pois este era um rapaz super educado, a quem a sobrinha precisava conhecer. No que Elisabeth respondeu que vira, mas não conversara. E, ao fazer menção à questão de não ter conversado, Elisabeth expressou certa contrariedade no olhar pelo não acontecimento da conversa. Contrariedade esta que Dolores notou e fez questão de levar a sobrinha, a contragosto desta, para apresentar a Júlio.

— Olha aqui um momento, Júlio!... Esta é a minha sobrinha...

— Oh!... a sobrinha!... Então é você que é a famosa prima da Filomena? — com um sorriso no rosto, Júlio se levantou e caminhou em direção a Elisabeth, que, inicialmente, estendera a mão para cumprimentá-lo; mas, Júlio, ignorando a mão estendida, abraçou Elisabeth de modo afetuoso e disse ao pé do ouvido dela — É um prazer finalmente conhecê-la... como deve ter ciência, o meu nome é Júlio... E o seu, qual é?

Elisabeth, surpresa com a postura ousada de Júlio, respondeu vacilante — Muito prazer, Júlio!... Ah... o meu nome?! Meu nome é... Elisabeth!...

— Ela reclamou, Júlio, que passou aqui há instantes, e você nem a cumprimentou! — Elisabeth ficou mais envergonhada ainda com esse comentário da tia.

— Putz! Eu fiz isso? — Júlio fez essa pergunta olhando nos olhos de Elisabeth, que balançou a cabeça, dizendo sim. — Peço desculpas! A real que, quando fico no celular, perco a noção das coisas a minha volta — Júlio sorriu novamente.

— Não foi nada... — Elisabeth deu um sorriso tímido.

— Eu pensava que a prima da Filomena, isto é, você... fosse mais nova! — disse Júlio, dirigindo o olhar para Elisabeth, que estava um tanto constrangida ainda. — A Filomena se confundiu quando me falou de você...

— Ela não se confundiu, Júlio! Quando minha filha falava da prima, ela estava falando da outra prima, a irmãzinha mais nova da Lisa, a Julinha...

— Lisa?

— Sim! Chamamos a Elisabeth de Lisa, Lisinha... Enfim, ela tem uma irmã, que se chama Júlia, mas a chamamos de Julinha também... é desta de quem ela fala.

— Ah... Eu me confundi! Agora saquei... era sua irmã!

— Sim!... Olha ela aí... — Dolores apontou para Filomena, que descia a escada.

— Você demorou para se arrumar desta vez! — Júlio estava aguardando Filomena há mais ou menos uns quarenta minutos.

— Me desculpa, paixão, acabei tendo que... — naquele instante Filomena viu Elisabeth — Oi, Lisinha! Você está aí... Tudo bem?... Tu nem avisou que viria... se eu soubesse — Filomena abraçou a prima e a beijou no lado direito do rosto — eu não teria marcado de sair hoje...

— Não, não se preocupe... Eu já estou indo... Na verdade, fui à faculdade levar uns documentos que haviam faltado para efetivar a matrícula...

— Hum...

— E, voltando, decidi dar uma passada rápida aqui para ver vocês... — ao responder, Elisabeth pensava em como era uma alienada por não lhe ter ocorrido que um rapaz bonito como aquele na sala da tia só podia ser o namorado de Filomena.

— Hum! Eu não te falei, viu!... Essa minha prima é uma fofa, Júlio! Filomena disse isso se dirigindo a Júlio, este apenas sorriu sem dizer nada. — Você vai cursar o que mesmo, Lisinha? Você me falou, mas esqueci... — perguntou Filomena.

— Letras...

— Letras... — Ai... que legal! Boa sorte, prima!

— Obrigada!

— Júlio, a Lisinha adora ler também! Ela tem um monte de livro na casa dela...

— É? — perguntou Júlio a Elisabeth.

— Sim! Tenho alguns!...

— Meu, não sei como vocês têm paciência para ler aqueles livros grossos, gigantes... Eu só de ler uma página já fico com enfado e já largo... não sei como vocês conseguem... Eu não consigo ler... — Júlio sorriu ao ouvir esse comentário.

— Filha, vocês não vão se atrasar... hã?... não?

— É mesmo! Temos que ir agora, senão perderemos o filme. Tchau, mãe... tchau, Lisinha! Depois nos falamos...

— Tchau, Filomena!

— Foi bom conhecê-la! Inté! — disse Júlio ao sair de mãos dadas com Filomena. Elisabeth apenas balançou a cabeça em resposta a essas palavras.

De início, Elisabeth achou Júlio bonito, ao conversar com ele, o admirou como um todo, pois agradou-lhe o caráter expansivo, o aspecto feliz dele. Ela ficou admirada com a personalidade de Júlio, mais ainda com aquele sorriso, afinal nunca um sorriso havia causado tamanho fascínio nela. Entretanto, ao ver a prima chamar Júlio de paixão, Elisabeth teve de dar uma brecada na sua veneração, no seu entusiasmo. Por sinal, esse comportamento de contenção deu certo até o dia do encontro na praça, quando pôde vislumbrar um pouco do real poder de Júlio sobre a sua vida.

A propósito, Elisabeth sempre percebeu nela uma disposição de ânimo maior durante as conversas com Júlio sobre algum livro ou nos papos sobre coisas corriqueiras. Nunca desconfiou de que o entusiasmo sentido, nos diálogos, pudesse ter por de trás um amor escondido. Acreditava que a sua empolgação se devia ao fato de saber que Júlio gostava de literatura, assim como ela, e que compartilhavam de certas coisas em comuns. Entretanto, somente foi compreender definitivamente o amor sentido por Júlio quando se encontraram na praça, pois até então não estava claro para Elisabeth, apesar de nunca ter refletido sobre, se as sensações vivenciadas em seu corpo, nos momentos em que se achavam juntos, pudessem ser vistas como amor. Na visão dela, vendo em retrospectiva, aqueles sentimentos pareciam ser normais, nada mais do que isso.

De todo modo, o corpo de Elisabeth, muitas vezes, tentava dizer-lhe que ela se encontrava apaixonada pelo namorado da prima, mas uma trave se punha entre os seus sentimentos e seu intelecto, com resultado disso, o coração vociferava, mas a mente dela pouco escutava.

Naquela atual situação, Elisabeth estava temendo ser vista como a garota que tomou o namorado da prima. Aliás, só de imaginar essa cena e os comentários advindos disso já causavam nela sentimento de pena e uma sensação de vergonha mortificante.

Para mais, Elisabeth se preocupava com a desavença que poderia acontecer no próprio lar caso fosse realmente ficar com Júlio, porque a mãe jamais aceitaria a hipótese de Elisabeth namorar o ex-namorado da prima. Afinal de contas, Elisabeth conhecia bem os valores de Ana Paula para saber o lado de quem esta ficaria na hipótese de ela, Elisabeth, querer enfrentar as circunstâncias e ficar com Júlio. Porque Ana Paula sempre ensinou a filha que a família vinha sempre acima de tudo, reforçava ainda, quase como um mantra, que uma família feliz fazia uma pessoa feliz, e Elisabeth deveria esforçar-se ao máximo a fim de fazer disso realidade e tentar manter todo mundo junto. Como prova disso, a mãe a mandava, quando não iam as três juntas, pois Ana Paula também gostava de levar Júlia, a irmã mais nova de Elisabeth, para visitar Dolores e Filomena sempre quando possível, porque Ana Paula tinha a ideia de manter a família unida, não só a sua, como a da irmã também.

Por estar frequentemente na casa da tia, consequentemente tornou-se muito próxima de Filomena e Dolores, embora não estivesse visitando as duas com a frequência de antes, naquele momento; como já se sabe, por causa da faculdade. Agora, se Elisabeth realizasse o desejo que se achava em seu coração, as relações que tinham acabariam no momento em que Filomena soubesse do hipotético relacionamento dos dois, ou seja, de Elisabeth e Júlio.

Mediante a tudo, seria difícil Elisabeth tomar uma atitude contrária ao que aprendeu ao longo dos seus 20 anos de vida, já que fazer tal coisa significaria perder o carinho e o respeito dos familiares, algo não desejado por Elisabeth. Então, para o bem ou para o mal, ela se achava presa às convicções encucadas em sua cabeça, a sua história.

Era sofrido para Elisabeth constatar tais fatos, porque sofria com a possibilidade de ficar sem a pessoa que amava e com a possibilidade de magoar os familiares de um modo trágico. Esses dois pensamentos se alternavam na cabeça dela. Teimosa como era, até se esforçava para chegar a um caminho alternativo, mas tudo em vão, dado ter de optar por uma das opções e arcar com peso de tal escolha. O que, de uma forma ou de outra, ela já tinha feito, só faltava aceitar por completo.

Além do mais, Elisabeth, que tanto sofreu com às obsessões na adolescência, não podia imaginar que pudesse haver dor parecida como aquelas que teve de enfrentar quando das primeiras crises obsessivas. Nesse sentido, os romances sinalizaram muitas vezes a Elisabeth que o amor ou arrebata ou desgraça a vida. Naquele instante, ela percebia claramente o quão real era isso, percebia na própria derme uma das faces mais cruéis do sofrimento que uma pessoa pode passar.

Elisabeth só soube chorar naquele dia tão infeliz. Tentou ler, pintar, escrever, porém, nada pôde afastar a dor cativa em seu coração. Por sinal, ela queria tanto desabafar com alguém, de preferência com Alexandra, sua confidente, no entanto, tinha medo de perder a amiga caso contasse tudo o que havia e estava acontecendo. A amedrontava o fato de poder passar pela mente da amiga a possibilidade de que ela, ou seja, Elisabeth, pudesse desejar ou tomar Pedro da amiga em algum momento dado ao já acontecido.

Capítulo 13

Elisabeth não saía de casa há três dias. Na terça-feira não saiu devido à tristeza, já na quarta e na quinta, foi acometida de um quadro febril que a deixou de cama.

Ao ver tal situação, Ana Paula ficou preocupada, pois Elisabeth era difícil de ficar doente. Agora, mal sabia a mãe que a filha estava com a virose chamada infelicidade. De todo modo, Ana Paula não se prostrou, à espera de uma melhora súbita de sua primogênita, mas empenhou-se em confortar e cuidar da sua menina, como costumava chamar Elisabeth, que aparentava estar soturna demais para quem apenas tinha febre. Todo esse zelo de Ana Paula, por sua vez, causou mais culpa em Elisabeth, pois o ato de cuidado da mãe, aos olhos da própria Elisabeth, evidenciava o quanto era ingrata, egoísta, insensível por pretender trair toda esta dedicação e, principalmente, a que lhe fora dispensada nos períodos difíceis que enfrentou na adolescência. Para tanto, esse sentimento de culpa não durou dois dias, já que os pensamentos angustiantes e a febre tiveram de render-se, pouco a pouco, ao mágico amor que Ana Paula dedicou a sua menina naqueles três últimos dias em que esta ficara doente. Levando Elisabeth a reconhecer que o afeto da mãe não sarava todas as feridas do coração, mas dava-lhe ao menos um motivo de consolo.

Na sexta-feira, Elisabeth já estava sentindo-se melhor para enfrentar mais um nascer de sol, até desejava ficar na cama por mais um dia, aos cuidados da mãe, mas o dever a chamava. Reconhecendo essa exigência, acordou antes do horário costumeiro, realizou o seu ritual matutino, com uma diferença, procurou sair bem mais cedo de casa, para não encontrar Júlio e reacenderem os pensamentos que tanto a fizeram chorar. Ainda tomou outra precaução, lembrando-se do que Júlio fizera com Filomena, achou melhor bloqueá-lo no celular. Precisou tomar essa atitude também em razão das constantes ligações de Júlio nos dias em que estivera doente. Ainda o fez, de modo a evitar a lembrança dele, já que acabava por ficar triste a cada vez que via as chamadas de Júlio no celular.

Ao se colocar na rua e pegar o ônibus, a ansiedade tentou dominar a mente de Elisabeth. No fim das contas, temia vê-lo novamente, mas, no dia, ela temeu em vão, pois chegou à estação sem ver ninguém que temia e sem nenhum arranhão no peito.

Durante a viagem de metrô, Elisabeth, por breve momento, voltou-se para si, buscando uma cena nos escombros de suas memórias e, junto a isso, colocou a intuição artística que herdara da avó Doquinha para trabalho. De olhos fechados, imaginou-se refugiando em um lugar calmo, deitada sobre uma relva bem verdinha, estando a observar a extensão de uma imensa flora, com suas plantas e seus arbustos frondosos, com suas árvores, ao redor, recheadas de frutos maduros, com pássaros no ar cantando e voando sob um céu todo azul. Ao longe, Elisabeth via montanhas com musgos a cobrirem toda a superfície daqueles montes. Conversava consigo em pensamento — "O que pode ser mais bela do que tu, ó natureza!? O que os artistas querem senão copiar a ti. Tu, que és bela, faze de mim um elemento do teu cenário, impregna em mim a tua simplicidade, tira de mim os traços da cidade. Leva-me aos teus campos e torne-me selvagem novamente, ó natureza!"

Todo esse cenário era bem similar a paisagem que Elisabeth gostava de ficar observando na varanda do sítio de sua falecida avó. Como tinha carinho por toda aquela atmosfera que a fazia lembrar de uma época em que as preocupações e as dúvidas não tinham vez. Esse cenário nostálgico transbordava vida, simplicidade, afeto, sobretudo paz, que tanto almejava ter naquele momento. Aliás, Elisabeth não conseguia conceber como lembrara com tanto detalhe daquele lugar tão bucólico em meio ao mar de pessoas que se achavam apertando-a naquele vagão cheio. Aliás, era bem raro ela pensar no passado, afinal o pensamento dela volta e meia encontrava-se direcionado ao futuro. De qualquer forma, retornar a esse passado feliz ajudou-a a esquecer de Júlio, de Filomena.

Ao ser assim, Elisabeth conseguiu ter uma manhã mais amena em meio aos acontecimentos tristes que a semana lhe trouxe. Ela não estava satisfeita com seu estado atual, mas entendia que o pior já havia passado. Aliás, Ana Paula a aconselhou que saísse mais de casa, afinal talvez isso fosse o motivo de seu abatimento, de seu adoecimento. E deu certo o apelo da mãe, dado que Elisabeth resolveu ligar para Alexandra e perguntar sobre a possibilidade de irem visitar Isadora no final daquela semana, uma vez que a amiga tinha falado na possibilidade há alguns dias. Depois de receber essa ligação da amiga, Alexandra ligou para a irmã, informando-a que ia visitá-la na companhia de Elisabeth, no dia seguinte, e que preparasse algo de interessante para comerem.

Ao nascer do sábado, Elisabeth encontrava-se menos triste, afinal, sabendo que haveria de sair naquele dia, isso de certa forma fez com que ficasse mais animada. Ela só queria conversar e pensar em outras coisas, e não nela mesma por mais um dia. Havia pensado demais nos seus problemas durante a semana e não pretendia fazer disso um expediente no final de semana também.

Ao marcarem duas da tarde no relógio, Alexandra passou no condomínio e pegou amiga, e seguiram de carro para o apartamento de Isadora. Elisabeth, no trajeto até ao apartamento de Isadora, nada disse a respeito do drama vivido, soube disfarçar bem os sentimentos enquanto conversava com a amiga. Em resumo, ela sempre soube usar acertadamente a tática de encher as pessoas de perguntas quando não desejava falar nada sobre si, numa conversa, ao se fazer necessário. Alexandra não percebeu nada de anormal na maneira e na fala de Elisabeth, isso porque, de fato, a própria Alexandra estava feliz demais pelo novo trabalho. E os questionamentos de Elisabeth foram nesse sentido, fazendo Alexandra falar sem parar do condomínio à casa da irmã sobre o trabalho de assistente odontológico.

Ao chegarem ao apartamento de Isadora, foram recebidas com enorme carinho por esta. Sebastian também as recepcionou, não com a mesma empolgação da mulher, mas foi cordial com as convidadas, pedindo a estas que ficassem à vontade.

— Vocês vieram mesmo, meninas! Que máximo!... E vamos entrando... sentem, sentem... ali, ali! — Isadora apontou para um conjunto de dois sofás de madeira todo rústico, de cor cinza, de 4 lugares cada que havia em sua sala.

— Sim, sim!... Parabéns, Isa! Seu apartamento é lindo! Nossa!

— Achou mesmo, Lisa?

— Achei, amiga!... adorei! É lindo! Minha nossa... parabéns!

— Fico feliz, Lisa... Obrigada! — Isadora regozijou-se com os elogios ao seu apartamento.

— Minha vontade é ter uma casa igual, digo, apartamento igual... e não é inveja! Pois... nossa! não existe nada mais chato do que morar em um lugar pequeno.

— Também acho...

— Né?... Nossa... é meu sonho ter um apartamento assim...

— Sei... Você vai consegui, Lisa... — Após declarar isso, Isadora foi até um dos cantos da sala para abrir a cortina — Lisa, venha aqui!... Dê uma olhada na vista! — o apartamento de Isadora dava de frente para o parque Centenário da Emigração Japonesa.

— Uau! Nossa, que visual incrível!

— Menina, no momento que vi isso aqui... eu me apaixonei!

— Entendo completamente, amiga! Mas sério! Que visual! Nossa... — Elas retornaram ao sofá! — E é seguro aqui, amiga?

— Você diz de... roubo e essas coisas... é isso?

— É!

— Ah, não! É super tranquilo!

—Ah, tá! Que bom, né! — Naquele momento Isadora olhou para Alexandra, e as duas ficaram olhando-se e segurando o riso. Elisabeth não entendeu o porquê disso.

— Por que vocês estão assim?

— Não é nada, Lise! É a Isa que é uma idiota!

— Aham... — Elisabeth decidiu relevar a pilhéria das amigas — e a decoração?... Isadora não prestou atenção à última pergunta de Elisabeth

— Isa!

— O que foi, Alê?

— Hem... A Lisa tá perguntando! — disse Alexandra.

— Perguntando o quê? — Isadora dirigiu o olhar para Elisabeth.

— Perguntei da decoração!

— A decoração... pois então... eu que decorei tudo... na verdade, minto! A Gi me deu alguns toques também... sejamos justas!

— Calma aí!... me desculpe, Lise! A Gi!?... a Giselle da nossa igreja?...

— Sim! Carambolas... mas eu já não tinha lhe falado disso?... Ah, não!.... ... contei foi à mãe!

— Mas a Gi não tinha se mudado para o Rio?... Isa! — perguntou Alexandra.

— Tinha!... mas voltou, Alê... Ela está morando aqui em Mogi agora! Eu a encontrei num daqueles dias em que estava visitando os decorados... Ela tá trabalhando com o marido dela... se bem me lembro, ele é corretor... Bênhe, é corretor mesmo que ele é? — perguntou Isadora a Sebastian.

— É, é... não, não, bem! É analista de imóveis!

— É tudo a mesma coisa... por fim... Que eu estava dizendo... Ah, sim... Ela mencionou que estava trabalhando com decoração de interiores, Alê... aí me ajudou aqui um pouco... me dando algumas referências...

— Aah...

Isadora tinha um apartamento amplo, com a sala e a cozinha ocupando o mesmo espaço, sem que nenhuma divisória delimitasse um lugar do outro. Além disso, essa tal cozinha era ao estilo americana. Ademais, um canto deste ambiente era todo envidraçado, bem como onde ficava a sacada; o que deixava o lugar agradável com a luz natural durante o dia. Por outro lado, as paredes, deste mesmo ambiente, estavam revestidas por um adesivo de vinil para parede que simulava tijolos; já o assoalho deste espaço era todo coberto de tacos de jatobá. No espaço da sala ficavam três jarros de barro grandes com plantas ornamentais exóticas incrementando a decoração. Além destas plantas, as quais Isadora não sabia nem o nome, ou melhor, sobre as duas mesas que se achavam na sala ficavam quatro jarros pequenos com orelha-de-coelho, sendo dois deles sobre cada uma das duas mesas. A casa tinha uma mobília quase toda moderna, e esta, ou seja, a mobília, a princípio fora planejada exclusivamente para dar uma mistura de aspecto rústico com um ar mais contemporâneo. Todavia, os eletrodomésticos destoavam um pouco da ideia que Isadora desejava transmitir por meio da decoração, já que eram todos brancos, o que causava um desarranjo de sentido, não harmonizando com a ideia inicial de Isadora de ser um ambiente rústico e ao mesmo tempo moderno. Essa discrepância não chamou a atenção de imediato de Elisabeth, já que esta achou ambiente tão arejado e descontraído, que acabou passando desapercebido esse detalhe tão evidente.

— E os quartos... também são grandes? — perguntou Elisabeth.

— São sim! Depois eu mostro?

Tá!

— Isa... o que preparou para nós? — Alexandra desejava comer a comida da irmã, algo que não fazia há tempos.

— Olhe... não consegui fazer nada, Alê. Sinto muito!... Você me ligou em cima da hora... e fiquei na dúvida... De todo modo, eu até tinha em mente fazer alguma coisa legal para vocês, mas a essa hora... Que horas são?... 13h! Tá tarde já!

— Tá não, amore!

— Eu mesma pedi ao Sebastian que comprasse alguns ingredientes hoje de manhã, mas acabei desistindo de fazer, porque ia demorar muito para ficar pronto.

— Cozinhe aí, amore! Eu vim aqui somente para isso. Faça aí, temos quase o dia todo para ficar com você... não é, Lise? — Alexandra disse isso num tom descontraído.

— Sim! Nosso intuito é um só: o quê?... experimentar a sua comida. — Brincou Elisabeth ao dizer.

— Está bem! Se as minhas meninas insistem, não posso negar! O que não faço por vocês. — Elas deram gargalhadas.

— Uma coisa aqui!

— O que foi, Alê?

— Agora que me toquei... Isa! Você ia deixar nós virmos aqui e não ia oferecer nada, é isso mesmo? só me explique...

— Lógico que não, bebê!... Oxe... Eu e o Sebastian praticamente não cozinhamos mais aqui em casa... Ultimamente a gente só come a comida de um restaurante próximo daqui... Era o que eu pensava em fazer. Ia pedir algo especial para a gente...

— Aahh, e a dona Isabel... não era ela que cozinhava para vocês?

— Não, ela só vem aqui para organizar a casa, lavar algumas roupas e mandar outras para a lavanderia... Mas ela vem apenas durante a semana...

— Que vida boa a sua, hem?

— Você mencionando isso!... mas eu tô mole... como se a mãe e a Solange não fizessem tudo em casa para você! — Alexandra sentiu vontade de retrucar ao ouvir esse comentário, mas conseguiu conter-se. — Além disso, eu e o Sebastian trabalhamos! O máximo que fazemos é lavar os pratos e os talheres que usamos. — Solange era a empregada da casa de Alexandra.

— Eu sei disso, irmã, só estava pegando no seu pé!

— Calma aí, gente! Um instante! — Isadora foi até o escritório, onde encontrava-se Sebastian. Foi pedir-lhe que fosse ao mercado buscar os ingredientes e o camarão que pedira mais cedo.

— Você viu o modo como a Isa falou comigo, Lise?

— Como?! Não entendi!

— Ai... deixa, deixa... — Alexandra não gostou do jeito que a irmã declarou que ela, Alexandra, não fazia nada.

— Pronto, gente! Daqui a pouco ele estará de volta com as coisas...

— Ele está de folga hoje? — perguntou Elisabeth.

— Tá!

— As coisas estão melhores entre vocês? Conseguiram conversar?

— Então... cheguei a falar um pouco com ele esta semana. Ele me pareceu ter entendido a minha situação de início, no momento em que conversamos, mas, passado esse primeiro momento, as coisas voltaram a ficar na mesma... Eu não sei se ele não entendeu ou eu não me fiz entender... — Isadora suspirou. — Está difícil... chega uma hora que... não sei... — ao declarar isso, um abatimento tomou conta do rosto de Isadora. Já Elisabeth arrependeu-se de ter perguntado, pensava em quão insensível havia sido ao tocar num assunto doído para Isadora, além disso, não tencionava trazer infelicidade a um dia dedicado exclusivamente a esquecer de problemas.

— Mil perdões, Isadora. Não era minha intenção deixá-la triste com a pergunta... Nossa... Às vezes sou tão inconveniente, tão curiosa. Perdão por esse meu jeito!

— Fique tranquila, Lisa, sei que não fez por mal... — o abatimento de Isadora aconteceu no instante em que Alexandra foi ao banheiro, já que Elisabeth esperou Alexandra se afastar para perguntar da relação. Ela não queria falar de Sebastian na frente de Alexandra com receio da reação desta. Mediante a isso, procurou evitar qualquer pergunta respeito, ao menos, não na presença da amiga, mas quando esta ausentou-se para ir ao banheiro, Elisabeth achou que era uma boa perguntar, quando, na realidade, não.

— Não vamos falar disso hoje... Por sinal, a Alê está voltando! — Isadora não entendeu o comentário acerca de Alexandra estar voltando e demonstrou incompreensão. — E o trabalho como está?

— Disseram o meu nome? Que foi?

— Dissemos não!... O que eu estava é: perguntando sobre o trabalho da sua irmã, miga...

— Ah...

— Do trabalho... o trabalho... Eu estava pensando nisto... irei procurar um profissional... pois, na conversa que tive com o Sebastian, percebi que me faria bem e ao nosso relacionamento se eu fosse buscar ajuda. Fora que o meu trabalho começou a ser contaminado por esses problemas, Lisa... — Isadora trabalhava como gerente de compras pleno em uma siderúrgica em Mogi das Cruzes.

Não conseguindo conter a curiosidade, Elisabeth perguntou — Como?! Não está conseguindo se concentrar direito no trabalho?

— Não!... Eu estava pensando... em largá-lo mesmo. Não venho me sentindo tão feliz no meu trabalho como no começo... e não sei se é por causa disso... a razão de eu estar assim... — Isadora suspirou outra vez. — Aí juntando tudo, essas coisas, acabo por ficar mal, meio perdida... entende? — Elisabeth olhou de canto para Alexandra, esta demonstrava preocupação e um semblante taciturno. Elisabeth pensava em como tinha sido idiota ao tocar no assunto do casamento. Achava que deveria ter segurado a curiosidade.

— Entendi, mas vamos mudar de assunto, né. Vamos falar de coisa boa. Hoje não é dia para falar de coisas tristes. Nós viemos aqui para deixar você feliz, não triste. — Alexandra balançou a cabeça em sinal de concordância.

— Você está certa... e obrigada, Lisa e Alê! É muito bom ter vocês aqui...

— Ainda bem que viemos, né, amiga?... — inqueriu Elisabeth a Alexandra.

— Sim!...

— O mercado a que Sebastian foi fica próximo daqui... Isadora?

— Sim... é pertinho, Lisa! Daqui a pouco ele estará de volta...

— O que fará para nós hoje, amore? Espero que coisa boa...

— Eu irei fazer strogonoff, Alê... só que com camarão... É um prato simples, mas muito saboroso! Vocês irão adorar.

— Camarão, Isa?... certeza!? No strogonoff... Não vai ficar esquisito?... hum...

— Vai não, Alê! Já fiz umas três vezes aqui em casa, e o Sebastian gostou... Aliás, eu aprendi essa receita em uma revista e resolvi testar... Mas pode confiar, Alê, ficará bom!

— Não vai me decepcionar na frente da Lisa, hem... pois vivo comentando com ela que você é boa para cozinhar... Apesar de a Lisa não acreditar muito... Isa! Escute essa!...

— Hã?

— A Lisa diz que sou influenciada pela minha memória afetiva! Pode uma coisa dessa, Isa?...

— Não foi isso, Alexandra! Eu disse, sim, que você exagera um pouco.

— Então quer dizer que você não gosta da minha comida, Elisabeth?... Mas você nunca a provou! Como pode...

— Como é, Lisa?!... a Isa não sabe cozinhar, é... fale mal da comida dela agora aí! Diga na cara da minha irmã agora!

— Estão me deixando constrangida! Credo! Eu não disse nada disso, Alê!... — Elisabeth corou-se toda, as irmãs caíram na risada — E você é crente, amiga! Não pode ficar mentindo deste jeito...

Sebastian chegou, alguns minutos após esse papo descontraído, trazendo os condimentos, os camarões-rosas, o creme de leite, a batata palha, o arroz e mais algumas coisas. Ele se uniu ao grupo na cozinha, ajudou Isadora a limpar e preparar os camarões, conversou com as convidadas, principalmente com Elisabeth, já que Alexandra não se mostrava lá muito interessada em conversar com ele. Ela ainda se ressentia e o culpabilizava pelo fato de a irmã estar infeliz. Sebastian não percebeu mágoa na postura da cunhada e continuou a conversar com as outras duas e a lavar o arroz como se nada estivesse acontecendo. Elisabeth e Isadora perceberam a má vontade de Alexandra com o cunhado, mas não deram tanta importância, em razão disso não está necessariamente estragando a tarde delas.

Depois que colocou o arroz na panela elétrica, a pedido de Isadora, Sebastian voltou ao escritório para ver algo do trabalho no notebook. As três, em compensação, continuaram no espaço da cozinha, conversando enquanto aguardavam o arroz e o camarão ficarem prontos.

Ao estar tudo pronto, Isadora pediu a Elisabeth que fosse avisar o marido que a mesa estava posta, que ele viesse servir-se. Elisabeth colocou o conjunto de prato de porcelana que estava segurando sobre a mesa e fez menção de perguntar pelo lugar, mas ficou quieta. Ela se virou, deu três passos e parou. Alexandra, percebendo que a amiga não sabia o lugar em que o cunhado estava, indicou ser no corredor da direita, na terceira porta.

Após comerem, todos disseram ter adorado o strogonoff de camarão de Isadora, sobretudo Alexandra, que enxergava a irmã como o suprassumo da cozinha. Ela até repetiu o strogonoff de camarão, algo que surpreendeu Elisabeth, que nunca tinha visto a amiga repetir um prato de comida. O carinho de Alexandra pela irmã era tal, que se refletia na comida feita por Isadora, que ganhava um sabor especial aos olhos e ao paladar da irmã Alexandra. Quem percebia isso claramente era a mãe da própria Alexandra, que reclamava e ficava um tanto desapontada com o fato de a filha gostar mais da comida de Isadora do que da sua.

— Como sinto falta de você em casa, amore?

— Você sente falta de mim ou da minha comida?

— Meu Deus, Isadora! Depois eu que sou a grossa aqui! Já é a segunda hoje...

— Tô brincando, boba! — sorriu Isadora — Aliás, a mamãe me contava que você não vem se alimentando direito ultimamente.

— A mãe disse isso?... a mamãe! Hem! gosta de pegar no pé... Meu Cristo!

— Ela estava me contando que você não vem comendo!

— Como sim, Isa... É que eu como pouco, daí ela fica comentando que eu não estou me alimentando direito. E outra, às vezes saio com o Pedro e termino comendo uma coisinha ou outra na rua, daí chego em casa e não vou comer de novo... se fizer isso, meu Deus... mas a mãe não entende!

— Sua mãe tem razão, Alexandra! Nas ocasiões em que estou na sua casa, não vejo você comer direito, até quando saímos, praticamente não come, sempre deixa boa parte no prato.

— Meu Cristo, vocês, hem... vocês gostam, hem! Acabei de comer tal qual a uma porca agora — todo mundo riu. — E vocês ainda têm a pachorra de dizer que não como direito... Meu Deus!... E você vai ver, Lise...

— Eu?!

— Sim, você mesma! — Elisabeth não entendeu a fala da amiga.

— Você precisa se alimentar bem, Alexandra, pois uma boa alimentação é essencial... Pois, além de aumentar a imunidade, ajuda evitar uma série de doenças... — declarou Sebastian.

— Observe aí, Alê, é um médico dizendo! Escute... — ao ouvir esse comentário de Elisabeth, Alexandra demonstrou um certo descontentamento.

— No hospital em que trabalho, Alê e amor... e você também, Elisabeth... recebo muitos casos que poderiam ser evitados se as pessoas tivessem a preocupação de investir em uma dieta mais balanceada, mais saudável. Vejo bastante, na emergência, as pessoas negligenciando essa questão básica... mal sabem elas que uma dieta equilibrada contribui decisivamente para evitar doenças. Muitas infecções, diarreia persistente, cansaço, falta de energia... são situações que poderiam muito bem ser evitadas se essas pessoas fizessem o mínimo, que é se alimentar melhor... Aonde eu quero chegar com esse raciocínio?... que quando a pessoa fica por muito tempo sem comer... é da mesma forma, ou seja, acabam sofrendo de problemas idênticos. Por isso, da importância do cuidado com a alimentação, Alexandra!

— Eu já entendi... comer faz bem! Hem, Isa... — Alexandra demonstrou impaciência durante a fala do cunhado. Sebastian, não percebendo isso, continuou.

— Não desejo ser inconveniente...

— Então não seja! — disse Alexandra num tom descontente.

— Mas necessito de se-lo... sorriu artificialmente Sebastian — Percebo que você está bem mais magra atualmente, Alexandra. Tinha falado com a Isa sobre isso e que poderia orientá-la... E já que está aqui... se quiser, posso prescrever a você uns suplementos básicos, mas que são bons e sempre prescrevo e indico aos meus pacientes... Eles ajudam muito a recompor alguns nutrientes além de ajudar a regular algumas funções... como o próprio apetite.

— Tá ok! Agora, Isa...

— Se desejar um cuidado mais específico e querer ver se não há algo de metabólico na falta de fome, posso indicar um nutrólogo que conheço, caso necessite, um grande amigo meu, um excelente profissional.

— Ainda bem que você cuida tão bem das outras pessoas quanto da sua mulher, não é, querido?! Você é tão interessado...

— O que disse? — Sebastian não entendeu se a cunhada estava fazendo um chiste ou coisa do gênero.

— Agora, eu gostaria que você tivesse todo esse interesse, todo esse cuidado que tem com os seus pacientes... com a sua própria mulher. — Alexandra pegou todo mundo de surpresa com essa censura, ainda mais Sebastian, que não via cabimento na colocação da cunhada. Na verdade, achou deselegante a fala e o tom de voz de Alexandra.

— Não entendi! Do que você está falando, Alexandra?... Você se perdeu totalmente nas suas palavras. — Alexandra se esforçou para não dizer o que achava em seu coração, mas, ao ouvir essas últimas palavras do cunhado, irritou-se ainda mais.

— Sinceramente, como você pode não perceber o sofrimento da minha irmã! Está tão claro... Aí depois quer me dar conselhos... Ah, não!... E quer saber duma: não me dê conselhos... vá dar conselhos lá para seus pacientes... eles que precisam...

— Eu não... — Sebastian expressou um sorriso que mais parecia querer disfarçar um descontentamento, uma irritação.

— Você se acha tão certinho... com esse seu jeitinho! Mas não enxerga o que está abaixo do seu teto. Então me poupe!

— Calma, Alexandra! Ele apenas passou a visão dele de médico... e a intenção de seu cunhado só foi ajudar... né, Sebastian... — Elisabeth tentou acalmar a amiga que se encontrava com ânimo exaltado.

— Calma nada, não suporto ver altruísmo seletivo! E quer saber duma, querido, em lugar de querer me dar orientações, você deveria olhar mais para minha irmã e cuidar dela, que está triste, do que querer vir me ajudar...

pois vou muito bem, obrigada! — Isadora ficou olhando a cena atordoada, sem saber o que fazer.

— Você não sabe o que diz, Alexandra! — Sebastian em pensamento — "que menina insolente, que desequilibrada... que vulgar... não sabe de nada. E é mal-educada ainda por cima... É melhor eu sair daqui antes que esta doida de pedra tente avançar em cima de mim. Que menina sem controle!" — Sebastian, com o rosto vermelho e bufando, levantou-se do sofá e seguiu para o escritório.

Quando o cunhado saiu da sala, Alexandra continuou a falar, desta vez com a irmã, dizendo que Sebastian não podia ser tão alheio ao sofrimento dela, devia centrar as preocupações dele mais na irmã do que nas outras coisas. Afinal, o cunhado estava sendo negligente com a condição da irmã. Não era aceitável isso. E não suportava vê-lo, todo pomposo, querendo ajudar os outros enquanto Isadora sofria calada.

À medida que Alexandra ia falando, Elisabeth pensava em como uma conversa despretensiosa despertou toda aquela ira na amiga. Não estava acreditando que amiga pudesse estar tão transtornada numa questão que não era propriamente dela, mas que assumiu como se estivesse sendo a pessoa atingida pela indiferença ou desleixo de Sebastian. No entanto, ao tempo, essa situação a emocionou, de certa maneira, porque achou bonita a postura da amiga em tentar ajudar a irmã, independentemente da maneira atabalhoada de Alexandra de tentar fazer isso. Elisabeth percebeu algo de especial na atitude da amiga, viu uma união de alma entre as duas irmãs, uma cumplicidade de sentimento. Achou tão linda a cena que desejava ter em mãos um pincel e uma tela para retratar de maneira fidedigna uma das expressões mais autênticas de amor entre duas irmãs que vira ultimamente.

O que mais a impressionou na ocasião foi ver na amiga um amor intenso, amor este que nem ela mesma, Elisabeth, conseguia sentir pela própria irmã mais nova. O que, em certa medida, era algo simples para Alexandra, mas que aos olhos de Elisabeth causavam inveja e admiração. Na própria situação de Elisabeth, ela sabia que gostava de Júlia, a sua irmã mais nova, mas não via nisso algo que pudesse ser comparado ao afeto de Alexandra por Isadora. Aliás, essa afetuosidade da amiga foi o principal motivo de levar Elisabeth a querer ser colega de Alexandra quando criança, pois Alexandra a assumira, também, como irmã desde a época em que se conheceram na escola onde fizeram o primário. Alexandra sempre foi uma pessoa amorosa e afetuosa, características essas que Elisabeth almejava possuir, já que se achava mais uma pessoa sensível e tímida. Por conseguinte, Elisabeth costumava dizer a Alexandra que a forma de ser da amiga a complementava e por causa disso se tornaram amigas tão íntimas.

Voltando a situação ali. Elisabeth esperava a amiga terminar de animar Isadora, para dizer a esta que gostaria de ir embora. Na verdade, sentiu que a tarde de almoço terminou no momento em que Alexandra confrontou o cunhado. Ela entendia que a melhor coisa a fazer, após a amiga escancarar o problema, era deixar os dois a sós para eles conversarem e reparar os desgastes que o tempo tinha causado no relacionamento deles. E aconteceu isso, já que logo em seguida Alexandra declarou que gostaria de ir para casa, afinal já estava ficando tarde. Ao expressar o intento de ir embora, Alexandra disse mais algumas palavras afetuosas a Isadora e se despediu.

Ao entrar no carro, Alexandra ficou calada, parecia exausta. Elisabeth perguntou se amiga estava sentindo-se bem e se conseguia dirigir, Alexandra respondeu sim. Elisabeth ainda tentou puxar assunto com a amiga, mas foi inútil. Sendo assim, ela sentiu que a melhor coisa a se fazer mesmo era ficar calada, porque o momento pedia silêncio, e Elisabeth respeitou o momento da amiga. Alexandra não se encontrava triste, apenas ansiava que Sebastian refletisse e mudasse a postura após aquela situação, assim poderia deixar de preocupar-se tanto com Isadora.

Capítulo 14

Ao acordar, na manhã seguinte, Alexandra relembrava o que fizera, e já não conseguia ter clareza se o impulso de confrontar o cunhado ajudou ou piorou a situação da irmã. Pensou em conversar com Isadora para saber se esta tinha conversado com Sebastian ou mesmo saber se o cunhado não se achava chateado pelas palavras duras dirigidas a sua pessoa.

Não obstante, não chegou a perder sono devido à confusão, achou-se até mais calma depois de dizer o que pensava ao cunhado. Na verdade, Alexandra nunca foi uma pessoa de reprimir suas insatisfações e, apesar desse temperamento, jamais confessou a Sebastian o que achava dele, não o fez também em respeito à irmã. Muitas vezes pensou em dizer a Sebastian que não o suportava, mas o medo de deixar Isadora triste fazia Alexandra relevar as maneiras de Sebastian. Agora intimamente tinha a impressão de que o cunhado tinha mais prazer em vocalizar os próprios pensamentos e escutar a si do que propriamente conversar com as pessoas. Ela chegou a dizer em certas ocasiões, quando Isadora ainda namorava Sebastian, que a conversa do cunhado parecia mais um monólogo do que propriamente uma conversa. A irmã respondia que isso era bobagem, que o namorado apenas gostava de explicar alguns assuntos de modo peculiar e não ia falar das outras pessoas, mas de si e de suas coisas. Por sinal, no seio da família de Alexandra, apenas ela tinha essa impressão do cunhado. Os pais dela enxergavam o genro como um rapaz astuto e relativamente bem-sucedido. Alexandra, para si, dizia que os pais não conseguiam ver além daquilo que Sebastian gostava de mostrar, que Sebastian não era quase nada daquilo que demonstrava e dizia ser.

A bem da verdade, Alexandra nunca gostou do cunhado, não acreditava que ele estivesse à altura da irmã, pois sonhava com Isadora casando-se com alguém que reconhecesse as mesmas qualidades que via na irmã. Além do mais, na época em que Isadora engatou num relacionamento sério com Sebastian, Alexandra temia perder a companhia e o amor da irmã, principalmente, para Sebastian, alguém por quem ela não nutria quase nenhuma simpatia. O temor dela se explicava pelo fato de Isadora ter-se apaixonado por Sebastian ao ficar com este pela primeira vez. E, já prevendo no que ia dar essa paixão, em consequência, o ciúme dela aumentou, a antipatia pelo cunhado igualmente. De todo modo, não adiantou nada Alexandra sentir-se assim, teve de resignar-se durante um tempo com a escolha de Isadora, que demonstrava, à época, estar feliz.

Apesar de ciumenta, Alexandra não era uma pessoa literalmente agressiva, mas em contrapartida, quando se encontrava com ânimo irritado, suas palavras eram como Cambuci ao paladar alheio. Nesse sentido, as únicas pessoas que conseguiam controlar e lidar bem com o temperamento dela eram o namorado e a irmã. Elisabeth conhecia bem esse temperamento da amiga, no entanto, não tinha o poder de influenciar, de forma a fazer com que a amiga contivesse os comentários mais ácidos, porque fora vítima disso. Elisabeth, num certo período, inclusive, deixou de falar com Alexandra por causa de um comentário mais ácido que esta fez em relação ao seu ex-namorado. Na época, Alexandra declarou que a amiga era besta por largar Frederico em razão de achá-lo um tanto machista. Elisabeth não gostou desse comentário de Alexandra, percebeu o tom da amiga como agressivo e insensível. Entretanto, passado algum tempo, Alexandra se redimiu, desculpou-se e ficou resolvida a questão.

Para tanto, a relação de Alexandra com Isadora era diferente, como Alexandra sempre foi apegada à irmã, isso de certa forma refletia-se no comportamento de contenção perante a esta, já que, quando Alexandra nasceu, em lugar de um sentimento de rivalidade com a irmã mais nova, deu-se o contrário, despertou em Isadora quase que um instinto incondicional de preservar Alexandra. Todo esse carinho dedicado exerceu sobre a mente de Alexandra um impacto que ela mesma desconhecia, pois, assim como as relações iniciais de mães e bebês deixam marcas profundas nas pessoas, no caso das duas não fora diferente. As memórias infantis felizes que ambas tinham uma da outra reforçavam ainda mais essa união entre elas.

Durante a primeira infância, a proteção de Isadora fora uma constante, conforme os anos, as posições se inverteram. Isso mudou, sobretudo, quando Isadora entrou na pré-escola. Como Alexandra não entendia, à época, direito o motivo da irmã se afastar por um período de casa; na inocência de sua mente, Alexandra acreditava que se imitasse o mesmo cuidado que Isadora e a mãe tinham com ela, faria com que a irmã ficasse mais tempo em casa. Isadora, por sua vez, adorava isto, ou seja, todo o comportamento afetuoso, divertia-se ao ver a irmã pequena querendo cuidar dela, tentando pentear seus cabelos, imitando os sermões da mãe, querendo dar comida em sua boca. Tais atitudes de Alexandra, que começaram de forma pueril, no entanto, aos poucos, foram integrando-se a sua personalidade até tornar-se numa característica marcante sua.

Elisabeth, muitas vezes, como já se sabe, sentia inveja da relação das duas. Ela não conseguia ter a mesma intimidade com a irmã dez anos mais nova. Acreditava que talvez o fato de as amigas terem idade relativamente próximas, ou mesmo gostos parecidos, fosse o motivo de serem mais unidas, diferentemente do caso dela. O distanciamento de Elisabeth, da irmã mais nova, devia-se em razão de Elisabeth mesma, porque esta ficava por tanto tempo no quarto que fazia Júlia pensar que Elisabeth não gostasse de ficar com ela. Pensamento esse que contribuía ainda mais para afastá-las, e como Elisabeth quase não fazia esforço para se aproximar da irmã, ao ser assim, as duas viviam em mundos distintos, embora sob o mesmo teto. Para mais, Júlia era mais apegada a mãe, Elisabeth sentia-se mais à vontade com a amiga Alexandra, com o pai e seus livros.

Aliás, quando Elisabeth dizia à amiga que invejava união dela com Isadora e desejava ter isso com a irmã, mas não conseguia; Alexandra, em tom de brincadeira e de ironia, dizia ser melhor assim, deste modo a amiga estaria sendo poupada da tristeza pela separação caso porventura Júlia viesse a casar-se. Elisabeth sorria ao ouvir esse tipo de observação, afinal até em comentário como esse, um tanto melancólico, percebi o grande amor de Alexandra pela irmã.

Alexandra somente foi desgrudar da irmã parcialmente ao conhecer Pedro. A partir da relação com Pedro, parou de ficar preocupando-se tanto se Sebastian amava ou não amava a irmã como esta merecia, desse modo, Alexandra pôde ocupar-se mais da sua vida. Entretanto, diferentemente da relação da irmã, Alexandra tinha um bom convívio com o namorado, graças a personalidade de Pedro, um rapaz atencioso, calmo, muito voltado à família. Essa forma de ser dele fora talhada pela vida no sertão e moldada por uns pais carinhosos, de modo que estes procuraram amenizar a condição de pobreza aos filhos, enchendo-os de afeto. Razão pela qual Pedro via nos pais a imagem perfeita de casal. Ele almejava reproduzir com Alexandra o companheirismo que vira por muitos anos na casa dos pais. Aliás, essa forma de ser dele, de certa forma, foi fundamental para que o relacionamento entre ele e Alexandra fosse o que fosse, ou seja, um relacionamento maduro. Ademais, Pedro não era um rapaz bonito, tampouco elegante, mas o jeito simples, e pacato, chamou a atenção da namorada Alexandra, que se encantou pelo jeito simples e afetuoso dele. Inclusive, os dois se conheceram na igreja evangélica onde frequentavam, e, depois de um longo período como amigos, resolveram aprofundar a relação para se tornarem namorados.

Voltando à manhã de Alexandra. No dia, Pedro foi visitá-la. Frequentemente passavam os finais de semanas juntos. Especialmente, naquele dia, Alexandra aproveitou a presença do namorado para dizer o que estava vivenciando.

— Estou me sentindo incomodada, amore! Acabei me irritando e soltando os cachorros em cima do marido da Isa ontem, agora estou com medo de ter acabado com o casamento da minha irmã... estou pensando em ir lá e me desculpar... você vai comigo?

— Vamos lá! Você quer ir quando... depois do almoço?

— Não! Vamos agora... Eu me arrumo rapidinho, e vamos... Acho que ele vai trabalhar, à tarde, hoje... Se sairmos agora, conseguiremos pegá-lo em casa ainda, daí eu me desculpo logo tanto com ele quanto com minha irmã.

— Mas o que foi, amor?... Por que discutiu com o Sebastian?

— Eu vou me arrumar primeiro... caso contrário, iremos nos atrasar... no caminho eu conto tudo!

— Está bem!

Após saber do ocorrido, Pedro julgou necessário realmente ir com a namorada, ao menos, poderia evitar que a situação se agravasse. Pois diferente de Elisabeth, que pensou e não falou, Pedro disse à namorada que não era certo ela ter-se envolvido de maneira brusca no casamento da irmã. Disse entender o carinho e a preocupação da namorada com Isadora, no entanto, a atitude da namorada era no mínimo contraproducente, pois Sebastian poderia pensar ou entender que Isadora andava a falar de coisas íntimas dos dois a Alexandra e a Elisabeth, ou achar que Isadora estivesse depreciando-o, justamente pelo fato de Sebastian ser um sujeito bastante vaidoso, como a própria namorada não cansava de repetir. Uma vez que pessoas, como Sebastian, tinham a tendência a tomar as coisas sob tal perspectiva. E caso, de fato, ele viesse a pensar assim, acabaria gerando desconfiança e intrigas em uma relação que até então não havia, declarou Pedro.

Depois da conversa, ficou claro para Alexandra que havia tomado uma decisão errada. Aliás, pediu ao namorado que dirigisse o seu carro, afinal não gostava de dirigir quando muito preocupada, como naquela situação, isso porque certa vez atropelou um motoqueiro ao ficar nervosa com uma fechada que tomara no trânsito. Na ocasião, ficou nervosa no carro e não percebeu que o farol fechou e, ao tentar arrancar com o carro, bateu num rapaz de moto e o derrubou. Para alívio dela e do motoqueiro, não aconteceu nada de mais grave. No entanto, depois desse ocorrido, Alexandra sempre ficava um tanto apreensiva de acontecer algo semelhante de novo caso estivesse brava ou preocupada demais ao volante.

Falando da outra parte; no dia do desentendimento, Sebastian não disse nada à mulher após as convidadas terem ido embora. Ele permaneceu no escritório, lá ficou, por umas três horas, lendo um livro de traumatologia. Ao terminar de ler, Sebastian ficou fumando charuto e tomando uísque. Naquela noite, algo o incomodava, nunca em sua vida tinha sido confrontado com a ideia de que era indiferente ao sofrimento da mulher. Que não dava valor à esposa. Ele sempre se achou bom em tudo, ainda mais como pessoa e marido, pois sua própria profissão evidenciava isso, uma vez que a sua missão era cuidar do próximo, ou seja, a mulher incluía-se nisso.

Para tanto, reconhecer a infelicidade da mulher no casamento não era algo necessariamente difícil, mas incômodo, pois Sebastian costumava comentar com os colegas de trabalho, à medida que as conversas iam para esse lado, que os problemas nos casamentos significavam falta de amor. Entretanto, caso Sebastian fosse entender ou avaliar as dificuldades no próprio casamento sob tal ótica, teria de concluir que não amava Isadora ou vice-versa. Como ele não achava plausível nenhuma dessas duas opções, restava a pergunta do porquê de a cunhada ter dito aquilo. Para Sebastian, na realidade, era inacreditável a cunhada ter declarado aquilo, já que, em sua visão, vivia apenas para o trabalho e a mulher. Ouvir o que a cunhada disse o deixou melindrado. A verdade é que ele não via Alexandra com a estatura moral, com a vivência, conhecimento, com a virtude que fosse, para dizer aquelas palavras a ele, de interpelá-lo, como a cunhada fizera. Pensou Sebastian naquela noite — "essa estúpida sem educação não sabe que dou o meu melhor... E como pode dizer ou insinuar que não ligo para a Isadora. Eu amo a minha mulher, faço o meu melhor para que haja uma harmonia aqui em casa... como pôde dizer que eu não ligo?! Porra!... Eu sei que a Isadora não está plenamente feliz, mas é por causa do serviço, e é totalmente compreensível... isso acontece... aconteceu comigo, acontece com qualquer pessoa!... mas a desgraça desta Alexandra não sabe disso ou não aguenta ver o quanto crescemos? Deve ser... por isso quer colocar a semente da discórdia em nosso casamento para ver no que dá. Ela inveja a nossa posição, o nosso sucesso, o que conquistamos juntos... É disso que se trata... aí diz essas sandices... essas asneiras. É uma puta de uma invejosa que não consegue ver o nosso sucesso sem se sentir ferida com isso..."

Quando Sebastian teve essas ideias, na noite anterior, já havia tomado alguns copos de uísque, diga-se.

No dia em questão, ao ser anunciado que Alexandra achava-se na portaria do prédio, Isadora logo pensou que a irmã havia esquecido algo ali e vinha buscar, ou coisa do tipo. Do lado do marido, ao ser informado da visita da cunhada, Sebastian ficou reticente em ter de falar com Alexandra de novo após ela ter dito aquelas palavras que o irritou seriamente. Em sua mente dizia — "se esta menina veio aqui de novo com o propósito de me ofender e de me atacar novamente, vou pedir que se retire, não sou obrigado a suportar desaforo de alguém que é apenas minha cunhada e nada mais... Acima de tudo, mal educada." — Sebastian já tinha passado a última noite relembrando as palavras de Alexandra. Aliás, nem as dificuldades passadas diariamente, nem os aborrecimentos enfrentados no trabalho diariamente o fizeram aborrecer-se tanto naquela noite como aquelas palavras da cunhada. Sebastian ficou ressentido, nunca alguém próximo ou algum parente tinha falado daquela forma com ele, por isso o melindre e seu ressentimento. Apesar disso tudo, de sentir-se assim, Sebastian queria ter conversado com Isadora no dia, ou seja, na noite anterior, porém, ela se achava estranha, o que o deixou mais ressabiado. De qualquer modo, Sebastian gostava de Isadora, mas sua vaidade e o seu comportamento, muitas vezes, excêntrico, obscureciam aos olhos da cunhada Alexandra o amor que ele sentia por Isadora.

Agora, Isadora estava estranha, temendo que o marido pudesse estar triste ou nervoso devido à discussão com a irmã. Esperava Sebastian dizer alguma coisa para se certificar de que ele não se encontrava chateado com ela também. Como o marido ficou calado, durante a noite que passou e a manhã inteira, Isadora entendeu que devia esperar mais um pouco, isto é, aguardar a suposta raiva do marido passar a fim de poderem conversar sobre o havido no dia anterior. No entanto, esse clima estranho entre os dois começou a ceder um pouco quando ela soube e teve de avisar o marido da visita de Alexandra. Ao fazer isso, pediu a Sebastian que recebesse a irmã, pois ia trocar-se enquanto isso. Foi o que Sebastian fez.

— Oi, Sebastian! Tudo bem? — disse Alexandra ao encontrar Sebastian à porta.

— Sim!... A Isadora já vem. Ela está trocando de roupa... — Sebastian estendeu a mão a Pedro. — Tranquilo, Pedro?

— Tranquilo, Sebastian!

— E a família?

— Vai bem! — disse Pedro ao entrar no apartamento da cunhada.

— Que ótimo... Fiquem à vontade! — Sebastian os acompanhou até o sofá da sala. Depois de os deixar na sala, ia retirando-se. Sebastian não queria ficar na presença de Alexandra mais tempo que o necessário.

— Sebastian!... — ao ouvir seu nome, Sebastian se virou um tanto ressabiado — Desejo falar com você... — disse Alexandra.

— Comigo?

— Sim! É sobre o que aconteceu ontem... Quero pedir desculpas a você e a minha irmã. Não tinha o direito de dizer aquilo que disse... — Sebastian somente balançou a cabeça, em sinal de entendimento, com a cara fechada.

— Meu bem, é a sua irmã e o seu cunhado... — Isadora vinha caminhando pelo corredor esquerdo sem ver quem estava na sala com o marido e a irmã. Alexandra sentiu um desconforto quando o cunhado desviou atenção dela para falar com Isadora, que vinha caminhando um tanto apreensiva pelo corredor em direção à sala. Alexandra olhou para o namorado no momento, este a olhou de volta. No olhar de Pedro, Alexandra sentiu como se o namorado estivesse dizendo-lhe que era para ter calma e não estourar novamente com o cunhado ali.

— Bom dia, bom dia!

— Bom dia! — respondeu Pedro.

— O que foi, Alê? Você deixou algo aqui? — Isadora caminhava em direção ao sofá onde estava a irmã e o cunhado

— Não!... Tudo bem, amore? — Alexandra abraçou e beijou o rosto da irmã. Pedro também abraçou a cunhada. — Vim pedir desculpas por ontem, Isa... Não devia ter dito nada daquilo... O que estão passando é algo íntimo de vocês, e eu não devia ter me metido, conforme me meti... Eu vim pedir desculpas pelas coisas que falei... É isso, Isa!

— Da minha parte tá desculpada, bebê... Mas não faça mais isso, Alê! Estamos combinadas? Pois é chato... ainda por cima somos todos família!... para ficarmos de mal uns com os outros... — Alexandra olhou para o rosto de Alexandra, que parecia estar assustada.

— Tudo bem, amore... Eu errei feio desta vez! Não farei mais! Prometo! É que eu acabei ficando um pouco irritada ontem... mas, eu prometo, isso não irá mais se repetir!

Já Isadora olhou para o marido e perguntou: — Benhê, e você?

— Tranquilo... Sem problemas! — Sebastian disse isso, mas estava com o semblante sisudo. Ainda não conseguia sentir-se confortável na presença de Alexandra. Além do mais, as desculpas da cunhada não mudaram em nada a opinião dele em relação àquilo que pensou.

Após essa conversa, Sebastian se retirou da sala, foi para o escritório, só saiu de lá ao estar quase na hora de ir trabalhar. Alexandra não permaneceu por muito tempo no apartamento de Isadora também, alguns minutos depois do cunhado ter saído da sala, ela já estava despedindo-se da irmã. No dia ainda, antes de sair para o trabalho no hospital, Sebastian conversou um pouco com a esposa, mas não tocou no assunto do casamento nem quis falar do quão irritado ficara com as palavras da cunhada. Ele perguntou o que Isadora ia fazer naquele dia, se esta ia sair. A conversa ficou nessas coisas. Terminando, Sebastian deu um beijo de despedida na mulher. Aliás, Sebastian quis falar com Isadora antes de ir trabalhar para não alongar a situação esquisita que vinha acontecendo entre eles desde a noite anterior. Atitude que ajudou a expulsar o pensamento de Isadora de que o marido estava com raiva dela, pois Isadora tinha ficado com tal impressão até então.

Capítulo 15

As dores deram sossego ao coração de Elisabeth durante alguns dias.

A propósito, ela não havia falado nem visto Júlio nos últimos cinco dias, isso graças aos cuidados que tomou para evitar de encontrá-lo. Durante esse período Elisabeth pensou nele, mas não se angustiou ao fazê-lo, lembrava, sim, das conversas que tiveram, de alguns momentos divertidos. Claro, de vez em quando brotava levemente o interesse em saber de Júlio, no entanto, não desejava necessariamente conversar com ele pessoalmente, até temia isso, como ficou evidente nas suas últimas atitudes. Queria ao menos ter notícias de Júlio, saber se estava bem, o que andava fazendo, mas, como o bloqueou em todas as suas redes sociais, ficou sem saber de nada.

Elisabeth imaginava que Júlio pudesse estar chateado com ela também, mas, no fundo, Elisabeth não desejava que a ligação entre eles se desfizesse de modo frio, indiferente, como estava a acontecer até aquele momento. Pois, além do amor contido, havia ainda entre eles um sentimento de amizade construído, ao longo daqueles dois anos e meio, encontrando-se esporadicamente na casa da tia. E Elisabeth, a princípio, não desejava perder totalmente o contato com Júlio. Estar com ele era uma das coisas mais agradáveis para ela, já que Júlio despertava nela os prazeres banais do que é realmente estar viva para o mundo.

Ademais, ia perder um parceiro de leitura que a conhecia tão bem. Já que, por meio das discussões sobre os livros, comunicavam um ao outro os seus interesses, temores, aspirações, seus amores. Eram momentos únicos esses encontros. Elisabeth conseguia captar com clareza as ideias que rondavam o imaginário de Júlio, mais do que captar, reconhecia nas impressões dele aspectos faltantes em sua vida. No íntimo, Elisabeth acreditava que os personagens dos quais as pessoas gostam revelam um pouco daquilo que são. E, ao observar os gostos de Júlio, sentia-se feliz pelo que via, porque a agradava saber que ele era um rapaz diferente dos outros que namorou e conheceu. Aliás, sentia com Júlio uma conexão diferente, um entendimento, uma coisa especial. Algo que fatalmente sentiria falta no futuro.

No entanto, reconhecendo as limitações em falar com Júlio e todas as implicações resultantes disso, achou melhor não mais vê-lo, assim evitaria possíveis sobressaltos.

Em Filomena, no entanto, Elisabeth não pensou naquele período de relativa tranquilidade, se pudesse, evitaria ao máximo qualquer tipo de referência à prima, pois estar na presença da prima naquelas últimas semanas estava sendo opressivo e humilhante para Elisabeth. Era como se Elisabeth estivesse numa eterna falta com a prima, isso desde o momento em que descobriu o seu amor por Júlio. Afinal de contas, ela não estava conseguindo superar a ideia de que traíra Filomena. Via-se na situação de ter de ceder a sua alma e tudo quanto tinha à prima, de modo a redimir-se pelo mal feito em pensamento.

Era impressionante ver Elisabeth pensar dessa maneira; porque o espírito dela, muitas vezes, encontrou-se preso para o mundo em muitos aspectos, mas Elisabeth acreditava que podia ao menos ver-se livre para amar alguém, e que esse amor pudesse libertá-la da corrente que a amarrara e a enclausurara no terreno vazio da solidão. Entretanto, estava deixando-se oprimir pela consciência pesada naquele momento. Já que, anteriormente a esse problema envolvendo Júlio e a prima, Elisabeth acreditava que os livros e suas próprias resoluções tinham ajudado a alargar a sua pequenez de espírito, de forma a não ser constrangida por ideias tão convencionais. Precisou acontecer tal situação com a prima e Júlio para Elisabeth entender que nem sempre as pessoas podem ver-se livre tão facilmente das concepções ou dos grilhões arcaicos que encerram a visão de mundo, mas que, ao mesmo tempo, os tornam reféns destes, quando não são verdadeiramente superados.

Agora, Elisabeth entendia que a voz na consciência dizendo-lhe para não ficar com Júlio pertencia a sua mãe, porém, escapava ao seu entendimento a quase completa submissão à prima, não conseguia conceber a força que dobrava sua vontade e a fazia sofrer a humilhação da submissão a algo mais abstrato do que real. Afinal, achava que recusando a presença concreta de Júlio em sua vida fosse o suficiente para fazer desaparecer a dor sentida, ou seja, o remorso ao pensar e lembrar da prima.

Apesar de viver tudo isso, o acaso foi generoso ao oferecer aqueles cinco dias a Elisabeth, para que esta pudesse pensar em outros assuntos. E foi o que aconteceu, já que as sucessões dos acontecimentos ajudaram abafar a imagem de Filomena e livrá-la duma tormenta maior de consciência. Essa relativa tranquilidade só veio a ter fim quando Elisabeth ficou sabendo, avisada pela mãe ao chegar de Mogi, da visita inesperada da prima. Ao ouvir isso, se não estivesse tão cansada da viagem de carro e não fosse noite, Elisabeth acharia uma desculpa qualquer para sair, só para não ter de rever a prima e reacender as preocupações em sua mente novamente.

Como Filomena estava completamente alheia ao impacto negativo que exercia sobre o espírito da prima, portanto, sempre que podia, fazia questão de estar próximo de Elisabeth ou ligava para desabafar com esta, por acreditar que a prima era a única pessoa que conseguia entender os seus sentimentos e a ajudava a sentir-se melhor nesses momentos.

Na ocasião, ou seja, quando Filomena fora à casa da tia, iam dar umas 20h. Na verdade, a visita de Filomena deu-se no mesmo dia que Elisabeth fora almoçar na casa de Isadora, no sábado.

Voltando. Ana Paula recebeu a sobrinha com carinho, percebeu uma agitação nervosa na última, e perguntou se ela queria tomar uma xícara de chá para se acalmar, no que Filomena recusou, disse não precisar, porque estava tudo bem e queria falar com Elisabeth. Ana Paula, julgando as palavras e o aspecto da sobrinha, entendeu que não devia ser nada de mais, era apenas mais uma visita amistosa, e não precisava ficar tão melindrada.

— Tia, a Elisabeth está estudando?

— Tá não, Meninha!

— Que ótimo! Desejo muito falar com a Lisinha!

— Vá conversar com ela... está esperando por você!

Elisabeth estava pensando se algo novo havia acontecido para a prima aparecer assim de última hora, afinal era incomum a prima visitá-la duas vezes, em um intervalo de menos de um mês, e principalmente àquela hora da noite.

Quando Filomena entrou no quarto, Elisabeth achava-se dobrando e guardando algumas roupas limpas numa gaveta.

— Dá licença... posso entrar?

— Aham! Entre... entre...

— Não te atrapalho... não?

— Imagina!

— Sabe, fiquei com receio de vir aqui e te atrapalhar caso estivesse estudando.

— Não atrapalha!

— Mesmo?

— Sim, sim... só estou guardando estas roupas... Mas diga... está tudo bem com você? Fiquei preocupada ao saber que viria...

— Eu não sei, Lisinha...

— O que houve? — Elisabeth demonstrou preocupação no olhar. Pensou — "Ai, não! O que foi desta vez?"

— É o Júlio de novo!.. Acho que ele está ficando com uma menina, Lisinha! — Elisabeth arregalou os olhos e demonstrou estupefação.

— Como!? Tem certeza? O Júlio? Não, não... — Elisabeth ficou confusa; não conseguia acreditar; mas, passado o espanto de início, foi geminando a dúvida de aquilo ser realmente verdade, pois nada era mais fácil do que plantar a dúvida em sua mente, mente esta já fadada à indecisão.

— Eu espero que não, Lisinha... vai ser uma tragédia pra minha vida se isso for verdade... Veja, já tava temendo que uma coisa assim pudesse acontecer, sabe, como te falei. Mas isso tinha de acontecer logo agora, meu... já tava começando a melhorar, a me sentir melhor, sabe?... Vinha melhorando, aí vem o Júlio com essa. Meu!... tenho certeza que ele está fazendo isso apenas pra me irritar, pra me provocar... Os homens são assim, Lisinha! Eles têm sede de vingança, sabe...

— Hum... Mas é verdade? Você não ouviu errado? Ele... ele não faria...

— Tô te falando... Pô! A Marcela viu... Ela me falou que ele tava todo felizinho, todo saidinho conversando com uma menina na rua onde mora... Só pode ser isso, sabe! Pois, quando ficamos nas primeiras vezes, foi da mesmíssima forma.

— Você acredita que ele seria tão torpe assim? — Elisabeth achava-se curiosa por saber, não à toa deixou as roupas que estava guardando de lado para escutar melhor a história.

— Suponho eu que o Júlio não gosta desta menina, sabe, Lisinha... não sei se você me entende...

— Como assim?

— Tipo assim, se ele está ficando com esta menina, é apenas pra que eu saiba e sinta a mesma tristeza que ele sentiu ao saber que tinha sido traído... Traído, não! Porque não o traí... Digamos assim: foi um deslize que tive...

— O Júlio é uma pessoa boa e não se prestaria a esse papel!... Afinal de contas, por que faria algo assim? Tendo em conta que... — Elisabeth ia concluir: tendo em conta que me magoaria também.

— Você é ingênua, Lisinha... Você não aprendeu ainda!... Os homens são tudo assim, você sabe, fia... Os homens buscam a todo custo se vingar, isso é maior do que eles. É como se eles buscassem na vingança uma maneira de expurgar a raiva que existe dentro deles.

Filomena continuou — Se o Júlio não quisesse se vingar de mim, por que foi conversar com essa menina perto da casa da Marcela... Hã?... Sabendo que a Ma é minha amiga... e me conta tudo! Eu não sei se sinto raiva ou alívio, sabe, Lisinha, pois sei que ele me ama, no entanto, tá com raiva ainda, não quer dar o braço a torcer e voltar pra mim antes de tentar se vingar. Tenho certeza, ele vai ficar com ela e logo se dará conta de que ainda me ama e irá voltar. Pode escrever isso, Lisinha... pode escrever!

— Não é possível! Ele faria isso?

— Olha aqui o que ele postou também — estava escrito — Quando você pensa que tudo está acabado, vem o sol e nos ilumina outra vez... — Consegue perceber a ironia e a indireta nessa postagem pra mim?

— Como?!

— Por mais que ele esteja fazendo tudo isso... eu não vou desistir dele... vou provar pro Júlio que eu realmente o amo... e que aquilo que aconteceu não significou nada para mim... e ele vai me perdoar! Eu tenho a convicção que nosso amor vai vencer... pois sempre venceu!

Após terminar de falar, Filomena olhava ansiosamente para Elisabeth, esperava a confirmação por parte da prima em relação a essa última observação. Elisabeth, longe de fazer isso, apenas olhava para a prateleira de livro do seu quarto, parecia até buscar nela uma resposta a fim de responder a si mesma, enquanto as perguntas se amontoavam uma atrás da outra em sua cabeça. Indagava se Júlio realmente tinha seguido em frente, se ele havia feito tudo aquilo para chamar a atenção de Filomena, se ela não se enganara. Ou mesmo mentira tudo aquilo que sentiu e percebeu na estação. Pensar nessas suposições a fez entrar em um estado de angústia que chegava a confundi-la.

Mesmo reconhecendo a impossibilidade de ficar com Júlio, ainda assim restava uma remota ilusão de que, por um acaso qualquer, as coisas pudessem mudar a seu favor. Além do mais, para Elisabeth, saber que Júlio a amava, no mínimo, deixava-a lisonjeada, para não dizer feliz. Portanto, acreditar que pudesse ser fruto de sua própria cabeça tudo aquilo era algo até então inimaginável para Elisabeth.

Pensava Elisabeth — "por acaso ele pensou em mim como um mero artifício para atingir a Filomena... Foi isso... é?... Pelo que estou entendendo, ele quis me usar então... Minha nossa! Como pude cair nessa... Como pude ser tão tonta ao ponto de acreditar que pudesse me amar, como sou ingênua, como a própria Filomena disse... E ele jamais trocaria uma menina linda, como a Filomena, por uma menina simples e sem graça como eu... E eu acreditando... Que raiva, nunca mais quero ver aquele cretino na minha vida! Ele é um safado, um torpe... e eu achando que ele merecia alguma estima da minha parte... Como pude nunca o ter conhecido. Ele não vale nada... Como fui tão cega ao ponto de não ver..." — Ele é muito safado, como pude defendê-lo... Ele não poderia ter feito isso comigo. — Filomena olhou para a prima naquele momento, ficou sem saber o que dizer, não sabia se estava sendo defendida ou outra coisa. Elisabeth, ao olhar para Filomena, percebeu uma incompreensão no rosto desta, imediatamente se deu conta do absurdo dito, sentiu um pavor súbito descer ao coração. De tão desnorteada que ficou, perdeu a noção se tudo o que pensou fora apenas pensado mesmo ou se havia verbalizado algo de mais. — Perdão, Meninha. Perdão! Eu me expressei mal, não tinha intenção de dizer... — Não conseguiu nem terminar a frase devido ao medo. Medo que roubou seu fôlego.

— Não, tudo bem!... Eu concordo, viu!... É uma tremenda cachorrada o que ele está fazendo... não precisaria de nada disso... — Filomena olhou para o corpo da prima. — Peraí! Você está bem? Essa tremedeira é normal? — Elisabeth estava com as mãos inquietas e suando frio.

— Eu não... eu... eu... — Elisabeth teve uma crise de tosse naquele momento. — Perdão!... Cof... cof... cof. São os remédios... cof... cof... que estou tomando! Às vezes dão essas reações — Como a desculpa serviu, de certa maneira, aproveitou a preocupação gerada na prima por essa reação para se acalmar. Pensou em não dizer mais nada, pois ficou com medo de ser traída novamente pelos próprios sentimentos e acabar revelando algo a mais, como quase fez no shopping também.

— Você está doente, Lisinha? O que tem?... Você está meio estranha ultimamente... É devido àquilo ainda?

— Não!

— Se quiser, eu posso te ajudar. O que posso fazer por você? Você vem me ajudando tanto, desejo te ajudar também... Sei que não posso fazer muito, mas alguma coisa posso fazer pra ajudar... — Elisabeth queria pedir à prima que não dissesse mais nada e saísse do seu quarto, já que não queria falar de Júlio ou do que estava sentindo. Apenas desejava ficar sozinha em seu quarto. Entretanto, não conseguia fazer nada para dar fim na conversa, a qual parecia mais uma sessão de tortura. Ela não tinha forças nem coragem de pedir à prima que ficasse quieta, mudasse de assunto ou a deixasse só com suas dores. — Me diz! — Elisabeth se manteve em silêncio ante ao me diz.

Filomena e Elisabeth ficaram em silêncio por alguns minutos. Naquele intervalo, Filomena recebeu uma mensagem de Giovanna a chamando para ir a algum lugar, mas não especificou onde. De início, Filomena ficou indecisa, mas como havia dito tudo o que desejava à prima e se sentia mais leve, resolveu passar na casa da amiga então, já que Elisabeth não dava mostras de que ia sair daquele estado de mudez angustiosa.

Quando Filomena saiu do aposento, Elisabeth se levantou e foi até a porta do quarto e a fechou. Voltando à cama, deitou-se de bruços e começou a chorar com o travesseiro colado ao rosto. Após ter parado de chorar um pouco, Elisabeth tentou retomar a arrumação das roupas, mas não conseguiu, ficou sentada na cama olhando para o espelho com os olhos fundos e marejados.

Elisabeth apenas saiu do quarto quando o pai chegou, isso porque o pai, ao chegar do trabalho, já foi perguntando por seu nome. No dia, Roberto, pai de Elisabeth, não passou na taberna após o serviço. Na verdade, ele ficou até mais tarde no trabalho por estar ajudando no treinamento de uma nova equipe de funcionários. Terminado esse trabalho, voltou direto para casa. E, chegando em casa, Roberto foi ao quarto da filha Elisabeth e pediu a esta que se juntasse a ele e Ana Paula na cozinha, pois Júlia já estava dormindo no horário e ele não queria acordá-la nem jantar apenas com Ana. Elisabeth, não querendo frustrar o pai, disse tudo bem

A conversa de Roberto, no dia, ajudou a animar parcialmente o espírito triste de Elisabeth. Ela se distraiu um pouco, pois o pai estava muito conversador e engraçado naquela noite, parecia até que havia bebido.

Capítulo 16

Após encontrar-se com Elisabeth na estação, Júlio foi trabalhar. Chegando ao serviço, lembrou-se que não poderia ver Elisabeth à tarde, afinal trabalharia até umas 15h e chegaria em casa por volta das 16h. Sabendo disso, tentou ligar para Elisabeth e avisá-la desse inconveniente, mas não conseguiu, preocupado como estava, Júlio acabou esquecendo de colocar o celular para carregar de madrugada, como habitualmente fazia ao chegar da faculdade. Imaginava também que, àquela altura, provavelmente, Elisabeth não mais sairia de casa para se encontrar e falar com ele. Ademais, logo teria de se preparar para ir à faculdade. Sendo assim, teria de arrumar um jeito de falar com ela no dia seguinte. Afinal, na pressa e no entusiasmo de conversar com Elisabeth na estação, naquela manhã, acabou esquecendo de combinar o lugar e o horário em que iam encontrar-se, gerando o tal desencontro.

E, ao chegar da faculdade à noite, no mesmo dia, ou seja, na última segunda-feira, Júlio pegou o celular e mandou uma mensagem para Elisabeth. Falou do desejo de vê-la novamente na estação no dia seguinte para poderem finalmente conversar. Na mensagem, ainda se justificou pela ausência, achando que Elisabeth tinha ficado aguardando-o em algum lugar. Na hora em que mandou a tal mensagem, Elisabeth já se encontrava dormindo. E Elisabeth não respondendo de imediato, como habitualmente fazia, quando ele mandava alguma mensagem, fez com que Júlio ficasse mais ansioso pelo dia seguinte. Na realidade, Júlio esperava finalmente expor os sentimentos esquecidos dentro de si, já que por muito tempo os escrúpulos o forçaram a manter longe de suas ideias as reais intenções do seu coração. Mas, ao se ver só, machucado e com o ego ferido, pôde enxergar o que Elisabeth significava para ele e, além disso, dizer sem nenhum empecilho que a amava. Júlio não se constrangeu ao atentar-se a tal fato, aliás, a raiva de Filomena era tamanha naquele momento, que se deu o direito de ignorar qualquer estima pela ex-namorada bem como o impacto desse novo amor ou antigo amor sobre a ex quando esta soubesse disso.

Acordando de manhã, diferentemente do dia anterior, empolgado, Júlio se arrumou com distinção; porque, sabendo do apreço de Elisabeth por moda e estilo, procurou vestir uma linda camisa xadrez vermelha de linhas pretas na vertical e linhas brancas na horizontal, ainda colocou uma calça jeans marrom; em virtude de ter sido numa ocasião como esta, ou seja, ao usar tais roupas, a única lembrança de Elisabeth elogiando o seu estilo. Isso ficou na cabeça de Júlio. Ademais, antes de sair naquela manhã, Júlio borrifou no pescoço e nos pulsos um perfume amadeirado. Como um bom apaixonado, Júlio desejava conquistar os olhos, o olfato e o coração de Elisabeth naquele dia.

Estando tudo pronto, Júlio seguiu de carro rumo à estação Tatuapé novamente para aguardar pela chegada de Elisabeth. No dia, Júlio esperou por um bom tempo no ponto de ônibus em que ela descia. Ao ficar aguardando ansiosamente por Elisabeth, pensou ter acontecido algo para ela não ter aparecido na estação nem visto a mensagem que mandara na noite anterior. De todo modo, esperou por uma sorte melhor na aurora seguinte. E atrasado de novo, seguiu para o trabalho um tanto frustrado.

Na ânsia de encontrá-la, ao nascer do sol seguinte, chegou a ponderar que talvez ela não estivesse interessada nele devido aos indícios de até então. Entretanto, mesmo alertado pela voz da consciência, não deixou que isso interferisse na vontade de falar e ver a Elisabeth, com isso em mente, no dia posterior, lá estava Júlio na estação de novo na expectativa de vê-la outra vez. Naquele terceiro dia, procurou chegar mais cedo ainda, acreditando que assim conseguiria encontrá-la, no entanto, frustrou-se mais uma vez, porque pela terceira vez seu intento de falar com Elisabeth não dera em nada.

Ficou triste por não ver Elisabeth há dois sóis consecutivos. (Júlio já estava indo há três dias à estação). Na angústia por tal situação, resolveu ligar novamente, pois já havia ligado umas três vezes para Elisabeth ao longo daqueles dias para saber o motivo da ausência dela na estação nos dois últimos dias, porém, ao tentar ligar daquela vez, Júlio se deu conta que fora bloqueado, no entanto, mesmo assim, não se deu por vencido. Parecia que a tal vontade de vida, que o mestre Schopenhauer tanto cansou de declarar em seus textos, impeliu Júlio a tentar mais uma vez. Sendo assim, ele foi aguardar, na rua de Elisabeth, pela saída dela. Fez isso após o expediente de trabalho, mas não adiantou, pois ela não saíra de casa nos últimos dias. Na realidade, Elisabeth não era de sair de casa, a não ser para ir à tia, à casa de Alexandra ou à faculdade. Júlio parecia ter esquecido da característica de Elisabeth, ou seja, de ela ser muito mais caseira que rueira.

Ao constatar as chances de ficar com Elisabeth naquela ocasião, amargurou-se, sentia raiva de si, achava que tinha feito algo de errado para ter afastado Elisabeth daquela maneira. Aliás, relembrava os dois últimos encontros que esteve com ela, na esperança de identificar alguma palavra que tivesse dito ou algo que tivesse feito para justificar aquele afastamento repentino. Entretanto, não encontrava; queria porque queria achar a palavra afastadora para entender a causa daquele sumiço inesperado e desculpar-se por tal ato.

Mesmo restando pouca esperança, Júlio foi tomado de um impulso no quarto dia e resolveu esperar por Elisabeth, de manhã, novamente na rua do condomínio dela, ao achar que talvez ela pudesse ter mudado de trajeto e se ficasse quase que na porta dela, fatalmente ia encontrá-la, porém, não adiantou, pois foi justamente em tal dia que Elisabeth resolveu passar na estação mais cedo, para infelicidade de Júlio e alívio dela na ocasião.

Contudo, no domingo da mesma semana, Júlio estava próximo da casa de Elisabeth, como de hábito, fazendo sua corrida e seus exercícios de barra. Quando menos, deu em sua cabeça a ideia de ir à casa de Elisabeth outra vez, já que desta vez não teria erro, com certeza ela estaria em casa no dia. Quando já se achava indo para rua do condomínio dela, no meio do caminho, lembrou-se de dois detalhes: estava suado e com o odor bem forte em razão do *cooper* e dos exercícios que fizera na praça. Com isso, voltou para casa, tomou um banho gelado, trocou-se e foi de carro ao condomínio onde Elisabeth residia. Não foi esperar pela saída de Elisabeth daquela vez, mas foi ao portão do condomínio dela chamá-la.

— Um tal de Júlio está na portaria, filha!... Ué... é aquele, o namorado da sua prima... Será? Ai, ai, ai — Ana Paula foi olhar em um monitor que retransmitia as imagens da portaria para as casas dos condôminos. Enquanto a mãe conferia as imagens, Elisabeth estava um tanto descrente que a tal pessoa pudesse ser Júlio — É ele, sim, Lisa!... olhe aqui! — Elisabeth ficou pálida e arregalou os olhos ao perceber que tratava-se realmente de Júlio.

— Minha nossa, não acredito! Esse menino... — Elisabeth levou a mão a boca ao declarar essas palavras.

— O que foi, filha!

— Nada!

— Libero a entrada?... Ah, vou liberar então...

— Não, não... Não precisa, mãe, verei o que ele deseja! — pensava Elisabeth — "como descobriu o endereço da minha casa? Nunca disse nada a ele!... Por acaso ele perguntou para minha mãe?... Não, não! Não é possível... Aé... daquela vez deixei escapar que morava aqui!"

Após Elisabeth voltar em casa, Ana Paula estava com o telefone nas mãos pronta para ligar e dar a notícia a Dolores.

— Ué... foi rápido assim?!

— Sim!

— E aí? Ele está pensando em voltar com a Filomena?!... Eita, eita. Vou ligar para a Dolores agora mesmo!... A bichinha vai ficar toda feliz, Lisa... Imagina só? — Ana Paula chega bateu palmas de felicidade no momento!

— Calma aí, mãe! É outra coisa! Ele só quer conversar...

— Está pegando a bolsa por quê? Vai sair?... Aonde você vai, Lisa?

— Eu vou ali em cima com ele.

— Com ele? Aonde?

— No quiosque da Maria, mãe!...

— Ah, sim!... Mas você nem o convidou para entrar? Que falta de educação, Lisa! Eu queria conversar com o rapaz também...

— Não! É... bem... Já, já... estou de volta!

— Para que esta pressa, Lisa?

— Ele está me aguardando... Disse a ele que já voltaria... Na verdade, só vim pegar o celular e a bolsa!... E cadê o meu celular, mãe? Tinha deixado ele aqui no sofá!

— Tá na sua frente, filha!... Tá parecendo sua irmã com as coisas dela... E para que esse desespero todo, Lisa!... Misericórdia!

— Não quero que ninguém o veja aqui... o pessoal do condomínio ficará criando história se o ver...

— Hã?

— Mãe, mãe! Escute!

— Oi, oi... sim, filha?!

Não diga nada a ninguém, tá?! Principalmente à Filomena!

— Não dizer o quê?

— Que o Júlio veio aqui!... Aé! Não diga nada à tia também! Por favor...

— Tá bom, filha! Ande! Vá lá... não vou dizer nada...

— Está bem, está bem! — como tinha medo de que a prima chegasse de surpresa e mais medo ainda de a mãe desconfiar de algo, então, Elisabeth achou melhor ir a um lugar um tanto longe da rua do seu condomínio.

Os dois foram ao quiosque a que Elisabeth mencionara, que ficava a alguns quarteirões do condomínio dela.

— Aceita um salgado, um cupuaçu... — Elisabeth disse certa vez a Júlio que adorava cupuaçu, e ele lembrou-se disso na hora — um suco? — perguntou Júlio.

— Não! Obrigada! Estou bem assim...

— Nem uma água? — Elisabeth balançou a cabeça, dizendo não. — Vou pegar uma água para mim! — Júlio se levantou e foi até um freezer pegar uma garrafa de água e retornou à mesa.

— Eu preciso ir, Júlio! Tenho algumas coisas para fazer ainda hoje...

— Mas acabamos de chegar! Além do mais, tentei falar com você nos outros dias, mas não consegui... Fui à estação algumas vezes e não a vi! Mano... estou alguns dias atrás de você... Por que sumiu?

— Bem... Assim...é... eu fiquei doente nesses dias!

— Putz! É mesmo?...

— Sim, sim!

— O que teve?

— Acredito que tenha sido uma virose. Bem...

— Achei que tinha sido outra parada...

— Não, não... Foi só isso!

— Ainda bem que está melhor... assim posso ficar de boa... Fiquei preocupado... mas estou enrolando — Júlio sorriu ao dizer. Elisabeth achou graça também, no entanto, ao perceber os olhos de Júlio vidrados nela, desviou o olhar com vergonha.

As mãos de Elisabeth estavam sobre a mesa, e Júlio, em um gesto de carinho, tocou nelas. Pegando na mão direita dela, ele a colocou sobre as suas duas mãos e a envolveu. Naquele momento, as mãos dela se achavam frias, mas Júlio não notou esse detalhe devido a sua grande volúpia na hora. Júlio ainda tocou no queixo de Elisabeth e ergueu um pouco a cabeça dela e a pôs defronte para a sua. Elisabeth, que antes do gesto de Júlio, olhava de lado para uma cadeira que estava à sua direita. E, ao levantar a cabeça e fitá-lo, Elisabeth viu o olhar apaixonado de Júlio. Elisabeth sorriu timidamente para ele, que sorriu de volta, mas com um sorriso cheio de entusiasmo e um olhar de admiração.

Disse Júlio — Elisabeth, você já deve tá ligada... — ela assentiu com a cabeça sem fitá-lo novamente. — Que eu gosto de você bem mais do que como amiga... — Júlio parou de falar e se manteve em silêncio por um instante, fez isso para que Elisabeth deixasse de olhar de lado. Envergonhada, Elisabeth voltou a fitá-lo para enxergar o que havia no rosto dele. Nisto, Júlio voltou a falar — Sei o quanto absurdo irá parecer minhas palavras, mas estamos aqui... e não vejo o porquê de negar ou criar mais histórias... Elisabeth, eu amo você... Essa que é a real... Demorei para perceber o que estava havendo, mas finalmente entendi o porquê de as paradas funcionarem tão bem entre nós, da nossa química, de eu amar conversar e estar com...

— Eu não posso, Júlio!... — Elisabeth disse isso e recolheu para junto do corpo a mão que Júlio envolvera.

— Eu entendo... é inesperado... E você saiu de um relacionamento recentemente, talvez possa estar com medo de entrar numa nova parada... entendo, na moral! Mas nada nos impede de tentar algo, sem qualquer compromisso... poderíamos... talvez...

— Eu não posso; me perdoa... não posso... — ficou um silêncio no ar por alguns instantes. Enquanto isso, Júlio deu dois goles de água.

— Elisabeth, me dê uma chance... poderíamos... de repente ficar... você está só... eu estou...

— Vamos, Júlio... me leve em casa! Não estou me sentindo bem...

— Putz... não está bem?... — Júlio não contava com essas palavras de Elisabeth.

— Sim... por favor!

— Vamos... — os dois se levantaram. E Júlio deixou sobre a mesa R$ 5 para pagar a garrafa de água e disse — Posso dar um abraço em você pelo menos? — Elisabeth sinalizou com a cabeça que sim. Após se abraçarem, os rostos dos dois ficaram muito próximos, face a face, e ficaram olhando-se por alguns segundos. Os olhos ávidos de Júlio esquadrinhavam aquela pele macia de Elisabeth sem rugas, aquele olhar triste, aquelas maçãs do rosto totalmente vermelhas. Sentia ainda o cheiro de amêndoas do creme de pele dela, que se acentuava ainda mais e impregnava o ar pela elevação da temperatura do corpo de Elisabeth. Aliás, quando o olhar de Júlio se fixou na boca carnuda e úmida de Elisabeth, fez com que arvorasse algo dentro dele, e não conseguindo conter-se, Júlio avançou a cabeça para beijá-la. Elisabeth, naqueles milésimos de segundos, ao notar o rosto e a boca de Júlio se aproximarem dos seus lábios para os beijar, ficou prostrada, mesmo pensando em não, não, não, não conseguia recuar a boca para não beijar aqueles lábios que vinham ao encontro dos seus, algo de misterioso a impelia a beijá-los também. Sendo assim, apenas fechou os olhos e sentiu os lábios molhados de Júlio tocarem os seus e inundar o seu corpo com sensações tão prazerosas, mas tão perigosas. Elisabeth sentiu o fôlego fugir e o coração acelerar na hora.

Ao terminar esse beijo, Júlio achava-se inebriado, com os olhos faiscando de paixão, já Elisabeth estava com os lábios trêmulos, toda encolhida e colada junto ao corpo de Júlio.

Júlio, percebendo Elisabeth um tanto desnorteada, disse. — Vou levar você em casa. — Júlio pegou no braço de Elisabeth de modo gentil e a conduziu até seu o carro.

No curto trajeto do quiosque ao condomínio de Elisabeth, não houve uma palavra entre os dois. Júlio, ao volante, chegou a olhar umas três vezes para Elisabeth, tentando perscrutar o sentimento que havia no rosto dela, mas ela estava completamente quieta, com o semblante mais ou menos impassível, a observar as pessoas que se encontravam nas calçadas das ruas em que o carro dele ia passando. Ao chegar à portaria do condomínio, Elisabeth abriu a porta do carro e, sem olhar para Júlio ou dizer algo, saiu. Júlio tentou se despedir, mas Elisabeth saiu tão rápido do carro, que ele apenas ficou parado no carro, observando-a ir até a guarita pedia ao porteiro que abrisse o portão pequeno para ela entrar.

Quando Elisabeth chegou em casa, um turbilhão de ideias invadia a sua mente. Pensava — "como olharei no rosto da minha prima agora... O que deu em mim... Por que havia de ser logo ele? Nossa! Se minha mãe desconfiar disso? Não quero nem..." — Elisabeth evitou Ana Paula, que estava na cozinha, e foi direto para o quarto, sem fazer barulho, e fechou a porta. — Elisabeth continuava — "ai... Não, não, não... pior ainda, e se Alexandra souber do que fiz... nunca mais irá querer olhar na minha cara... O que as pessoas vão pensar de mim quando me verem? Eu sou mal... a Elisabeth é mal... é o que vão dizer... Todo mundo me abandonará! Ai, ai... que dor no peito! Que opressão... Ai, que coisa ruim... Nossa! Preciso aliviar isso... O que posso fazer?... Já sei! Preciso tomar o meu remédio! Preciso me acalmar, senão terei um treco... Onde coloquei ele? Ah, tá ali..." — Elisabeth foi até a uma gaveta pegar o remédio. — "Tomarei uns quatro de uma vez, assim faz efeito mais rápido e alivia logo essa sensação horrível em meu peito." — Elisabeth, com as mãos tremendo de nervoso, tomou quatro ansiolíticos e sentou na cama — ofegante, disse em pensamento — "esperarei, deitarei aqui... e tentarei relaxar."

Após dez minutos, Elisabeth começou a passar mal, sentiu uma tontura extrema, uma dor no estômago, por fim acabou vomitando. Num ato de desespero, conseguiu chamar pela mãe, que foi até o quarto e tomou um susto ao chegar à porta e ver o estado calamitoso da filha, que estava pálida e com rosto de sofrimento. Ana Paula, sem pensar muito, pegou o interfone e chamou pelo porteiro para que este pudesse ajudá-la com a filha. O porteiro foi ao quarto de Elisabeth, pegou-a no colo e a levou até a garagem do condomínio, pois Elisabeth nem andar estava conseguindo em razão da extrema vertigem. Ana Paula auxiliou o porteiro a colocar a filha no carro. Feito isso, Ana Paula se dirigiu ao hospital mais próximo.

No hospital fizeram uma oxigenoterapia inicialmente e, logo após, deram soro e uma dose de Flumanezil a Elisabeth. Feitos esses procedimentos, o médico encarregado pelos cuidados de Elisabeth optou por deixá-la em observação durante o restante daquele dia. Para isso, ele a sedou, pois ela estava agitada após a reversão do efeito do benzodiazepínico e querendo ir embora.

Como Elisabeth passaria a noite no hospital e já estava sedada, o médico aconselhou Ana Paula a voltar para casa e retornar no dia seguinte, pois tinha feito alguns exames e não havia constatado nada de mais grave clinicamente. Na visão dele, a hipótese provável era de que a filha de Ana Paula havia ingerido uma superdosagem de um tranquilizante da classe dos benzodiazepínicos, que causara um princípio de convulsão, mas, naquele momento, já se encontrava tudo dentro da normalidade. Por sinal, o médico resolveu não falar nada a respeito da hipótese de provável tentativa de suicídio, decidiu deixar isso a cargo do médico particular de Elisabeth, que já conhecia o caso dela. E como este profissional, ou seja, o psiquiatra de Elisabeth, também trabalhava naquele mesmo hospital e conhecia a família dela; dessa forma, ia saber falar melhor sobre o tal assunto com a família. Sendo assim, pediu a Ana Paula que voltasse na manhã seguinte para conversar com o psiquiatra de Elisabeth, que faria uma avaliação melhor do quadro e proporia os procedimentos a serem tomados dali em diante. Ana Paula até foi para casa, mas não para voltar no dia seguinte, mas, sim, para pegar a filha Júlia, que estava, na casa de uma amiga da escola, brincando, e deixá-la com Dolores para poder voltar ao hospital e passar a noite com Elisabeth. Ana Paula também avisou o marido, que se encontrava do outro lado da cidade, especificamente na Vila Mariana no momento do ocorrido. Em tal ocasião, Roberto havia ido a um coquetel que um dos diretores da empresa em que trabalhava estava realizando para alguns funcionários. O pai de Elisabeth trabalhava como Analista fiscal numa multinacional.

Informado do problema com a filha Elisabeth, Roberto saiu às pressas da confraternização rumo ao hospital todo preocupado, mesmo avisado por Ana que não havia sido nada de mais grave, segundo as palavras do médico que atendera Elisabeth.

Os pais de Elisabeth passaram a noite e a madrugada no hospital. Apenas na manhã seguinte foram saber mais detalhes do caso de Elisabeth; pois, por meio das observações feitas no prontuário da filha pelo médico que a atendeu no dia anterior e pela equipe de enfermagem que estava acompanhando-a desde então, o psiquiatra de Elisabeth se inteirou de toda situação havida.

O psiquiatra acabou repetindo quase que as mesmas palavras do outro médico, ainda falou por cima da questão do suicídio, na verdade, ele não quis ater-se muito a essa questão antes de conversar com Elisabeth primeiro e ter um panorama geral. Agora, antes de o psiquiatra terminar, Roberto retirou-se e deixou Ana Paula conversando com o psiquiatra, já que uma enfermeira alta e com características prognatas foi avisar-lhes que Elisabeth acordara.

— Bom dia, querida! — disse Roberto ao entrar no quarto e beijar a testa da filha.

— Bom dia, paizinho! E a mãe?

— Está ali conversando com o médico... ela já vem... — Roberto percebeu que Elisabeth estava com os olhos marejados e tentando conter o choro — O que foi, querida?

— Foi nada não, paizinho... — ao expressar essas palavras, Elisabeth caiu em prantos. Ela parecia uma criança abraçada ao pai e chorando.

Ana Paula entrou no quarto alguns segundos depois — O que aconteceu, Beto? Ela está passando mal de novo? Calma aí, filha! Vou chamar o médico! — Ana Paula saiu do quarto, às pressas, e foi à enfermaria perguntar pelo o psiquiatra.

— Você não disse nada anteontem enquanto conversávamos... e agora você está aqui! O que está havendo, Lisa... Por que disso, filhinha!? Conte ao seu pai!...

— Ah, paizinho...

— Oh, filha... Para que fazer isso? Você voltou a ter aquelas crises?... Foi?

— Eu não sei... Tenho até vergonha de falar...

— Vergonha do que, Lisa!... Sua mãe me disse que foi por conta de alguns remédios! Por que você fez isso, filha... Você é tão responsável, tão madura! O que você tentou fazer, filha?...

— Eu não sei bem o que houve, paizinho... Eu senti uma agonia terrível na hora, uma tremedeira, uma vontade de vomitar... — Elisabeth se encolheu na cama.

— Minha nossa Senhora... E é por ela que você está aqui conversando comigo, filha! Num caso similar ao seu, Lisa, a filha de um conhecido meu chegou a ficar em coma. Ela fez a mesma coisa que você... se entupiu de remédio... Por nossa senhora ela não veio a óbito, filha... No caminho para cá, eu vinha pensando nisso... rezando para que não fosse dar nisso também...

— Comigo não!

— Como não, Lisa? Veja como você está!

— O senhor entendeu errado... digo, a mãe deve ter explicado errado ao senhor, paizinho... — Roberto estava com o entendimento de que Elisabeth havia tentado suicidar-se realmente.

— Preciso voltar a ir às missas! E vou pedir ao padre Alfredo que reze uma missa por você. É disso que a nossa família e você está precisando... Você está parecendo seu pai, filha! Está muito afastada da igreja ultimamente... Você precisa rezar... ir à missa...

— Eu não gosto, paizinho, o senhor sabe...

— Se não gosta de ir às missas, vá ao menos na igreja daquela sua amiga, a Alexandra... Isso vai ajudar você a sair desta, filha... Nesses momentos difíceis, Lisa, temos que nos ajuntar a Deus, a nossa senhora... é a melhor coisa que fazemos... — Roberto não professava o nome nossa senhora em sua boca havia algum tempo. Ele era um católico fervoroso, quando mais jovem, mas, após alguns anos fora da igreja, a devoção foi decaindo, quando começou a jogar então, perdeu quase que totalmente a antiga fé.

— Tenho dúvidas se isso iria me ajudar na minha situação, paizinho!... — Elisabeth disse isso bem baixo. Agora, no que concerne à religião, Elisabeth nunca creu em nada com convicção, na realidade, nunca se sentiu vocacionada a crer. E, nas poucas vezes em que frequentou a igreja Católica com o pai e a Evangélica com Alexandra, Elisabeth não achou nada mais do que um bom entretenimento tanto uma quanto a outra. Porque, aliás, quando mais jovem, Elisabeth achava legal toda aquela liturgia do culto, da missa, o projeto de jovens na igreja da amiga, as épocas de festividades na paróquia em que o pai frequentava. No entanto, ao ganhar mais maturidade, tudo aquilo se tornou esquisito a ela, estranho a sua pessoa, algo sem sentido. Contudo, se alguém perguntasse a Elisabeth se ela se considerava uma pessoa ateia por pensar assim, Elisabeth responderia que não saberia dizer.

Apesar de parecer até um tanto contrassenso, Elisabeth não tinha clareza de não acreditar em nada, pois o fato de tantas culturas e civilizações cultuarem um Deus não a deixava descrer totalmente que algo sobrenatural pudesse assolar o mundo, no entanto, ter dúvida acerca disso não servia como elemento para a fazer a crer, dado que ela nunca precisou acreditar em algo sobrenatural com todo o coração para dar sentido a sua existência ou para consolar-se em seus momentos de dores. Para mais, o mais próximo de uma religião que Elisabeth esteve foi quando ela estava obcecada em entender os sonhos e os seus significados. Na época, sentiu algo parecido com algum sentimento religioso, ou seja, ao ler aqueles livros místicos, mas essa fase passou rápido, e Elisabeth voltou ao seu estado natural, centrando as suas preocupações menos em aspectos transcendentais e mais em fatos concretos. Para mais, a religião nunca fincou raízes no coração um tanto incrédulo de

Elisabeth, afinal, pelo fato de ela não ter recebido nenhuma instrução religiosa, acabou não se formando um arquétipo teísta em sua mente, o que a levou a filtrar e significar o mundo a partir de uma visão mais racional do que supersticiosa. Essa questão de não ter recebido nenhum tipo de instrução religiosa, mesmo o pai tendo praticado catolicismo por anos, mas, como Roberto nunca quis impor a catequese a Elisabeth, ou mesmo a Júlia, como forma de educação complementar, ou seja, isso contribuiu para que Elisabeth nunca precisasse buscar força ou sentido para sua vida fora do mundo sensível. De qualquer forma, se ela era assim, isso teve uma certa influência da mãe, que, apesar de não parecer, dizia-se simpatizante do paganismo. Ademais, Ana Paula vinha duma família quase toda identificada com o paganismo, o que por extensão, de certa maneira, alcançou Elisabeth, não para levá-la a crer no paganismo, mas para deixá-la insegura e confusa quanto a multiplicidade das religiões.

Poder-se-ia perguntar se tudo isso não levaria crer que Elisabeth era uma pessoa um tanto materialista? Obviamente, não, já que ela encontrou na arte um consolo para suas carências metafísicas. E ela mesmo dizia que o espírito dela era muito artístico para ser considerada uma pessoa devota do materialismo, amante do fiscalismo, ou mesma agnóstica. Agora, uma coisa é certa: Elisabeth se viu, ao menos, livre da crise da descrença em um Deus, que se alastra em alguns corações por aí e faz pagar o salário por tal descrença.

Voltando. Elisabeth recebeu alta depois de ter ficado um dia e meio no hospital. Já que o psiquiatra conversou com Elisabeth e constatou que não havia nenhum ganho em deixá-la mais um dia em estado de observação, porque, na conversa que teve com ela sem os pais presentes, finalmente entendeu o que aconteceu com Elisabeth. Portanto, conhecendo o histórico e a grande vontade de viver dela, o psiquiatra descartou a hipótese primária de tentativa de suicídio e, consequentemente, a necessidade de internação. O que foi um alívio para Elisabeth, que não desejava ficar internada naquele hospital nem por mais um minuto.

No respectivo dia, já em casa, Elisabeth recebeu a visita de Alexandra e Filomena, que foram visitá-la quase no mesmo horário. Só que Filomena apareceu primeiro.

— Como você esta, Lisinha? Você sentiu um mal-estar ontem, é?

— Sim... mas estou melhor já! Não precisa se preocupar, prima...

— Que boa notícia... Bem que eu imaginei. — Filomena ficou um instante em silêncio, mas sedenta por perguntar — O Júlio veio aqui, Lisinha?... Ele deseja conversar comigo?

— Não!

— Não?! Que estranho... O que ele desejava então? — No instante desta pergunta, entrou no quarto Alexandra, que também decidiu visitar Elisabeth após saber do acontecido. — Tudo bem, Alexandra? — disse Filomena ao ver a porta se abrir e entrar Alexandra.

— Sim! — Alexandra disse isso de modo seco e nem se virou para Filomena ao responder — Lise, o que aconteceu? Fiquei super preocupada quando sua mãe me disse que estava no hospital, amiga!...

— Não! Estou melhor já...

— O que aconteceu? Sua mãe me contou ontem que foram os remédios... Não entendi direito... Os remédios? Como foi isso?

— É... acabei tomando um pouquinho a mais e passei mal...

— Um pouco a mais?

—Um pouquinho só! Na verdade, minha intenção na hora era aumentar o efeito, né... De vez em quando eu tomo e não acontece nada... bem... achei que... talvez...

— E quantos remédios você tomou para fazer tão mal assim?

— Quantos? É... — Elisabeth contou com os dedos — um, dois três... Ah, uns quatro ou cinco...

— Meu Deus! Tudo isso? — Alexandra fez um rosto de espanto. — Mas não pode fazer isso, amiga.... você não sabe o quanto esses remédios são fortes?

— Eu sei...

— E o que deu em você para tomar essa quantidade, Lise!... está ficando maluca, miga... Quer se matar? Meu Deus! Lise... Não pode fazer essas coisas... e coitada da sua mãe, Lise... quando falei com ela ontem... estava desesperada... — Elisabeth não respondeu nada.

Filomena olhava para Alexandra enquanto esta falava e esperava que ela ficasse quieta logo para poder perguntar de Júlio. E foi mais ou menos o que ocorreu.

— Prima, eu... — Alexandra atropelou a fala de Filomena.

— Lise, você está sentindo algo ainda? Teve alguma sequela... quer dizer... efeito?

— Não! Estou melhor, amiga... só estou me sentindo um pouco fraca ainda... Acredito que isso se deva ao efeito dos remédios que me deram no hospital...

— Aham... E o que o médico disse, Lise?

— Eu não escutei... Na hora em que o médico falou com os meus pais sobre o meu caso, eu estava sedada... digo, eu estava dormindo.

— Agora, o médico nem chegou a conversar com você? Oxe...

— Chegou, chegou! Eu conversei com ele depois... Ele me perguntou o que aconteceu. Eu expliquei tudo a ele...

— E o que ele disse?

— Ah, aquelas coisas, né... pediu que eu não fizesse mais isso...

— Só isso? Que médico é esse?!

— Não, amiga! Acredito que não deixei claro... Bem, ele é o meu psiquiatra... e já conhece o meu caso... Por sinal, semana que vem irei passar nele de novo, só que desta vez no consultório dele, aqui, na Mooca... e ele avaliará a possibilidade de trocar a medicação... ele acha que seja isso! Até chegou a me explicar o que poderia estar havendo... Mas nem me lembro mais do que disse...

— Aah... sim... entendi!

— Lisinha...

— Sim...

— Você tava me falando que o Júlio... mas afinal, o que ele veio fazer aqui então!

O Júlio veio aqui, Lise?... Oxe! Ele é... — Alexandra ia dizer idiota; mas, ao perceber que Filomena a fitava de um modo interrogativo,

Alexandra se calou. Ficou uma tensão no ar. Elisabeth levou a mão ao rosto. E, temendo ter uma crise nervosa novamente, começou a ficar com os olhos inquietos; mas, ao olhar para a prateleira de livro, surgiu uma desculpa inesperada para evitar mais questionamentos sobre Júlio ou alguma suspeita.

— Ele... ele veiuu... Ele veio me devolver um livro que eu havia emprestado a ele... foi só isso... eu juro... — Alexandra achou estranho o tom e o aspecto de medo que a amiga demonstrou ao responder.

— Mas ele não falou nada de mim? — Alexandra ficou olhando para Filomena com o rosto irônico, quase de desdém. Filomena não entendeu o motivo da amiga da prima olhá-la daquela forma.

— Não! — Elisabeth percebendo a possibilidade de haver um comentário desagradável da amiga que pudesse vir a gerar algum desentendimento com Filomena. Sendo assim, negligenciou um tanto o seu estado, levantou-se da cama.

— Meu, quando ele vai superar aquilo... Vai querer ficar com raiva de mim pra sempre... que ódio, viu!... — no momento Filomena voltou a olhar para Alexandra, que continuava com o mesmo rosto de desdém — Que foi, Alexandra?! — O rosto de Alexandra estava começando a aborrecer Filomena, que percebeu uma indisposição da amiga da prima consigo

— Prima, espere um pouquinho... preciso mostrar um negócio aqui no quarto da Julinha à Alê... É rapidinho... — Elisabeth puxou Alexandra pelo braço.

— Mostrar o que, Lise? — perguntou Alexandra, saindo do quarto!

— Venha aqui, amiga... é rápido! — Elisabeth levou Alexandra ao quarto dos pais, que ficava a uns poucos metros de distância do quarto dela e do da irmã, que eram praticamente colados um no outro.

— Amiga, largue a mão de fazer essa cara! Você acabará discutindo com a minha prima por nada... — Alexandra estava a examinar o quarto dos pais de Elisabeth enquanto esta última estava a dizer essas coisas — Alê, me escute...

— Lise, me escute você! Eu não vou discutir com ninguém... Oxe... E por que está brava comigo?

— Por que estou?! Então para de fazer essas caras e bocas quando ela estiver falando... Ela achará que você está debochando dela...

— Que cara?! Esta é minha cara, Lisa... Além do mais... onde você viu deboche na minha cara?... e não vem...

— Espere, espere! Eu preciso dizer!... Amiga, eu conheço você, e quando está assim eu sei no que isso dará! Você sempre acaba dizendo alguma coisa... e não será agradável...

— Lise, eu não vim aqui para discutir com ninguém... Vim aqui para ver como você está! Você está fazendo todo esse drama sem necessidade alguma...

— Posso até estar, mas não faça aquela cara... Você viu como a Filomena ficou! Por sinal, não posso ficar me estressando muito... o médico me disse...

— Quer que eu vá embora, Lise?... Se você quiser!... Eu só vim aqui porque fiquei preocupada com você, amiga... Se você não me quer aqui, vou embora então... — Alexandra expressou tristeza no olhar

— Não, amiga! De forma alguma! calma... É... eu, eu, eu... — Elisabeth abraçou a Alexandra, que a abraçou de volta.

— É o que, Lise?

— Esquece, amiga! É bobagem! Vamos voltar... Caso contrário, ela estranhará a nossa ausência...

Ao voltarem ao quarto, Filomena não mais aparentava o rosto de desaforo de antes; já que, quando Alexandra e Elisabeth saíram, ela, a princípio, ficara intrigada com a cara de desdém de Alexandra. No entanto, enquanto as duas estavam ausentes, Filomena imaginou que talvez Alexandra estivesse com aquela cara por achar que ela, Filomena, estava mais interessada em saber de Júlio do que propriamente da saúde da prima. Filomena ter pensado isso, naquele momento, bem como agido diferente, ou seja, demostrando preocupação com a saúde de Elisabeth, quando as duas retornaram ao quarto, ajudou a tensão tácita entre ela e Alexandra a diminuir um pouco, para não dizer que quase desapareceu.

Capítulo 17

Ao recuperar-se de tal situação, Elisabeth decidiu que não mais voltaria a aproximar-se do Júlio, pois a ida ao hospital evidenciou ainda mais o quão difícil seria para ela seguir com aquilo que o coração ansiava e ao mesmo tempo manter-se serena. Algo impossível de conciliar naquele momento.

A posteriori, alheio ao acontecido, Júlio voltou a tentar falar com Elisabeth mais duas vezes, uma na estação, outra na rua do condomínio dela. Nas duas ocasiões que a encontrou, Elisabeth o deixou falando sozinho, mesmo ele tentando insistir para que ela parasse por um segundo e o escutasse. Elisabeth, no entanto, manteve-se firme, conseguindo ignorar a própria vontade de escutá-lo e a insistência dele.

Por sinal, Ana Paula aconselhou a filha a afastar-se de Júlio, já que se ele não ia voltar com Filomena, não teria motivo de Elisabeth continuar sendo amiga dele, afinal a proximidade com Júlio, na visão dela, poderia causar ciúmes na sobrinha e gerar um desconforto evitável dentro da família.

Em meio a essa sugestão da mãe, Elisabeth pensou em ligar para Júlio, mas estava com vergonha de conversar com ele após o beijo até mesmo por telefone. E como não tinha coragem de dizer na frente dele para não mais procurá-la, por saber que não conseguiria ouvi-lo sem sentir algumas comichões, levando-a a ficar à mercê da própria paixão e do desejo de ser beijada novamente. E como teve a oportunidade de falar com ele nas duas últimas vezes que o viu, mas não conseguiu rechaçá-lo de forma definitiva e convincente, sendo assim, mandou uma mensagem extensa, dizendo a Júlio para não mais procurá-la, pois aquilo que ele estava tentando fazer não era algo certo, que ela não trairia a prima, já que a amava e não desejaria fazer da pretensa felicidade dela e dele a tristeza da prima. Disse mais; pediu-lhe que a esquecesse, que, se possível, arrumasse uma nova pessoa que o amasse e o fizesse feliz, porque não merecia menos, pela excelente pessoa que ele era e sempre foi. Por fim, enfatizou que a amizade que tinham encerrava-se ali. Depois que mandou essa mensagem, voltou a bloqueá-lo no celular.

Após essa mensagem, Júlio entendeu que era inútil tentar convencê-la do contrário ou continuar correndo atrás dela como um cachorrinho. Assim sendo, não mais voltou a procurá-la. Entendia ter deixado claro o quanto a amava, e caso ela quisesse algo a partir de então, ou se arrependesse, seria

Elisabeth a pessoa ter de correr atrás a partir dali, pois, da sua parte, ia manter-se distante e respeitar a escolha dela, apesar de difícil.

Por outro lado, após mandar aquela mensagem para Júlio, Elisabeth sofreu por alguns meses; mas, mesmo sofrendo, entendia que essa era a única coisa que podia fazer por si e pelo bem da família diante das tais circunstâncias.

Elisabeth ainda chegou a ficar com um rapaz da faculdade, por um certo tempo, de modo a tentar esquecer de Júlio, mas o relacionamento não fora a adiante, ao perceber que era impossível esquecer de Júlio colocando-se em um novo relacionamento em seguida. Até porque, estava sendo injusta com o tal rapaz, que parecia até ser uma boa pessoa, mas de quem ela não gostava o suficiente nem via perspectiva de amá-lo em um futuro próximo para fazer daquele relacionamento algo de mais sério.

FIM!

www.ingramcontent.com/pod-product-compliance
Lightning Source LLC
LaVergne TN
LVHW010515200726
843506LV00013B/2600